U0542668

海外汉学研究新视野丛书

张宏生 主编

黄卫总 著

明清文人的世界

黄卫总自选集

南京大学出版社

《海外汉学研究新视野丛书》序
自序

明清文人与友道

遗民与贰臣的交往：明清易代之际友道的一个侧面
晚明朋友楷模的重写：冯梦龙《三言》中的友伦故事
党争、同学、同乡：钟惺和晚明的友道实践

明清文人与性别

《弁而钗》和《林兰香》："情"与同性恋
国难与士人的性别焦虑：从明亡之后有关贞洁烈女的话语说起
是"英雄失路"还是"寡妇夜哭"：徐渭的性别焦虑
明清小说中的同性交际(Homosocial)和同性恋(Homosexual)
死得好！清初一个烈妇父亲的荣耀与悲伤

附录　难以逃遁的困境：《阿Q正传》的叙述者及其话语
作者英文论著论文目录
后记

004
008

明清小说的世界　　　　　　　　　　　　　　　　　　　025

明清小说研究在美国　　　　　　　　　　026
"情""欲"之间：清代艳情小说《姑妄言》初探　　　036
英语世界中《金瓶梅》的研究与翻译　　　　　048

059

060
080
092

115

116
140
158
174
188

200
216
222

《海外汉学研究新视野丛书》序

张宏生

作为对中国文化的研究的一个重要组成部分，海外汉学已经有了数百年的历史。1949年以来，由于特殊的历史原因，海外汉学基本上真的孤悬海外，是一个非常邈远的存在。直到1978年以后，才真正进入中国学术界的视野，而尤以近30年来，关系更为密切。

在这一段时间里，海外汉学家的研究在中国已经得到一定程度的关注，先后有若干套丛书问世，如王元化主编《海外汉学丛书》、刘东主编《海外中国研究丛书》、郑培凯主编《近代海外汉学名著丛刊》等，促进了海内外学术界的交流。不过，这类出版物大多是以专著的形式展示出来的，而本丛书则收辑海外汉学家撰写的具有代表性的单篇论文，及相关的学术性文字，由其本人编纂成集，希望能够转换一个角度，展示海外汉学的特色。

专著当然是一个学者重要的学术代表作，往往能够体现出面对论题的宏观性、系统性思考，但大多只是其学术生涯中某一个特定时期的产物，而具有代表性的论文选集，则就可能体现出不同时期的风貌，为读者了解特定作者的整体学术发展，提供更为全面的信息。

一个学者，在其从事学术研究的不同历史时期，其思想的倾向，关注的重点，采取的方法等，可能是有所变化的。例如，西方的汉学家往往将一些新锐的理论，迅速移植到中国学研究领域，因此，他们跨越不同历史时期写作的论文，不仅是作者学术历程的某种见证，其中也很可能体现着不同历史时期的风貌，或者体现了学术风会的某些变化。即以文学领域的研究而言，从注重文本的细读分析，到进入特定语境来研究文本，进而追求多学科的交叉来思考文本的价值，就带有不同历史时期的痕迹。因此，一个学者不同时期的学术取向，也可以一定程度上看到时代的影子。

　　海外汉学的不断发展，说明了中国文化所具有的世界性意义。虽然海外汉学界和中国学术界，在研究对象的选择上，或许没有什么不同，但前者的研究，往往体现着特定的时代要求、文化背景、社会因素、学术脉络、观察立场、问题意识、理论建构等，因而使得其思路、角度和方法，以及与此相关所导致的结论上，显示出一定的独特性。当然，在一个全球化的时代，所谓"海外"，无论是地理空间，还是人员构成，都会有新的特点。随着学者彼此的交流越来越多，了解越来越深，也难免出现你中有我，我中有你的现象，不一定必然有截然不同的边界。关键在于学术的含量如何，在这个问题上，应该"无问西东"。《周易》中说："天下同归而殊途，一致而百虑。"既承认殊途，又看到一致，并通过对话，开拓更为多元的视角，启发更为广泛的思考，对于学术的发展来说，是非常重要的，也是非常有意义的。

自序

我在学术刊物上发表的第一篇论文是《难以逃遁的困境:〈阿Q正传〉的叙述者及其话语》一文。距今正好三十年。这篇论文是我根据当时在华盛顿大学攻读比较文学博士时的一门课程的期末报告改写而成的。这门课是当时我与比较文学系的爱玛·卡法莱诺斯（Emma Kafalenos）教授以叙事理论为题而做的独立研究（independent study）。卡法莱诺斯教授是叙事学理论的专家。她学术作风严谨，为人却非常和善可亲。我读博士期间在她那里学到不少有关叙事理论的知识，特别是法国派的叙事学理论（narratology）。论文发表在1990年第4期的《现代中国》（*Modern China*）上，此文的中文译文第二年即在《上海文论》上刊出了。译者是当时还在读硕士研究生的孙绍谊教授。孙教授后来在上海大学和上海戏剧学院任教，在电影和电影文学理论研究领域内极有建树，是这方面的知名学者。但那时我们还互相不认识，所以，那时他将我的中文名字音译为"黄维宗"。后来，他到南加州大学读博士，而我刚开始到加州大学尔湾分校任教，所有我们才有机会在南加州相识。此后我们多有来往。还有一次竟然在从洛杉矶飞上海的飞机上不期而遇，一路畅叙，那是我越洋飞回中国最愉快的，也是感觉飞行时间最短的一次长途旅行。孙教授多次到我们学校东亚系客座讲授过有关当代中国文学的课程，是一位很受学生欢迎的老师。但没想到这两位与此篇论文关系很深的师友却都在去年同一年（2019年）去世了，而孙绍谊教授年仅58岁，让人不胜唏嘘！这次把这篇论文的中文译文作为附录收在这本自选集中，以寄托我对两位的深切追思。这篇文章是本集中唯一一篇在撰写时以"理论先行"的论文。像许多在北美攻读文学的研究生一样,当时我也是对各类新的文学理论特别感兴趣。学了之后,总希望能用到具体文学作品的分析上。这篇论文即这种理论热情的产物。但以后写博士论文时,开始仔细思考中国文学史上一些较大的议题,就觉得这些西方文学理论未必都能帮得上忙,因为中国文学尤其是中国古典文学有其自身独特的发展逻辑。卡法莱诺斯老师在读了我博士论文后曾说过:"那时你对巴赫金的理论那么倾心,可在你博士论文中几乎没提到他!"不过文学理论上的严格训练对我后来的治学还是多有裨益的。

虽然这篇文章是自选集中唯一一篇讨论中国现代文学的论文,而且西方文学理论气息比较浓,但它预示了我今后学术研究的走向,能让读者看到我学术研究风格和兴趣在之后的三十年中是如何发展变化的。譬如,文章触及了鲁迅作为五四运动新知识分子的自我认同以及他与古代文人传统爱恨交织的复杂关系。而传统文人的自我认同(literati identity)则是我之后一直关注的一个主要学术议题。一方面,作为五四新知识分子的一员,鲁迅一生为"打倒孔家店"不遗余力,自视肩负着拯救被关在"小黑屋"里的中国人之重任,另一方面,他又对自己能否胜任这一重任时有疑虑,对自己这种疑虑也颇多自我解剖。在我看来,这就是他的作品如《祥林嫂》等至今读来还如此富有魅力的原因。在这一点上,他的疑虑与传统儒家的忧患意识可能不是没有传承关系的,虽然他平时对程朱理学是那么的深恶痛绝。而在《难以逃遁的困境》一文中,我正是朝着这个思路去细读《阿Q正传》的:像被他讽刺嘲笑的阿Q那样,小说的叙述者自己也是被讽刺的对象。他作为一个接受过传统教育的五四时期的知识分子无法逃遁的困境恰恰是他不得不依赖这个传统的话语来批判这一传统,这位叙述者与这一他要唾弃的传统有着难分难解的关系。

在我学术生涯的前十多年里,明清小说研究是重点。但同时"文人"还是一个经常触及的议题。在这方面我于 1995 年出版的第一部专著《文人与自我的再呈现:十八世纪中国小说中的自传倾向》(*Literati and Self-Re/Presentation: Autobiographical Sensibilities in Eighteenth-Century Chinese Novel*)是一个具体例子。按当时在普林斯顿大学执教的浦安迪教授的建议,初稿写成后还寄给了周汝昌先生请教。那时他亲笔回了长信提出了不少看法。该书首先从明清小说的"文人化"以及那个时代文人所经历的自我认同危机的角度探讨了十八世纪小说中自传倾向抬头的原因。接下来具体讨论了《儒林外史》《红楼梦》和《野叟曝言》三部长篇小说中的自传因素。一个主要的论点是：西方自传小说往往以第一人称写成，所以自传叙述比较直接而连贯。但这三部小说尤其《儒林外史》和《红楼梦》中的自传叙述是间接的，其结构比较松散而且不那么连贯，有时还要借助于面具（masking）。《儒林外史》将当时一个文人在社会上能或想担当的各种角色走马灯似的一一排列出来加以审视，从热衷功名之士，到以遁世邀名的科举失意者，再到想通过做学问而保持自己社会精英地位的学者。实际上读者也可以把这些人物看作者吴敬梓本人亲身经历过的人生各个阶段的象征性代表（他自己也曾热衷科举，考场失利后也曾退过隐，也想通过做学问来寻求新的人生目标）。虽然许多学者都已指出杜少卿这一人物是作者自指，但我们亦可以在小说中许多其他人物的身上找到作者的影子。整部小说可以读作吴敬梓对自己寻找文人自我认同的心路历程及其迷惘的一种反思。《红楼梦》中的贾宝玉显然是作者曹雪芹的最直接的自我写照。但他的自传意义须从反面来读。从某种意义上来看，贾宝玉的形象是对传统文人的一种批判。他希望自己永远不长大，永远是十三岁（曹雪芹十三岁时，其家世可能有很大的变故），永远不必担当起当时别人眼中读书人所必须承担的社会角色。贾宝玉这个形象反映出作者自己对文人传统的一种深切反省。如果说小说中作者也有许多传统文人惯有的牢骚，诸如"怀才不遇"（石头的"无才补天"），那反倒是通过几个女性人物（如探春甚至于王熙凤等）来间接体现的，而她们的处世态度与贾宝玉正好相反。这两种相对的人生态度体现了作者自我认同的两个既矛盾又相关的方面。作者既想超越传统文人角色的限制，但同时又找不到其他有效的选择，唯有通过像贾宝玉那样消极拒绝长大成人的姿态来表示对文人命运的悲观。在《儒林外史》和《红楼梦》中，作者的自传叙述是通过一系列的"他者"（这里还包括了不少的"她者"）或"面具"来间接展开的。在书中我提出了用中国文化里的"自况"这个概念来研究这些小说也许要比"自传"的概念更为恰当这一观点。（我注意到国内王进驹于 2006 年出版了《乾隆时期自况性长篇小说研究》一书。）相比之下，《野叟曝言》的自传成分却要比自况的成分要更多一些。小说主人公文素臣无疑是作者夏敬渠的自我写照。文素臣作为小说作者虚构的"自我"取得了他本人在现实生活中作为一个穷困潦倒的书生所梦想但却完全没有希望取得的一切成就。小说中文素臣成了一个内圣外王、一人之下万人之上的辅国大臣，其子孙又远到欧罗巴成功弘扬儒教。整部小说可以读作一个清代失意文人的超大型自传"狂想曲"。

我研究明清小说的第二本英文专著是于 2001 年出版的《中华帝国晚期的欲望与小说叙述》（Desire and Fictional Narrative in Late Imperial China）。该书由张蕴爽教授（现执教于美国韦恩州立大学）翻译成中文并于 2010 年由江苏人民出版社出版。这次《自选集》所收的《"情""欲"之间：清代艳情小说〈姑妄言〉初探》和《〈弁而钗〉和〈林兰香〉："情"与同性恋》两篇论文是写作此书的前期阶段性成果。该书主要是探讨从《金瓶梅》到《红楼梦》由欲到情的明清小说发展历程。除了许多经典作品之外，在书中我还讨论了多部不太被文学史家重视的作品，如长篇小说《醒世姻缘传》以及一些中短篇小说（如《痴婆子传》《如意君传》和《灯草和尚》等）。因为此书已有中文译本出版，在此就不赘述了。

2004 年，我编辑出版了一本题为《蛇足：中国小说传统中的续书和改写》（Snakes' Legs: Sequels, Continuations, Rewritings and Chinese Fiction）的论文集。该书收集了当时美国研究明清小说续书传统的最新成果，论及了包括明代四大奇书、《红楼梦》的许多续书以及几部晚清重要续书作品。在该书的引言和第一章中，我尝试勾画出明清小说续书发展的历史轨迹并从理论宏观层面探讨了明清小说续书的特点。续书是明清小说史上的一个非常普遍现象（在现存的作品中大概有五分之一不到是续书）。它一共有两次高潮：明清之际和晚清（《红楼梦》的续书热也可以看作另一个特殊的高潮）。两次续书高潮都与朝代轮替以及社会大动荡同步。在第一章《界定和阐释：续书现象初解》（"Boundaries and Interpretations: Some Preliminary Thoughts on 'Xushu'"）我把续书的兴起和它的文体特征与明清历史的具体发展联系起来研讨。另外，从白话文小说文体历史来看，稗官小说文本往往具有特殊的不稳定性以及编辑、改编、改写的随意性。所以我们为续书作界定时必须十分谨慎。以《水浒传》为例，在明代有一百回，一百十五回和一百二十回本以及其他繁简不同版本流行。后来，金圣叹正是利用《水浒传》文本的不稳定性而将小说腰斩成七十回，并宣称这部小说七十回以后的章节是另一个作者添加上去的续书。这里续书作为一个文体概念成了金圣叹改写《水浒传》的借口。而《金瓶梅》的作者却又从《水浒传》"武十回"的情节演化出另外一部洋洋一百回的大部头小说，这部小说在广义上讲可算作一部极富创意的续书。若我们接受《红楼梦》最后四十回的作者是高鹗等人而不是曹雪芹，那这四十回也应该算作续书，尽管程伟元和高鹗两人坚称他们仅仅是在原作者的稿子上做了修改和编辑。这里原著与续书以及编辑改写与续书之间的界限已经变得不是那么容易区别了。另外，续书与原著的著作权（authorship）（在金圣叹的评点逻辑里，著作权与阐释权紧密相连）等这些小说版本史上非常复杂的问题又联系在一起了。如果《红楼梦》最后四十回是续书，那么，几乎所有我们现在能读到的《红楼梦》续书都已经是续书的续书了（因为它们几乎全都是把一百二十回刊本作为原书来续的）。

写续书的人集读者和作者双重身份于一身，而其作品则既是阅读又是创作。正是这种双重性使得续书成了一种特殊而饶有兴味的文学现象。从接受美学的角度来看，续书作者首先是原著的一个读者，因此，续书也可被看作是对原著的一种阅读和阐释。从这层意义上看，《金瓶梅》未必不能看作是对《水浒传》的一种阅读和阐释：在《金瓶梅》里，西门庆之流的市井流氓代替了《水浒传》中那些铮铮好汉而成了小说的主角，酒色财气代替了兄弟义气。《金瓶梅》的作者似乎在告诉他的读者，《水浒传》中那种好汉的辉煌时代在这里已经一去不复返了。在《金瓶梅》的世界里，很少人能像梁山好汉那样讲义气而又不近女色。在这里，武松仅是个孤立的例外，成了《水浒传》好汉世界遗迹的象征。读完《金瓶梅》之后，读者也许会对《水浒传》中栩栩如生的好汉世界的真实性产生许多疑问。

从小说发展史来看，续书往往是一部小说经典化的产物。《水浒传》的经典化造成了要控制其解读的需要，这样，也就有了比较系统的评点的必要。甚至有个别读者会觉得评点还不够，还要借由续书再进一步加强对原著阅读的制约，所以就有了《金瓶梅》《水浒后传》乃至于《荡寇志》那样的后续作品出现。当然，写续书还有许多其他动机，但这至少可以部分地解释为什么明清小说续书和明清小说评点几乎是同时在明末清初开始兴盛的，因为两者都与阐释经典的需要有关，这就是我所称之的"阐释的兴起"（the Rise of Interpretation）。在所有明清小说中，最经典的小说当然是《红楼梦》，所以，它风行于世不久，各种续书就接踵而来，其中不少续书成了对原著直接互为竞争的不同阅读和阐释。对先前已出版了的《红楼梦》续书的批评成了一些后来问世的《红楼梦》续书中的一个经常的话题。它们似乎都得了"续书焦虑症"。

在该论文集中，还收了我的一篇有关晚清刘鹗为自己《老残游记》写的续书《老残游记二编》的文章。这篇论文探讨了"原著作者自己写的续书（autographic sequel）与别人写的续书（allographic sequel）有什么不同"这一重要议题。实际上，续书在现代中国文学史上的命运也是颇有意思的。二十世纪三十年代初，张恨水的《啼笑因缘》开始连载后，大受欢迎，结果不少未经授权的续书随即问世。有些出版商甚至登广告邀请别人来写续书。据说为了不让别人给《啼笑因缘》乱写续书，张恨水不得不违背初衷而为自己的原著写了续书。但在他的续书里，张让原小说中的不少人物都一一死去，以使别人的续书再难写下去。中国现代小说史上一个耐人寻味的现象就是一般只有旧派章回小说才会有续书，五四以后的新派小说则很少有。巴金要给自己的《家》写续书，但他作为新派作家却不耻续书这个名称，他将他自己的两部实际带有续书性质的作品命名为《春》和《秋》进而出版，统称原著及两部续书为《激流三部曲》。可见，在五四新作家的眼里，续书是旧文化传统的陈迹。

文人的性别自我认同（gender self-identity）一直是我关心的课题。在西方学界妇女研究兴起之后，人们逐渐认识到虽然以前很长的一段时期内在社会文化史上占有绝对统治地位的男性几乎一直是学术研究的唯一对象，但这些研究很少用性别的概念来分析男性。一个简单的事实是：像妇女一样，男人也是有性别的（men, like women, are also gendered beings），所以性别研究也须包括"男性研究"（men's studies）才算全面。而明清文学中一个一直让我觉得特别感兴趣的现象便是文人在他们自己男性性别认同过程中对女性形象的依赖和挪用。例如，他们常常会将自己比作一个"弃妇"或"节妇"来宣示他们自己的丈夫气或这种丈夫气所受到的挑战。当然这与古典文学中美人香草的传统有很深的渊源关系，但情况在明清时期似乎变得复杂得多了。而且我总觉得性别研究最好是把男女两性的性别概念放在一起作并列研究，这样效果会比单独研究男性性别构建或女性性别构建更好，因为男女各自的性别社会属性是相辅相成的。譬如，传统男性文人的性别认同往往不光是取决于他们对自己的性别认同，而且与他们对妇女作为"他者"的性别认识也有很紧密的关系（反过来研究女性自身的性别认同也是如此，但因为明清妇女留下来的文字相对少得多，所以困难会大一些）。这次自选集里所收的两篇论文《是"英雄失路"还是"寡妇夜哭"：徐渭的性别焦虑》和《国难与士人的性别焦虑：从明亡之后有关贞洁烈女的话语说起》就是通过晚明和鼎革期间文人性别认同危机的个案来探讨这一问题的新尝试。在这基础上我于 2006 年出版了《中华帝国晚期的男性构建》（*Negotiating Masculinities in Late Imperial China*）一书。该书除了研读晚明清初有关的诗文作品，还分析了从《三国演义》中的英雄到《水浒传》中的好汉，再到才子佳人小说里的白面书生，一直到清中后期小说中的文武双全的儒生以及侠士，这一系列男性楷模形象的演变过程。尽管此书分析小说的章节还是占到了很大的比列，但注意力已开始转向小说以外的材料（该书的最后一章则分析了明清家训中士人家长对自家子弟作为男性家庭成员的训诫），尤其是文人的诗文集。这本专著标志着更多其他文体的文献材料开始纳入了我的研究范围。

2007 年，我接受了荷兰专门注重研究性别的汉学学刊《男女》（*Nan Nü: Men, Women and Gender in China*）的邀请，编辑了《明代男性友道》（*Male Friendship in Ming China*）的专辑。该辑收有我的文章《男性友道与十六世纪中国的讲学运动》["Male Friendship and Jiangxue（Philosophical Debate）in Sixteenth-Century China"]，该文讨论了晚明友伦兴盛与王阳明心学讲会盛行之间的密切关系。该文主要的论点是：讲学/讲会为那个时候的士人在"家"和"国"之外开辟出了一个特殊的"公共场域"（public sphere），使得友伦发展有了一个新的独立社会空间。在为这一辑《男女》专辑撰写的长篇引言中，我对友伦与中国传统文化的关系以及它在晚明文化中日益高涨的地位作了一个概述。指出晚明心学的盛行、旅游和商业的发达等对朋友地位的上升都起到了促进作用，但当时的友伦话语与我们现代社会的朋友概念是有很大不同的。现代社会学家一般认为"同学"或"兄弟"之类的关系是一种"被赋予的"的社会关系（ascribed relationship），而朋友则是一种"自取的"关系（achieved relationship）。但在中国传统社会中，这两种关系往往是重叠而很难区分的。譬如，一个朋友常常又是同乡或一起参加过科举考试的同年，而一个好朋友则一定要以兄弟相看，而且好朋友之间子女还经常联姻而结所谓的"秦晋之好"。现代西方文化在朋友关系中所看重的是其平等的因素，但在中国传统的"友伦"中"平等"则很少强调。这里"师友"这一概念就是一个很好的例子，因为"师"与"生"是一个上下的关系。当然朋友一伦在所谓的五伦关系中对儒家的君父臣子的等级次序还是有冲击的。朋友这一伦与五伦关系中的其他几伦（如君臣、父子和兄弟）所可能产生的冲突则是我探讨明清友道的重点之一。这次自选集中所收的好几篇都是与文人交游有关的。

在从"男性研究"的角度探讨明清时期的友道时，一个不能回避的问题就是它与男风的关系。明清有些关于朋友的话语与男风的话语有时是比较难分清的。例如明代邓志谟编有《丰韵情书》一书，在其归类于"金兰"一类的书信中，不单有男风情人之间的情书，还有读上去很像是一般朋友之间的书信，这些信是写给情人的还是写给一般朋友的很难区分。在晚明男风小说集《弁而钗》中的《情贞记》中，主人公赵王孙被抱怨是"又要相处朋友，又要做清白人"。显然，"相处朋友"指的是男风行为，朋友在这里几乎变成了男风的同义词了。但是，一旦一般朋友关系演变成了男风关系，马上会导致在这种新关系中产生像存在于男女之间的那种不平等。也就是说，在这种男风关系里，扮演被动角色那一方往往须按传统女子的道德标准来衡量自己，他须"从一而终"或为他的情人保持贞洁等。《弁而钗》所津津乐道的"情贞"和

"情烈"等让人赞美的品德主要是针对那些在男风关系中担当被动角色的伴侣而言的。与此相反，担当主动角色的则可以继续以男人的标准来行事，享受一个男人在那个男权社会可以享受的一切特权，而这个人一般又总是比较年长的或者是社会地位比较高的。显然这是一种在地位和权力上不平等的关系。这种特殊的"性别不平等"在许多明清有关男风的文献中往往是作为正面现象而加以赞美突出的。还有一个有趣的现象就是这些文献的叙述重点几乎没有例外地都是那些在男风关系中扮演被动角色的"小官"。并还会用许多其他不同的名称来称呼他们，如"龙阳""相公"和"娈童"等等。为什么在男风关系中担当主动角色的就没有这样的特殊称呼呢？或许是因为只有前者才被视为另类，而后者却很少被视为与其他一般的男人有什么太大的不同。在当时那个社会里，人们一般不会将沉溺于男风但又承担主动角色的人视为特殊的群体并加以区别，但是好男风同时又担当被动角色的却很容易被视为特殊的群体而成为另类男人。在社会的性别权力的结构里，这些另类的男人"降格"成了"女人"。这也许就是为什么一旦介入男风关系，扮演被动角色的那一位常常会为自己的"失身"而羞愧，而扮演主动方的却很少会有类似羞愧的表示。不但如此，后者反而还可能会为此而感觉自己男子气大增。这与西方的近代同性恋史相比似有不同之处。西方的同性恋史学者认为：同性恋（homosexuality）这个词是要到相对较晚的时候（大概要到十八世纪以后）才被用来归类那些有同性倾向的人们，并将他们视为另类的"第三性"（the third sex）而加以迫害和歧视。可是，在传统中国社会，只有在男风关系中担当"小官"角色者才被视为另类。所以，从性别史的角度来看，西方的（男性）"同性恋"与中国传统社会的"男风"并不是完全等同的概念，后者没有笼统的"第三性"的含义。

我最近的一本专著是在2018年出版的《私密的记忆：中华帝国晚期的性别与悼亡》（*Intimate Memory: Gender and Mourning in Late Imperial China*），重点是研讨文人如何悼念自己的亡妻亡妾的（以探讨散文作品为主，但悼亡诗也有论及）。书中我提出了明清时期文人"记忆力的世俗化"这一论点。以往中国古代的碑传文描写的对象大都是男性士大夫，而且这些碑传文的内容重点是墓主/传主的功名仕途，私人生活方面鲜有涉及，一般都是歌功颂德或标榜德行的。这样的情况在明清的时候似有所改变。明代唐顺之曾抱怨那个时候"屠沽细人有一碗饭吃,死后则必有一篇墓志"(《荆川先生集·答王尊严》),说明了当时碑传文有了平民化的趋势,因为这些平民是没有什么大功大德可言的。要给他们写碑传文,谈他们的"庸行"是免不了的。但随着晚明有关妇女的碑传文的急剧增多,这一平民化的进程更是加快了。明末清初的黄宗羲曾说:"从来碑志之法,类取一二大事书之,其琐细寻常,皆略而不论,而女妇之事,未有不琐细者,然则竟无可书者矣。就如节妇,只加节之一字而足,其余亦皆琐细也。"(《黄宗羲全集·张节母叶孺人墓志铭》)这也就是说,琐细之事是妇女碑传文作者几乎唯一能写的。清初的毛际可在他为其母亲写的"行略"中说三十年前他母亲去世时他才十二岁,所以有关她的记忆他已不是很多。现在要写她的生平,很是无奈,可是他"又不敢浮袭古贤媛遗迹,夸诩失真,以为此他人之母,而非吾母也"(《会侯先生文钞·童太孺人行略》)。毛际可为自己亲人写传略,要有琐细而真实的记忆为根据。为妇女写碑传文,要将传主写得真实,写她个人日常生活琐细是不可避免的。更有甚者,传主若是与作者关系很近的女性,那这种"世俗化"就会得到更进一步的加深。一般碑传文的文人作者大多都不认识墓主/传主,他们受托写作时,往往只是间接根据墓主/传主的亲朋提供的材料(如行状)。因为他们对墓主/传主不了解(没有自己直接的记忆,他们要依赖他人的记忆),写起来很容易流于呆板空洞,有时甚至来个"状曰"后,干脆一字不改的照搬墓主亲友的行状里的一些文字而了事。但一个文人为其亡妻写碑传文时,则情况可能就很不一样了。他们与墓主/传主曾是长期共同生活在一起的夫妻,感情一般都很深,所以回忆起来更容易写出墓主/传主不为别人所知的往事,有时甚至是那些很私密的"琐细"。这些文人为其妻妾所撰写的碑传文往往会有较浓的私人回忆录的兴味。这种特殊的"私人记忆"对明清碑传文的世俗化的贡献不可低估。如进一步细分的话,与写亡妻不一样,因为妾的特殊地位(她扮演着亦妻亦婢的双重角色),丈夫在撰写有关她的碑传文时,拘束会少一点(少了一份写正妻过去生平应有的严肃),所以"偏题"的可能性会更大一点,丈夫在回忆她时会更多写到自己,悼念小妾对有些文人来说甚至成了自我吹嘘的借口(譬如明中聂豹的《亡妾王氏桃姐圹记》和明末清初李渔的《乔复生王再来二姬合传》)。冒襄著名的《影梅庵忆语》是为回忆他姬妾董小宛而写,其特有的开创性并不是偶然的。正因为是妾而不是正妻,所以,他能这样比较无所顾忌地自由发挥,打破了现有文体的限制,而创立了"忆语体"这一全新的回忆录式的文体(其正妻亡故后,冒襄写有《祭老妻苏孺人文》,相比之下,遵守一般祭文的文体规则,要保守多了)。有了冒襄所开的先河,才使得一百年后沈复能再一次另辟蹊径,以其正妻为他回忆叙述的主角而写出了《浮生六记》这样崭新的回忆录。

虽然《私密的记忆》这本专著的重点是分析文人有关妻妾的各类碑传祭悼文,但其中一章是讨论男性文人撰写的有关亡姊亡妹的回忆文章。写自己的亡姊亡妹,因少了写自己妻妾要避嫌的顾虑,所以有时会写得更放松而反倒更感人。黄宗羲同时代的钱澄之写的《方氏姊墓志铭》即一例。这篇墓志铭塑造的是一个极其平凡的妇女形象。这位弟弟甚至还提起了她的不少缺点:譬如,她作为独生女受他们母亲的溺宠,以至于她一开始到夫家一点都不会治家,她没有善待下人,以至于后来他们死的死,出走的出走。但正因为不是完人才显得平凡,才显得可亲。作者也从来没有觉得自己为这样一个极其平凡的女子写墓志铭有要作一番辩解的必要。她是他所深切怀念的姐姐这一点已是足够的理由了。"史则美恶兼载,铭则称美不称恶。"(唐顺之《荆川先生集・按察司照磨吴君墓表》)但钱澄之是在为自己亡姊写墓志铭,这些为写大男人墓志铭而设的条条框框就无暇顾及了。这也就是为什么这篇一个极为平凡的妇女的墓志铭会这么感人。它读起来更像一篇私人回忆录。回顾与自己关系比较近的女性时，这种私密的记忆力常常会有助于一个文人作者从传统文体的桎梏中解脱出来，说出在其他场合他不能或不愿说出的话。总而言之，私密的记忆往往会使文人在怀念亲人时更容易打破传统碑传文之间的文体界限而肆意发挥，乃至于发明一种新的文体，因为现存的文体已经无法用来表达作者想要表达的感情或思念了（如冒襄的《影梅庵忆语》）。

《私密的记忆》的一个主旨是要分析男性文人在为别人作碑传时，因他们本人与墓主传主的关系亲疏不同，他们的写法和态度会很不一样。清初的方苞，在给子弟训诫时，站在男性封建家长的立场上，常常会冠冕堂皇地重复"妇言不可听"之类的老调。但他在回忆自己的亡妻时又为自己的"执义之过"而内疚。在他给自己几个姊妹写的祭文传记中却又站在母家的立场上，为自己的亲人抱不平，其中的有些观点在当时宗法男权社会里不一定能站得住脚。在不同的时间和不同的场合，方苞对妇女在一个封建大家庭里的地位和行为准则这一问题的看法有时会不太一致。所以，一个明清文人对妇女的态度出现自我矛盾不应该让人惊讶。"何时""何地"或者"对谁说"以及"与自己是什么利害关系"等因素都须考虑进去，方能做出一个比较全面的考量。我们必须善于读出这些文人字里行间的意思，有时没说的要比说出来的更有意义，尤其是作者描述的对象是与自己关系很近的女性。《私密的记忆》一书试图通过研读一批特殊的祭悼碑文来揭示这些明清文人各自不同的男性"立场"（positionality）使他们怎样塑造出了一系列颇具新意的妇女形象。这些形象凝聚着这些文人作者的喜怒哀乐以及他们自己作为男性的种种性别焦虑。

这本自选集所收的最后一篇论文《死得好！清初一个烈妇父亲的荣耀与悲伤》是我撰写《私密的记忆》这本书的副产品。该书有一章专讲明清文人怎样纪念他们已成烈妇的亡妻，如钱澄之《先妻方氏行略》一文。他妻子在明清鼎革大乱之际，为了免受盗匪的凌辱，涉水而死。《明史》有她的小传。可能是事隔时间较长后才写的缘故，再加上主要是要弘扬其妻的烈妇义举，钱澄之这里行文比较冷静客观，与其说是丈夫对亡妻的怀念，不如说是一位文人史家在为一位烈女作传。行文中作者很少流露出自己作为丈夫的个人感情。相比之下，前面提到的他为其亡姊写的墓志铭反倒感情流露得更多，所以更为感人。《死得好！清初一个烈妇父亲的荣耀与悲伤》一文探讨的主角是清初的毛际可。其对烈妇女儿所作的回忆则从另外一个角度显示了在为自己亲人写碑传文时一个文人作者可能会碰到的问题，尤其是把自己的亡女作为烈妇来回忆的时候。因为《私密的记忆》一书主要是研究文人有关妻妾和姊妹碑传祭悼文的，这篇探讨文人回忆亡女的文章因为体例的关系就没采纳进去。这次在英文旧稿的基础上，做了较多的修改用中文写出，可看作我的最新研究成果。

《私密的记忆》一书一个未作深入探讨的相关议题是明清文人撰写的有关他们母亲的大量碑传文。因为那时在较为富庶的家庭中一夫一妻多妾的现象很普遍，有些作者在回忆自己嫡母庶母时叙述策略也是颇有可读之处的。在那个特别强调嫡庶有别的时代，庶子有关的记忆往往更耐人寻味。这是以后研究的一个课题。

这次自选集所收的论文，一部分是自己用中文写成，另外一部分则是请人将我英文原稿翻成中文后再发表的，所以文字风格会有些差异。因论文是在各个不同时期写成（有一两篇则是在学术会议发言稿的基础上改写而成），重复之处在所难免。为了保持原样，除了明显的错误之外，其余未做修改。例外的是其中两篇译文，因有些错误和行文较生硬之处，所以这次出版做了一些改正。在本书的最后附上了笔者已出版的英文学术论著论文目录以供读者参考。

黄卫总
2020 年 12 月

明清小说研究在美国　026
"情""欲"之间：清代艳情小说《姑妄言》初探　036
英语世界中《金瓶梅》的研究与翻译　048

明清小说的世界

明清小说研究在美国

* 原文刊于《明清小说研究》，1995年第2期。

严格地说美国的明清小说研究是在二十世纪六十年代初才开始起步的。当时研究是以版本考证为主。譬如理查德·欧文（Richard Irwin）在1966年出版的《水浒传——一部中国小说的进化》（The Evolution of a Chinese Novel: Shui-hu-chuan）是研究《水浒传》版本发展历史的。另一位学者韩南则是国内学界较为熟悉的。他在《金瓶梅》及其他小说的版本研究上很有成就。但从文学批评的角度来对明清小说进行深入研究探讨则是要到六十年代后期才开始的。夏志清（C. T. Hsia）于1968年出版了《中国古典小说导论》（The Chinese Classical Novel: A Critical Introduction）。这是第一部对明清小说进行详尽艺术分析的英文著作。书中有不少精彩的论述至今仍为人称道。此书的问世也标志着美国的中国明清小说研究进入了新的阶段。夏志清本人是美国耶鲁大学英文系五十年代的博士毕业生。而当时在美国文学批评界最流行的则是所谓的"新批评"派。所以夏的批评标准亦是"新批评"派的。他往往以西方十九、二十世纪小说的标准（如福楼拜或詹姆斯的作品）来衡量中国古典小说。这一标准简单地说就是要求叙事视角的连贯，小说文意的前后一致，小说作者应在叙述中避免直接介入或作任何的直接道德说教，故夏氏对中国明清小说有时不免过于苛求。

美国的中国明清小说研究在七十年代有了长足的进步，越来越多的博士生都开始以明清小说作为博士论文题目。其中的佼佼者当属毕业于普林斯顿大学的浦安迪（Andrew Plaks）。1974年在普林斯顿大学召开了美国第一次以中国古典小说研究为主题的会议。这次会议云集了几乎美国所有研究中国古典小说的专家学者，可谓美国中国古典小说研究的一次空前的盛会。会后出版的由浦安迪主编的会议论文集《中国叙事研究论文集》（Chinese Narrative: Theoretical and Critical Essays）反映了当时美国中国古典小说研究的最高水平，尤其是集中浦安迪自己撰写的《对中国叙事文学的理论构想》（"Towards A Critical Theory of Chinese Narrative"）一文，分量尤重。此文对整个中国叙事传统作了理论性的观照，真知灼见颇多，极见作者功力。1978年浦氏又在《新亚学院学报》（New Asia Academic Bulletin）发表了题为《章回小说与西方小说——一个文体上的重新评估》（"Full-length Hsiao-shuo and the Western Novel: A Generic Reappraisal"）的文章。该文则通过中西小说的比较对中国章回小说文体性作了理论上的阐述。浦氏用卢卡契等西方理论家有关小说理论来比较中西方小说,认为二者的共同点是所谓的"反讽"(irony;这一观点浦氏在其以后的著作中将有进一步的认证。详见下文)。笔者认为,这两篇文章所达到的理论高度至今还未被其他学者的论文超过,尽管文中观点并不完全无可非议。浦氏于1976年出版的专著《〈红楼梦〉中的原型与寓意》(Archetype and Allegory in the Dream of the Red Chamber)亦颇具革命性。作者运用当时流行的结构主义及原型批评的文学原理来研读《红楼梦》,使人耳目一新。尤其是书中对大观园和中国园林传统的论述极富见地。因为浦氏当时年轻气盛,行文中亦时有片面之处。特别是有关阴阳五行与《红楼梦》的关系的说法也引起了夏志清等的非议(详见夏发表于《哈佛亚洲研究学刊》第三十九期上的书评)。另外一位学者米乐山(Lucien Miller)于1975年出版了《〈红楼梦〉中虚构的假面具——神话,模仿和角色》(Mask of Fiction in Dream of the Red Chamber: Myth, Mimesis and Persona)。米氏运用新批评和原型批评理论从另一角度揭示了《红楼梦》的不同层面。此书对《红楼梦》开头几章的分析尤其精彩。与这些运用西方新文学理论来研究中国古典小说的著作交相辉映的是韩南于1973年出版的版本研究力作《中国短篇小说》(The Chinese Short Story: Studies in Dating, Authorship and Composition)。该书通过严谨的考证和风格分析论证了《三言二拍》中各篇短篇可能产生的具体年代。

八十年代可以说是美国明清小说研究的丰收期。韩南在其《中国短篇小说》的基础上写成了他的新著《中国白话短篇小说》(Chinese Vernacular Short Story)(此书国内有译为《中国白话小说史》,似不妥,因为该书只论及短篇小说而已)。在书中,韩南对《三言二拍》和以后出现的几部白话短篇小说集进行了较全面的论述。此书在美国成了研究中国传统白话短篇小说的必读书。与此同时何谷理(Robert Hegel)亦出版了《十七世纪中国长篇小说》(The Novel in Seventeenth-Century China)一书。该书详细讨论了金圣叹七十一回《水浒传》,《西游补》,以及几本当时不为大多数小说史家所重视的十七世纪小说,如《隋唐演义》和《肉蒲团》等。在书中何谷理特别强调了思想史和社会史与小说发展的关系。一般讲,学术界对十六和十八世纪这两个所谓的传统小说的黄金时代注意得较多，而该书则是第一本对十七世纪长篇小说作系统探讨的学术书。它填补了中国小说研究史上的一页空白，何谷理还与别人合编了一本题为《中国文学中的自我表现》(Self-Expression in Chinese Literature) 的论文集，该书收有不少有关明清小说的精彩文章。此外罗溥洛 (Paul Ropp) 的《中国近代早期的持异见知识分子》(Dissent in Early Modern China) 则是从社会历史学的角度来研究《儒林外史》的。它与黄宗泰 (Timothy Wong) 早几年出版的《吴敬梓》(Wu Ching-tzu) 一书正好相互补充，后者是专门研究《儒林外史》讽刺艺术的。

另外特别值得提的是浦安迪于 1987 年付梓的《明代小说四大奇书》(The Four Masterworks of the Ming Novel) (据悉此书国内已有译本出版)。在这部洋洋近六百页的专著里，浦氏对《三国演义》《水浒传》《西游记》和《金瓶梅》四部所谓"奇书"进行了详尽的探讨，从版本史到作品的艺术结构均有细致的讨论。他认为尽管这四部小说各有复杂的版本进化过程，但它们都是在晚明时期才最后成书，故可以视为晚明文化的产物。它们不是像一般人所认为的那样是所谓的通俗小说，而是非常精致的文人小说。无论从这些小说的艺术技巧来看还是从它们所体现的文人意识形态来分析都可以得出"这四部小说是晚明文人文化的成果"的结论。与许多国内专家的意见相反，不少美国研究中国古典小说的学者（包括夏志清、何谷理等）都认为很多传统白话小说都应该属于文人小说的范围，而不是所谓的民间通俗作品。他们主张"通俗小说"一词运用时须十分谨慎，而这一观点在浦安迪此书中得到了最雄辩的论证。浦氏还进一步指出反讽这一特征更是文人写作技巧高明的佐证。这些作品所体现的种种精细的描写以及各类复杂的文人思辨（譬如《金瓶梅》中对于宋明理学关于"修、齐、治、平"种种寓言式的反讽）则是一般受教育程度不高的读者所难以欣赏的。《明代小说四大奇书》一书以其严密的论证第一次对这四部经典作品做了系统的研究，在美国汉学界得到了很好的反响。

当然此书并不是完美无缺的。例如浦氏关于这四部小说都是晚明的作品的论点，在现有的版本材料的情况下似难以完全令人信服。另外"文人小说"这一概念对那些把所有传统白话小说一概视为通俗小说的错误做法似有矫枉过正之虞。况且在区分某一具体作品是通俗小说还是文人小说时更是难以把握标准。晚明以后一般小说都经文人插手。区分文人小说还是通俗小说似乎还要取决于人们对当时具体不同读者群的了解。而笔者以为小说的一个重要特点则是它能引起不同层次的读者的反响。说得通俗一点就是所谓的"雅俗共赏",实际上许多传统小说的一个特点就是它的包容性。它能包容各种不同的价值观念系统,并使它们在小说的文本内相互竞争以揭示其各自的不足。在这一方面俄国理论家米哈依·巴赫汀（Mikhail Bakhtin）有相当精彩的论述,这里因篇幅关系不能详论。浦氏《明代小说四大奇书》另一可以商榷之处是其反讽概念界定得过泛,以至在实际运用中作为一个文体标准常常显得大而不当。当然,浦氏此书可以作为美国明清小说研究的一个重要里程碑则是毫无疑问的。

浦氏的高足马克梦（Keith McMahon）的《十七世纪中国小说中抑制与因果》(*Containment and Causality in Seventeenth-Century Chinese Fiction*)主要讨论十七世纪小说中有关违反传统道德规范的种种行为的描写以及这些越规行为是怎样受到制约的,并探讨了这些小说的叙事技巧。该书确有不少精彩的分析。缺点是全书不够连贯,书的后半部分有点游离主题,据悉最近他又写成了一部研讨明清小说中两性关系的专著,即将由杜克大学出版社出版。

八十年代美国明清小说研究中的另一现象是所谓的"金学"兴盛。1983年在印第安那大学举办了全美第一次《金瓶梅》研讨会。会议中的许多论文之后在1986年第八期《中国文学》（CLEAR）上发表。大概可以这么说,美国《金瓶梅》研究的一个重要中心是在芝加哥大学的东亚系。在那里执教的芮效卫（David Roy）教授研究《金瓶梅》几十年如一日。他潜心翻译的《金瓶梅词话》英译本第一卷现已出版。译本中注解极为详尽。反映了译者的深厚功底。芮效卫还是最早积极主张要重视研究评点家张竹坡的学者之一。他培养了不少博士生,日后好几个都成为金学专家,他的高足柯丽德（Katherine Carlitz）的专著《〈金瓶梅〉的修辞学》（*The Rhetoric of Chin Ping Mei*）除了对小说的主题与结构有详尽的分析外,还探讨了戏曲与《金瓶梅》的关系,出版后受到好评。芮效卫教授的另一学生田爱竹（Indira Satyendra）则以研究比较《金瓶梅》词话本与崇祯本回前诗为题写了一篇博士论文,很有意思。

最近吕童琳（Tonglin Lv）还写有一本题为《玫瑰与莲花——中法叙事文学中有关欲望的描写》（Rose and Lotus: Narrative of Desire in France and China）的书。该书将《金瓶梅》和《红楼梦》与两本法国古典小说比较，但有些比较有点牵强，出版后有些专家读者反映不是太好。

另一位颇受美国学者青睐的是十七世纪戏曲小说大家李渔。早在1977年就有关于他的研究专著——茅国权（Nathan K.Mao）和柳存仁（Liu Tsun-yan）合著的《李渔》出版。而1980年又有关于李渔戏剧的书问世——艾里克（Henry Eric）的《中国的娱乐——李渔活泼的戏剧》（Chinese Amusement: the Lively Plays of Li Yu）。上文提到的何谷理在他的《中国十七世纪小说》中也对李渔的《肉蒲团》有很精彩的讨论。1988年韩南又写成了《李渔的独创》（The Invention of Li Yu）一书，详论李渔的小说和戏剧艺术。同时韩南又翻译出版了《肉蒲团》的新英文译本和他的短篇小说的选译本。后来张春树（Chun-shu Chang）和骆雪伦（Shelley Hsueh-lun Chang）合著的《中国十七世纪社会的危机和巨变——李渔作品中的社会、文化与现代性》（Crisis and Transformation in Seventeenth-Century China : Society, Culture and Modernity in Li Yu's World）则将李渔的作品及一生当作一个楔子来考查当时的中国社会，书中引用资料很丰富，至此美国汉学界掀起了一股小小的李渔热。

进入九十年代，美国明清小说的研究更呈现出不断深入的趋势。芮效卫的另一高足陆大伟（David Rolston）编辑出版了《中国传统章回小说读法》（How to Read the Chinese Novel）一书。该书将许多重要的小说评点资料翻成了英文，译文注解很详尽。书里还收有编者和其他学者写的详细介绍小说评点历史及美学背景的文章。书后还附了几乎所有有关小说评点的资料目录。这些目录全面反映了传统小说理论研究的最新成果（尤其是大陆近年来的研究成果），为读者在这方面的研究提供了很大的方便。听说陆大伟另一本对中国传统小说评点进行系统研究的新作也即将付梓。笔者刊载在第十六期《中国文学》（CLEAR）上题为《中国传统小说评点中的作者与读者以及权威的建立》["Authori（ty）and Reader in Traditional Chinese Xiaoshuo Commentary"]的长文则从阐释学和接受美学的角度分析小说评点中的作者、读者和批评者三者的关系，并探讨了儒家经学阐释传统（如朱熹对《四书》

的注评）对小说评点可能产生的影响。从 1972 年王靖宇（John C.Y.Wang）的《金圣叹》(Chin Sheng-tan）一书问世到九十年代陆大伟的《中国传统章回小说读法》的出版，美国学者对中国传统小说理论的研究确实取得了很大的进步。这也反映了美国整个明清小说研究领域的快速发展。在文言小说的研究方面，蔡九迪（Judith Zeitlin）于 1993 年出版的《异史氏——蒲松龄与中国文言短篇小说》(The Historian of the Strange: Pu Songling and the Chinese Classical Tale）一书则是这一领域中的最新成果。

另不少学者也开始有意识地运用最新西方文学理论来研究中国传统小说。王静（Jing Wang）1991 年出版的《石头的故事——文际关系和〈红楼梦〉〈水浒传〉〈西游记〉中石头象征以及中国古代的石头神话》(The Story of the Stone: Intertextuality, Ancient Chinese Stone Lore, and the Stone Symbolism in Dream of the Red Chamber, Water Margin and The Journey to the West）即为一例。此书用西方文学理论中的"文际关系"以及其他后结构主义概念探讨了三部小说中石头象征含义的关系，很有新意。但也有不尽人意之处，特别是有些地方的阐述似乎过于刻意求新，新书出版后专家反应毁誉参半。另一本引用西方理论较多的书是鲁晓鹏（Sheldon Hsiao-peng Lu）最近刚出版的《从历史到虚构——中国的叙事诗学》(From Historicity to Fictionality: The Chinese Poetics of Narrative）。它较系统地论述了中国传统叙事理论的发展。主张中国小说的发展过程也是小说作为一个文体逐渐摆脱史学的桎梏的过程。该书对传统小说与史学之关系这一重要问题有较详细的分析，颇值一读。还有一本研究小说与历史的关系的专著是骆雪伦（Shelly Hsueh-lun Chang）于 1990 年出版的《历史和传说——明代历史小说中的观念与形象》(History and Legend: Ideas and Images in the Ming Historical Novels）。但该书在小说艺术分析上尚嫌不足，这也许是与作者本人是位历史学教授有关。

1993 年李惠仪（Wai-yee Li）出版了《迷惑与幻灭——中国文学中的爱情和迷幻》(Enchantment and Disenchantment: Love and Illusion in Chinese Literature）。该书从追述《红楼梦》中的警幻仙子这一形象的原型开始，分析了历史上文学作品中有关"迷惑"和"幻灭"主题的描写。该书的后半部分则主要研究《红楼梦》。尝试跨文体跨时代研究一个文学现象，这在美国汉学界大概可属首例。笔者于 1995 年出版的《文人与自我的再呈现——中国十八世纪小说中的自传倾向》(Literati and Self-Re/Presentation: Autobiographical Sensibility in the Eighteenth-Century Chinese Novel) 一书则主要讨论《红楼梦》《儒林外史》和《野叟曝言》这三部十八世纪小说的自传特点。该书从小说发展史的角度阐述了自传倾向在十八世纪小说中抬头的原因以及它与当时文人作者自身面临的自我意识危机的密切联系。该书认为这是传统小说 "文人化" 不断深入的必然结果，并指出这些小说自传性的一大特点即它的间接性。这与西方一般的自传小说只集中描写一个主人公的写法很不一样。这里用 "自况" 这一词来形容这些小说的自传特点可能是最恰当的。在这些中国传统小说里，作者的自传往往是通过描写塑造一连串的 "他" 或 "她" 来间接完成的。这就是所谓的 "再呈现"(re/presentation)。这种通过假面具来达到作者的自传目的的特点与中国古代的特殊的传记文学传统以及十八世纪保守的文化环境亦有一定的关系。

近年来不少美国学者还对各类续书表现出了研究兴趣。早在 1978 年弗里德里克·布兰道尔（Federick Brandauer）就写有题为《董说》(Tung Yueh) 的研究《西游补》的书。后来魏爱莲（Ellen Widmer）又出版了《乌托邦的边缘——〈水浒后传〉与清初明遗民文学》(The Margins of the Utopia: Shui-hu hou-chuan and the Literature of the Ming Loyalism) 一书。刘小联（Liu Xiaolian）则写成并出版了《佛心的艰辛历程——〈后西游〉中的寓言》(The Odyssey of the Buddhist Mind: The Allegory of the Later Journey to the West)。不过这三本书都是集中讨论个别续书的。至于从整体上来研讨续书现象的专著至今尚未出现（而近年国内这方面的研究文章却已有不少）。

随着专业队伍的不断扩大，美国明清小说研究亦将不断兴旺。也许今后研究所面临的几个主要问题中的第一个是怎样在宏观上对中国传统小说作系统研究。在大量埋没了很久的明清小说被重新发掘整理出版的情况下，对这一重要文学现象的认识不能仅停留在原有对几本 "经典" 作品的了解上。第二是如何将小说研究与其他学科如思想史、社会史研究成果更好地结合起来，使小说研究成为中国文化研究的一个有机组成部分。第三是如何有效地研究和运用各种文学理论（当然也包括中国古代文学理论尤其是明清时期小说评点理论）使明清小说研究在方法论上更进一步地提高，而同时又能避免机械地搬用西方文学理论。

　　与国内相比，在美国研究明清小说自有许多不利条件，特别是大量善本多在国内，再加上用英文撰文讨论中国古典文学作品，终有隔雾看花之感。当然也有一些有利的地方，譬如美国图书馆制度设备很健全，借书找资料很方便，用外文讨论中国文学所产生的距离感有时反倒能使有些问题看得更清楚一些。以上仅是对近年来美国明清小说研究情况的一个极粗略的介绍以及个人的一些感想和展望，其中挂一漏万在所难免。

　　（由于美国搞汉学研究的学者经常取有中文名字，而笔者往往仅读到他们用英文撰写的文章，所以行文中遇到不熟者唯能译音，望读者以英文名字为准。）

"情""欲"之间：
清代艳情小说《姑妄言》初探[*]

[*] 本文原发表于《明清小说研究》，1999年第1期。

1997年台湾大英百科股份有限公司将清代长篇小说《姑妄言》作为其艳情小说系列《思无邪汇宝》中的一种出版，使这一部失传了很久的十八世纪艳情小说得以重见天日。[1]作者自序署"雍正庚戌中元之次日三韩曹去晶编于独醒园"，而其林钝翁总评则署"庚戌中元后一日古营州钝翁书"。据此可以大概推断《姑妄言》很有可能在雍正年间写成，此后一直以抄本形式流传。此书问世以后似流传不广，未见于清代诸家藏书书目及禁书书目。[2]1941年上海优生会曾以《海内孤本姑妄言》为名出版过此书的残刻本（实为十八回删节而成），但其印数极少，又是非卖品，故没引起读者、专家的注意。[3]唯一幸存的全抄本现藏于莫斯科的俄罗斯国立图书馆。[4]台湾这次所出版的铅印本就是根据此抄本校点而成。二十世纪六十年代俄国汉学家李福清（Б.Л.Рифгин）曾在《亚非民族》上撰文介绍过此抄本，可惜世人未加注意。《姑妄言》这一清代长篇艳情小说第一次全本出版，对中国传统小说研究来说，确是一桩非常值得庆幸的事情。对它进一步的研究很有可能会使我们对当今某些有关十八世纪中国小说发展状况的看法加以修正。

　　《姑妄言》共分成二十四回。但每一回都很长，其篇幅相当于一般古代章回小说一回的四五倍，故整部小说正文不下九十万字，再加评语，则是一部洋洋百万言的鸿篇巨制。一部百万言小说仅分成二十四回，这在中国古代小说中也是绝无仅有的。更有甚者，每一回的正式回目之外还有附目一联（也就是说有两联回目）。可见此书每一回的"容量"。这也可以算是《姑妄言》作者的独创吧。

　　小说正文开始叙述一闲汉醉后梦见一位"衮冕王者"要审判自汉初至明朝嘉靖末年阎王未判的疑案，按犯罪情节轻重，各判再世受报应。其中李林甫转世为阮大铖，秦桧转世为马士英，永乐转世为李自成。另外又有白氏女子及四个男子的悬案。此五人分别被判投生为南京聱妓钱贵、书生钟情、贵公子宦萼、进士贾文物和财主童自大。小说的情节以钱贵和钟情的情爱婚姻以及贾、宦、童三家为中心展开。另也涉及其他转世人物，并以魏忠贤擅权，李自成反叛，崇祯自杀，南明福王即位，

---

[1] 本文所引《姑妄言》皆从大英百科股份有限公司版。回数、页数由括号中列出。
[2] 参《思无邪汇宝》编辑为《姑妄言》所写的《出版说明》。
[3] 《姑妄言·出版说明》，页26—27；又刘世德主编《中国古代小说百科全书》，页107《姑妄言》条。
[4] 关于小说在俄国收藏的情况，请参李福清附于《姑妄言》后的《〈姑妄言〉小说抄本之发现》一文。

奸臣马士英、阮大铖篡权，终致南明小王朝迅速消亡，清朝代兴为大历史背景。很难说哪一个人物是小说的绝对主角。故事的几条线索经常交叉地展开，所以头绪显得比较纷杂。

正如《思无邪汇宝》丛书编辑在他们为《姑妄言》写的《出版说明》中所言，作为一部长篇艳情小说，《姑妄言》真可谓是"集大成之作"："所写者有一女多男、一男多女，及男女混交、乱伦、男女同性恋和人兽杂交，如人狗交、人驴交、人猴交等。写采战法则有采阴补阳，采阳补阴，因采人反被人采而致死，仙狐求人阳精反失丹。写春宫图册、春药如揭被香、金枪不倒紫金丹、如意丹等。缅铃、白绞带子及角先生等淫具亦时常出现。古代艳情小说中之种种套数，种种工具，均出现在此小说中。"中国古代艳情小说一般中篇居多。就是那些长篇，如《金瓶梅》和《野叟曝言》的艳情描写，在整本小说中所占的篇幅也不是很高。而《姑妄言》九十几万字的正文中，艳情场景可以说是几乎连续不断。似乎作者曹去晶有意要写出一部超级艳情小说。在中国小说史上还找不出另外一部在艳情描写上比《姑妄言》更全、更彻底和篇幅更长的作品来。就是在描写许多历史人物，如魏忠贤、李自成和阮大铖等时，作者也是极力铺张描绘这些人各种兽状大发的细节。

作者立意要写出一部"集大成"的艳情小说之企图也可以从《姑妄言》中不断提起其他流行的艳情小说这一点上看出。譬如书中第五回提到经常与别人妻妾乱搞的万缘和尚在读小说《灯草和尚》（5.645）（一般认为《灯草和尚》是清初小说，其内容正好也是讲和尚与一官府家中妻女通奸之事）；第二十四回里提到淫妇火氏在欣赏《如意君传》里的插图（24.2954）。在钝翁的评语中《金瓶梅》也许是被提到最多的一部小说。书中更有直接模仿其他艳情小说的迹象。其中最突出的是对《肉蒲团》的"借鉴"了。第六回中，在讲到男子房事过度的害处时，有这样一段话："此时方知道《本草》上不曾载的这种发物如此厉害……譬如人参，偶然服些自有补益，若把他当做饭吃将起来，可有不伤命者，岂是人参之过？乃服参人之过耳。"（6.731）这段议论实际上是将《肉蒲团》的第一回中那段有关女色利弊的说教改头换面而成的："可见女色二字，原于人无损。只因《本草纲目》上面不曾载得过这一味……人参付子虽是大补之物，只宜长服，不宜多服。只可当药，不可当饭。"第八回里郑氏利用自己洗澡来引诱男佣爱奴的插曲,显然是受到了《肉蒲团》第十四回里有关玉香利用自己洗澡来勾引佣人权老实描写的启发。在这里举出这些例子的用意不是想要指责《姑妄言》作者有剽窃之嫌,而是要强调此书作者对艳情小说传统有着非常强的意识。这一点在我们讨论其独创性时会更明了。

像许多其他艳情小说一样,在《姑妄言》里性的一切都被极度夸大了:人的色欲、交媾的耐久力、阳物的大小等等。艳情小说的世界毫无例外是一个淫欲横流的世界。如果《姑妄言》仅仅是像大多数其他艳情小说那样将这样一个世界不厌其烦而又机械地夸大一番而已的话,那这部小说也许就没有太多的地方值得探讨了。显然作者曹去晶的立意决不仅限于写一部最冗长的艳情小说。

一般来说,中国的传统艳情小说所专注的是"欲",而不是"情"。尽管《绣屏缘》之类的艳情才子佳人小说也时常提到"情",但在这类小说中的男主人公所谓的多情主要表现在其乱交的频繁上。[5] 初读之下,《姑妄言》确实是一部专写色欲的艳情小说,只是其各类描写更露骨、篇幅更长、花样更多、更全而已。但有所不同的是,在这样一个淫欲横流的沙漠里,作者却精心刻出了一块小小的"真情"绿洲。这就是瞽妓钱贵和穷书生钟情的故事。钟情经其友介绍认识并爱上了名妓钱贵,而钱贵则用自己攒下的钱资助钟情奋发读书,后者终于金榜题名。在未正式嫁给钟情之前,钱贵则时时为其情郎"守身",甚至于"至死不渝"。唯其是一婊子,这种爱情上的忠贞不渝才显得更加难能可贵。事实上这故事本身也没什么惊天动地的地方,甚至可以说脱不了一般书生、妓女,才子佳人式恋爱的窠臼。但在这部淫欲泛滥的小说里,这样一个故事却别有深义。小说作者处处强调他们关系中情的重要意义。首先书生的名字本身就叫"钟情",这意思已是不言而喻的。作者通过人物本人之口在小说中也一再提醒读者:"我命名钟情,岂肯作薄悻人。"(4.467)当然"钟情"这一名字也会使读者马上想起冯梦龙《三言》中有关卖油郎独占花魁的故事(卖油郎的名字是秦钟)以及那段用"帮衬"释情的有名的议论。实际上

[5] 关于十七世纪艳情才子佳人小说《绣屏缘》与"情"的关系的探讨,请参看即将刊在美国汉学杂志《中国文学》(CLEAR)第二十期(1998)上的拙文《欲望的情愫——明清文学中尊情现象一个侧面的初探》(英文)。

小说中确实提到了钱贵要学《占花魁》里的女主人公从良（这里可能是指杂剧《占花魁》）。钟情中举后，别人劝他别娶这烟花女子以免他人耻笑，他更有一段慷慨激昂的"情辞"："吾兄不知此女与弟万种深情，岂可相负。彼初会弟时，不鄙我寒贱即托终身，临别又赠我数十金……且彼矢身自守……人既有深情于我，背之不详。古云：海可枯、石可烂，惟情不可移。况士为知己者死……他一遇我即爱若此。一瞽目妇人胜有眼男儿万倍，亦可谓称弟之知己矣。负心人岂我辈为耶？"（14.1630）为了突出钟情的"钟情"，小说还特地详写了在他与钱贵定情之后几次却色的经过（9.1131和9.1136）。另外一方面，钱贵也是为钟情守身如玉。作者还特地提醒读者，钱贵守身从良的决心是她受到烈女事迹启发的直接结果。这位艳情小说作者似乎对烈女形象特别垂青。小说中屡屡提及各种烈女的故事（7.814；19.2345，2408；21.2851）。在这样一个肉欲泛滥的世界里，作者不厌其烦地标榜各种烈女的贞烈确会让人初读之余觉得有点意外。一种可能的解释是，作者有意要将这样一个所谓的"烈情"世界与书中的"淫欲"世界相对比。

[6] 台湾学者陈益源在其《〈姑妄言〉素材来源》一文中指出小说中有关几则烈女的故事是抄自陈鼎（1650—?）的《留溪外传》。陈文收在其《从〈娇红记〉到〈红楼梦〉》（沈阳：辽宁古籍出版社，1996）一书中。杜小英者可能确有其人。

由于担心"燕尔昵情"笔墨过于露骨可能亵渎这样的"贞情"，在描写这对忠臣烈女男欢女爱时，这位立意要集艳情小说之大成的作者却格外地小心翼翼。如第四回他们俩初次云雨的描写中，只有一段婉转的提示再加一两首暗示性的艳诗而已。描写他们新婚之夜，更是仅用"如鱼得水"一笔带过。这种"克制"对这部刻画艳情从不惜笔墨的小说来讲，是一种刻意的安排。

在《姑妄言》中，"情"往往包含着传统男性文人的价值理念。使钱贵如此倾心的烈女杜小英的形象即一例。[6] 杜小英被官军抢去，主帅好色企图强奸，杜小英"乃作绝命词十首"，投江而死。她自叙其如此死法的理由是因为"武昌省会之区，楚南贤士大夫多集于黄鹤白云间。且当贡举之年，吾郡应试，必多其人，故隐忍至此而死。希长者为妾妇报高堂耳。"（3.363，364）显示出这位烈女对文人学士的信赖。而她的贞烈事迹正是由于文人们的广为传播而载入了烈女传，才使得钱贵有机会受她事迹的感动而决定找一个真情的书生从良，进而发誓要用其生命来为钟情守身。（尽管她是个妓女！）

这种烈女式的贞操在小说中往往是与情的忠贞联系在一起的。另一方面，情的忠贞或烈女的"守节"，则又常常与一个士大夫对君王的忠贞（不贰臣）等同起来。譬如小说叙述者曾感叹南明福王政权覆灭后竟"无一个死节之人"（24.3027）。小说里钟情本人也是一个好例子：他在爱情上专一，而在政治生涯里则表现出对明王朝的忠心耿耿。他的"坚贞"曾经使他能冒死进谏皇帝，而在明亡之后又离别了妻儿做了大明的隐士遗民。钟生"知大势已去，心中朝夕不安"，他想道："尚恋恋妻子家园，以图欢聚，不但为名教罪人，异日何以见先帝在天之灵同我祖宗父母于地下？"（24.3011）忠贞的钟情为大明"守身"，就像钱贵为钟情的"守身"，是合乎小说中"情"的特有逻辑的。但有趣的是，在这部艳情小说里，钟情在君臣之情和儿女之情之间最后选择的却是前者。钟情所言"士为知己者死"可以指儿女之情，更可以指文人士大夫所珍惜的为臣之情。的确，在小说中这两种情往往是很难分开来。而钟情说钱贵"一瞽目妇人胜有眼男儿十倍"，更是道出了一个落泊文人所谓"慧眼识英雄"的知遇感。总而言之，《姑妄言》中的情因文人气太重，常常让人觉得过于公式化。钟情、钱贵两人所倾心的实际上不是对方具体的人，而是一种抽象的文人理念。这一方面最明显的例子是钟情的朋友梅生试图说服他去拜访名妓钱贵那一段。一开始，钟生不愿去；但当他听了梅生的一番劝说，他改变了主意。梅生说："兄还不知钱贵的心迹。他极重的是风流才貌……"钟情的反应是："若果如兄所说，此女可谓妓中英雄，以瞽目之人而有此心胸，又高出梁夫人、红拂妓之上了……私心窃料，恐世间无此尤物。今日之须眉男子无一人能尘埃中物色英雄，况此一瞽女而具此侠肠？"（3.450，451）这里充满了不遇之士的自怜乃至自恋。钟生要寻找的是"知遇"，是要有人欣赏他那还未被别人发现的才能。这大概与作者本人在其"自序"和"自评"中所流露出的愤世嫉俗以及潦倒不遇之情有关。另一方面，这种自怜和求知遇而不得之感，正是传统中国文人所津津乐道的"真情"的一个重要内涵。[7] 不过这种文人之"情"在这部充满了夸张而又露骨的性描写的艳情小说里却有欠偕调，从而显得苍

[7] 我在拙文《欲望的情愫》中曾讨论了文人的自我意识与他们的文学作品中的"情"的复杂关系。其中最突出的就是将"情"泛政治化以及不遇之士的自怨自怜之情与男女爱情的互通。陈维昭在《轮回与归真》（汕头：汕头大学出版社，1993）一书中有关贾宝玉自哀自怜的说法在这里是很有启发意义的（页143—145）。当然这是一个极其复杂的论题，拟另文专论。

白无力,并很有可能成为小说反讽的对象。

小说作者也许意识到了这种"情"与"欲"的对比过于绝对化,因此他还塑造了几个情和欲兼而有之的人物。其中阴氏即一例。她很小年龄已与许多男人发生过关系,因而臭名昭著,很久还找不到夫家,最后只得嫁给戏子嬴阳。嬴阳因过去被恶霸聂变豹强奸致残,房事很是勉强。但阴氏非常体贴,夫妇俩关系融洽。可是他们的生活十分拮据,有时甚至到了无米下锅的境地。这时阴氏偶然接触到的一个富家少年对她十分有意。于是她开始了一番思想斗争:"我若勾上了他倒还不愁穿吃……但丈夫恐怕嗔怪。"又想:"他如今也穷极了,又劳苦得很。若有碗现成饭吃,他也落得闲闲。我看他自己多病动不得,见我青春年少,孤眠独宿,他也有些过不得意……我要瞒着他做就是我没良心了,竟同他商议,看他如何说。"(6.763)这个计划既满足了她未能遂意的生理要求,又解决了生计和丈夫养病的问题。照她自己的说法:这是"舍身养活"或是"舍身养夫"(6.763)。这倒确也是情和欲两者兼顾。阴氏果然直言不讳地将此事告诉了丈夫。阴氏对她丈夫的规劝是多么恳切:"阴氏一把拉着他的手,纷纷落泪……""你今后也不必进班去了,养养身子罢。哥哥,我实心为你,你不要疑我是偷汉,说这好看的话欺你。我若是图自己快乐,你多在外,少在家,我岂不会瞒着你做。"(6.745)是这种"恳切"之情终于说服了嬴阳。以后这对情人的来往竟得到了丈夫的默许。他们家以后也不愁吃愁穿了,而嬴阳还得以调养身体。后来阴氏停止了与情人的来往,但他们也是好去好散。而他们夫妇俩仍是非常和睦。当然这富家少年的名字也是有意思的:他姓金名矿。对嬴阳夫妇来说,他确是一座"金矿"——钱财的来源。尽管有些读者对这类"兼顾"的行为也许会不以为然,这种做法以传统社会道德看来显得有失体统,但在书中,作者对这对夫妇却是充满了同情,这也许是因为他们体现了一种情与欲的平衡。为此钝翁也评道:"以阴氏所言之,淫只可为之三,而情有七,较诸妇淫滥不堪者高出许多头地。"(7.757)与钱贵和钟情相比,阴氏和嬴阳作为小说人物形象要更令人信服。《姑妄言》的作者显然觉得女子有权得到生理上的满足。当邬合发现妻子嬴氏因不堪自己无性功能而与别人通奸时,他不但没有太责怪她,反而表示谅解:"我一个废人把你一个花枝般的少妇耽搁着。"(7.838)实际上童自大、宦萼和贾文物三人的妻子成为悍妇的主要原因都是因为她们的丈夫没有"本钱"满足她们的性要求。为此童、宦、贾三人真是受尽了老婆的虐待。但小说的叙述者则为之辩称说:"至于枕席上之事,又是妇人常情,不足为责。"(17.2032)尽管这三个人物在小说前半部作恶不少,但后来在钟情的感召下终于痛改前非,三人都成了大善人。为此,他们都得到了现世好报。最有意思的是他们得到现报的具体方式。童、宦、贾三人过去有钱有势,但因为家里的老婆个个是泼辣的悍妇,所以三人很少有好日子过,真是痛苦不堪。这也算是他们平时为人不善的报应吧。现在他们都改过自新了,说明他们的天良尚未丧尽,自然要有相应的回报。对他们三个怕老婆的人来说,最大的回报也许莫过于家里的悍妇能变成"贤妻"。小说别出心裁地详细描述了他们是怎样从和尚道士那里学得各种房中术从而"本钱"大增,有的则用上春药,最后得以驯服凶悍的老婆而恢复了做男子汉的尊严。将赐予一个男人床上的"大本钱"作为驯服悍妇的手段,并以此与因果报应的说教相联系起来,这在中国古代小说中应属首创。

评点《姑妄言》署名为钝翁者也时有妙论。譬如,关于钱贵在小说中多年瞽目突然一梦重见光明,他评论指出此事虽不免荒唐,但"此一部书都无中生有。极言善恶报应,警醒世人耳。钱贵之目不如此写,不见报应显赫"。(16.1909)也就是说,作者这样写,虽不合一般情理,但这是出于道德说教的需要。这也可谓一针见血吧。又如在第八回的回评里他有如下一番高见:《金瓶梅》一书可称小说之祖。有等一窍不通之辈谓西门庆家一本大帐簿,又指摘内中有年月不合,事有相左者缪,诚为可笑,真所谓目中无珠者……但作小说者不过因人言事,随笔成文,岂定要学史太公作《史记》用年表耶?"(8.919)这里可以看出钝翁对小说与历史的区别是很自觉的。这话显然是针对《金瓶梅》的评点者张竹坡说的。在这一点上不能不说他要比金圣叹、张竹坡等更有见地。钝翁可能是作者的亲朋好友,他在"总评"中曾称:"予与曹子去晶,虽曰异姓,实同一体,自襁褓至壮迄今,如影之随形,无呼吸之间相离,生则同生,死则同死之友也。"(63)可见两人关系之密切。

《姑妄言》与其他小说的关系也是一个有兴味的问题,读完《姑妄言》

的一个印象就是它与十七世纪小说《醒世姻缘传》有许多相似之处。两部小说都十分强调因果报应，都喜欢引用《太上感应篇》之类的善书；对男子惧内这一现象都有长篇乃至喜剧性的描述；两位作者都喜欢在小说里讲笑话；他们都主张"夫妻一伦乃五伦之始，有夫妇然后有父子、兄弟、朋友、君臣。"（3.376）甚至不少细节也有惊人的相同。例如童自大因不堪老婆虐待想到官府去告，却被告之喜知县也是个怕老婆的。更有甚者，"奶奶拿他个喜图南的名字图书印在龟头上，回来要验看，若是擦掉了便了不得，所以如今走路弯着腰"（3.465）。在《醒世姻缘传》第七十九回里，寄姐也是以同样方式来管束丈夫狄希陈的（在以悍妇为主题的晚明小说《醋葫芦》的第四回里也有这样的描写）。又如《姑妄言》第二回有关铁化"自幼刁钻古怪，促恰尖酸"（2.237），不喜读书，专门恶作剧的描写，与《醒世姻缘传》中狄希陈童年的故事也很类似。这两部小说之关系是一个值得进一步探讨的题目。

　　《姑妄言》所思考的情与欲这一问题，在其他十八世纪中国小说中也有不同程度的探索。《野叟曝言》中各类露骨的色情描写虽也不算少，但与《姑妄言》相比，篇幅则要少得多。不过《野叟曝言》的作者也试图对这一对概念提出新的界定而加以不同的区别。其中的高论是由小说作者借主人公文素臣和他以后的爱妾璇姑之口而发的。文素臣说："男女之乐原乎情，你怜我爱自觉遍体俱春……况且男女之乐原只在未经交合以前，彼此情思俱浓，自有无穷乐趣。既经交合，便自阑残。若无十分恩爱，但含百样轻狂，便是浪夫淫妇……"璇姑的言辞更是惊人："窃以为乐根于心，以情为乐，则欲念轻，以欲为乐，则情念亦轻……恐云雨巫梦，真不过画蛇添足而已。"（第八回）在另处文素臣也说道："要晓得阴阳二道，不过为天地广化育，为祖宗绵嗣续，并非为淫乐而设。"（第六十九回）这里情与欲是完全对立的。所谓的男女之"欲"仅是为"绵嗣续"而已。在《野叟曝言》里，文素臣是作为一个多情人的形象而被大加宣扬的；"知遇"与情的关系也是屡屡被强调的一点。尽管文素臣才貌双全，许多女人为之倾倒动情，但他是"纯阳寡欲"（三十八回回评）；虽然妻妾成群，但他竟"未目击其形"（指女子裸体），一直是个"多情守礼"的君子。在那部小说里，纵欲的都是反面人物，情与欲的对立是作者有意始终维护的。[8]《红楼梦》对情与欲关系的思考达到了一个全新的境界,曹雪芹借警幻仙子之口又提出了探讨这一问题的新的"概念"——"意淫"和"皮肤滥淫"之说。关于《红楼梦》在这方面的意义,这篇小文是无法详谈了。[9] 我只是想在这里指出,《姑妄言》对"情"与"欲"问题的特殊兴趣,在十八世纪中国长篇小说中是一个比较普遍的现象。而对《姑妄言》的艺术价值的探讨也必须在十八世纪小说的发展这一大框架下才能取得有意义的成果。

另外《红楼梦》与《姑妄言》究竟是什么关系也是一个值得注意的问题。因为我们知道,曹雪芹的祖籍很有可能在辽阳,而《姑妄言》的作者署名"三韩曹去晶",清初人称辽东为"三韩",再加作者也姓曹。这位自称来自辽东的曹姓作者显然对江南非常熟悉,因为《姑妄言》也是以南京一带作为小说故事发生的主要地点。[10] 无独有偶,《姑妄言》也提到了"金钗十二"的说法(17.2131)。[11] 小说开头一个"闲汉"姓到名听,字图说(谐"道听途说"),梦里听到了王者审判好几个悬案中的人物投世为人而开始小说故事本身的情节。当那闲汉梦醒之后要将这奇事新闻告诉别人时,却引来了一段很有趣的对话:内中一个少年问道:"兄这些事醒着听见的,还是睡着了梦中听见的?"到听道:"我是醒着听见的。"那人道:"兄此时是醒着说话还是睡着了说话?"到听道:"你这位兄说话希奇得很。大青天白日,我站在这里说话,怎说我睡着了?"那人道:"不要见怪。你既是醒着,为何大睁着眼都说的是些梦话?"正当他们闹得不可开交的时候,一个道士插话了:"列位何必如此认真。若信他是真话,就听他这一遍新闻。若疑他说鬼话,就不必信……"(1.147,148)这段描写显然与小说的书名《姑妄言》有联系。作者在书中一再点明"姑妄言"的含义:"话说前朝有一奇事,余虽未目睹,却系耳闻。说起来诸公未必肯信。

---

[8]《野叟曝言》是一部非常复杂的作品。关于这部小说与情的关系也非三言两语能说得清楚。国内讨论《野叟曝言》的文章已见数篇出版。在美国已有将它作为专题的博士论文,如 Joanna Ching-Yuan Wu Kuriyama 的论文题目为《小说中的儒教——夏敬渠的〈野叟曝言〉研究》(哈佛大学,1993)。关于《野叟曝言》中的文人形象的塑造,拙作《文人的自我再呈现——中国十八世纪小说中的自传倾向》有专章详细讨论(英文)斯坦福:斯坦福大学出版社,1995)。

[9] 余国藩近著《石头的重读——〈红楼梦〉中的欲望和虚构》(英文;普林斯顿:普林斯顿大学出版社,1997)中对《红楼梦》中的"情欲观"有详论。但我一直以为贾宝玉所谓的"意淫"与传统文学中文人的自怜倾向有很深的关系。读者可参考陈维昭的有关论点,当然他不是从"情"的角度来探讨的。请参《姑妄言·出版说明》,页17。

[11] 当然在明清时期用"十二金钗"来指十二个女子的说法还是比较常见的。

但我姑妄言之，诸公姑听之。"（1.103）这与《红楼梦》开头石兄与空空道人的对话有异曲同工之妙。对小说书名的含义，作者自己在"自序"和"自评"里还有详解。曹去晶署其居为"独醒园"。所有这一切不禁使人想起曹雪芹的"荒唐言"之说以及《红楼梦》中的梦境与现实交织的复杂世界。在《姑妄言》的结尾，作者又声称："我虽不敢效小说家说他（钟情）成仙了道的俗套，大约自然也寿享遐龄，做一个出世的高人去了。"（24.3747）颇具自嘲乃至自负颇高的意味。虽然《姑妄言》对本身作为小说的自觉意识（self-reflexivity）没有像《红楼梦》那样作深入的探索，但一旦触及，也不乏精彩之笔。若《姑妄言》确实成书在雍正年间，那曹雪芹是否读过这本小说？这些都是有趣的问题。

不少学者都认为，到了十八世纪，由于清廷的高压政策和日益保守的文化氛围，艳情小说的创作已是稀如凤毛麟角了，富有新意的作品则更是罕见。《姑妄言》的重见天日将迫使我们对这一问题作出新的判断，这不仅仅是因为《姑妄言》这部小说本身的价值，还因为人们不禁要问，是不是尚有其他像这样有价值的作品还没有被"重新发现"。以上仅是读了《姑妄言》之后的一些非常初步的看法。对这一部重要的百万言小说作比较全面的评价还须作更深入的研究。

英语世界中《金瓶梅》的研究与翻译*

* 原文刊载于《励耘学刊》，2011年第2辑，总第14辑。作者按：此文是根据本人于2011年4月在北京师范大学举办的一次有关中国文学的国际学术会议上发表的报告改写后刊载于当年的《励耘学刊》。普林斯顿大学出版社出版的《金瓶梅》全本英译本共五册也于2013年全部出齐。2016年译者芮效卫教授去世。记得2011年我在撰写此文时还与他通过电邮有过交流。芮效卫教授是个非常平易近人的学者，十多年前在他芝加哥寓所做客时的场景至今还历历在目。他的《金瓶梅》英译本出版后，他还亲自签了名给我寄来。乘此文重印之机，仅对这位美国金学巨擘表示深切的怀念。

虽然《金瓶梅》的英译本早在20世纪30年代末已经问世，但关于这部小说的英语学术研究则是要到60年代才开始出现。其中最引人注目的是哈佛大学的韩南教授和哥伦比亚大学的夏志清教授的有关研究。前者以前在伦敦大学的博士论文的研究题目就是《金瓶梅》。他后来发表了不少有关这部小说的学术文章，如《〈金瓶梅〉版本考》和《〈金瓶梅〉版本探源》等，以考证功力见长。与韩南谨慎的学术风格迥异（韩南不愿多作价值判断），夏志清则比较喜欢作文学和道德上的价值判断。因为他本人是耶鲁大学英国文学博士毕业，受新批评派和欧美人文主义传统的影响较深。在阅读《金瓶梅》时，他往往会用西方"现实主义"小说的标准来衡量。而这一"现实主义"传统强调的是叙述视角的连贯、叙述者的隐匿（应避免直接介入作任何的直接说教）和小说文意的前后一致等。所以他对《金瓶梅》不免过于苛求。但他在《中国古典小说导论》书中有关《金瓶梅》的一文确是第一篇对这部小说在文学分析上作深入介绍和讨论的英语文章。其功不可没。

相对于20世纪80年代以前大陆的情况，海外的《金瓶梅》研究似乎没有那么多人为的限制，因为学者都能在藏有此书的大学图书馆那里借到这部小说的所谓足本的影印本。金学的高潮在美国汉学界的到来应该是以1983年在印第安纳大学的《金瓶梅》国际研讨会作为标志的。此次会议聚集了当时全美几乎所有重要的《金瓶梅》研究者，包括来自欧洲和中国的学者。会议部分的论文以中文的形式发表于徐朔方编辑的《〈金瓶梅〉西方论文集》一书中。此书于1987年由上海古籍出版社出版。此次会议的另一部分英语论文则刊在美国的《中国文学》(*Chinese Literature: Essays, Articles, Reviews*)第八期(1986)《金瓶梅》研究专辑上。1986年印第安纳大学出版社出版了第一部用英语写成的研究《金瓶梅》的个人专著——柯丽德的《〈金瓶梅〉的修辞学》。此书是在她研究《金瓶梅》与戏曲关系的博士论文的基础上做了大量修改之后的成果。但它讨论的范围已不局限于小说与戏曲的关系，还涵盖了小说主题与结构等重要问题。她提出的有关《金瓶梅》中"家""国"相对应的象征结构的观点，以后其他学者会有更深的挖掘。柯丽德是芝加哥大学芮效卫教授的高足。而芮效卫则是普林斯顿大学出版社出版的《金瓶梅词话》英文全译本的译者（关于此译本我下文还将详谈）。

普林斯顿大学浦安迪教授1987年在普林斯顿大学出版社出版的《明代小说四大奇书》（*The Four Masterworks of the Ming Novel*）可以说是美国汉学界中国传统小说研究史上的一个里程碑。他在书中提出了所谓的"奇书体"的理论。在他看来明代的四大奇书——《三国演义》《水浒传》《西游记》和《金瓶梅》都是由文人在16世纪改编写定的。他们的改定本与这些小说以前流传的各种版本有着质的区别。因为他们不再是通俗小说了，而是文人小说，是文化精英的作品。浦安迪试图将理学尤其是理学中的心学在明代的发展作为四大奇书产生的文化背景来探讨这些作品的思想内涵。他认为这四部小说都是在不同程度上对《大学》中的传统儒家思想的核心议题"修身、齐家、治国、平天下"的反省或者反思。而这议题又是与上文提到的柯丽德关于"家""国"对应的观点（即从"修身"到"平天下"）互为补充的。二十世纪六七十年代大陆因各种政治运动频繁，传统思想史研究百废待兴，而在这段时期，宋明理学的研究在港台和北美却十分火热。作为一位专治中国传统小说的美国学者，浦安迪试图从中国传统文化中发掘出古典小说的文化渊源。宋明理学尤其是晚明风行一时的心学自然成了他关注的对象。这也是为什么他在《明代小说四大奇书》中采取了逆时阅读的策略，即他的阅读次序与四部作品的成书时间先后正好相反：他以《金瓶梅》开头，接下来是《西游记》，再接下来是《水浒传》，最后是《三国演义》。成书最晚的《金瓶梅》放在第一来读，而成书最早的《三国演义》则最后讨论。这是因为在浦安迪看来，《金瓶梅》最能体现出对儒家"修、齐、治、平"理想的批判和反思。浦安迪是一个学比较文学出身的学者，对当时的西方的文学理论也比较熟悉，比如他用卢卡奇等人有关西方小说的反讽理论来解读四大奇书即一例。但在此书中他更勤于试图从中国本土文化历史中为其对这些古典小说的阐释找到依据。与他于1976年出版的西方文学理论气味极浓的《红楼梦中的原型和寓意》（*Archetype and Allegory in the Dream of the Red Chamber*）一书相比，《明代小说四大奇书》甚至可以说是一种明显的"汉学式（sinological）战略退却"或"回归"的产物。[1] 因为在撰写这本书时,他的主要灵感显然来自宋明理学和在当时大陆学者看来道学气颇浓的明清小说评点家而不是西方文学理论(譬如他"奇书"的概念很明显是受了金圣叹的影响)。美国学者对明清小说评点的研究开始得比较早。例如芮效卫在20世纪70年代就撰文讨论张竹坡有关《金瓶梅》的评点。[2]

但芮效卫与浦安迪在一个重要的问题上观点不一样。前者认为《金瓶梅》的作者一定是一位崇信荀子人性恶学说而不是宋明理学的明代作家,因为这部小说对人性负面的极度悲观的态度。[3] 在他看来,《金瓶梅》作者署名为兰陵笑笑生也是很有深意的,意在暗指他对荀子的追思,因为近两千年前荀子曾在山东兰陵做过官。芮效卫出生于南京一个美国传教士家庭。他们一家与中国关系颇深。他的兄弟芮效俭(J. Stapleton Roy)于1991—1995年间曾担任过美国驻中国大使。芮效卫研究《金瓶梅》几十年如一日。在他执教于芝加哥大学东亚语言文明系几十年中,培养了不少博士生,而他们的博士论题几乎都会与《金瓶梅》有关。可以这样说,正是因为芮效卫的不懈努力,在他执教期间,芝加哥大学几乎成了美国金学的一个中心。据他的一个学生后来回忆,作为他的学生,要选与《金瓶梅》无关的博士论文题目在他那里是很难通过的。他有一个博士生之所以能得到他的支持得以把艳情小说《如意君传》作为研究课题,是因为这部小说显然对《金瓶梅》有着很深的影响。我们甚至可以说,对他来讲,研究《金瓶梅》几乎是一种宗教信仰。在他看来,《金瓶梅》的每一个字或每一句话几乎都是有来历的。他办公室的书柜中积累了许许多多小卡片,记载着他几十年中所收集有关《金瓶梅》文字的出处的信息。他坚信《金瓶梅》中许许多多与以前的文学作品类似之处不是作者抄袭剽窃的结果,也不是这部巨著是由多人长时期编写而成的证据,

---

[1] 这里需解释一下,虽然一般sinology是与中文的"汉学"相对应的一个词。但sinology一词在美国学界大概有两种不同含义。广义地说,sinology指的是有关中国的学术研究。但狭义指的是研究方法比较传统的中国研究,特别是古代中国或中国古文献的研究。这一词用作褒义词则指的是那种基本功比较扎实,做复实在在学问的研究。用作贬义词则指的是对现代西方各种理论不太热衷,观点比较保守陈旧的研究(这里经常当形容词用sinological)。所以研究现当代中国文化尤其是先锋文化的学术则很少被称呼为sinology 或 sinological。当然欧洲学界的情况有所不同,在那里sinology的第二种狭义的用法似乎比较少一些。

[2] 芮效卫,《张竹坡的〈金瓶梅〉评点》,见浦安迪编,《中国的叙事文:评论和理论》(普林斯顿:普林斯顿大学出版社,1977)。

[3] 有些学者认为实际上宋明理学与荀子学说在本质上区别并不如一般的人认为的那么大,因为后者对人性也并不是那样的乐观。《金瓶梅》所显露出对人性极易堕落倾向的极度担忧与理学的基本伦理倾向并不相悖。

而是作者作为一个文学巨匠刻意经营的创作手法。它大都是一个晚明文人对以前作品的有意的讽刺性模仿和对过去文学传统的一种反思。尽管有时他的具体读法我们不会都赞同，但这样的一种对中国传统小说所特有的互文关系的特有敏感，是有参考价值的。[4] 当然芮效卫对金学的最大贡献还是他的《金瓶梅》的英文翻译。

[4] 对于芮效卫有关《金瓶梅》的解读，国内已故学者徐朔方颇有异议，请参其《〈金瓶梅〉〈荀子〉〈荒凉山庄〉:〈金瓶梅词话〉英译本"绪论"评述》，《吉林大学社会科学学报》，1994年第4期。

于1939年出版的第一本英译本《〈金瓶梅〉：西门庆与他的六个妻妾的冒险史》(Chin Ping Mei: the Adventurous History of Hsi-men Ching and His Six Wives) 是由伯纳德·米奥尔（Bernard Miall）从德文的翻译本转译而成的。它实际上是一个节本。原书一百回变成了五十章。第一个英语直译本则是由克莱门特·埃杰顿（Clement Egerton）翻译的四卷本《金莲：中国小说〈金瓶梅〉直译本》(The Golden Lotus, A Translation, from the Chinese original, of the novel Chin P'ing Mei)。此译本也于1939年出版。但两个译本似乎都是以崇祯本系统版本（或其中的张竹坡评本）为原本的。从第二个译本的副标题上来看，埃杰顿有意标明他的译本是自己从中文原本直接翻过来的，而不是从另外一个外文本转译的，以与伯纳德·米奥尔的译本加以区别。这表明当时他似乎知道还有一本转译本也即将要出版，尽管两种英译本最后都是在1939年初版的。埃杰顿还在他的前言中特意感谢当时在英国一所大学当讲师的著名作家老舍的帮助并将此书献给他。但此译本也算不得全译本，因为原书中不少词曲诗歌在翻译中被省略。初版时，那些描写较为露骨的章节都是以拉丁文译出，为此译者还在译本导论中表示了无奈。只是到了西方文化对性的态度变得更为宽松之后的年代里，此译本再版时那些段落才用英文补译出来。但严格地说，这两个英译本都是删节版。

芮效卫的译本共分五册，由普林斯顿大学出版社出版，第一册1993年出版，迄今已出了三册，据芮效卫本人最近告知，第四册将于2011年11月出版。而最后第五册的二十回，他也译了一半。这是花了译者几十年心血精力的浩大工程。现在看来全书出齐的日子已为期不远。这里还顺便提一下，最近我看到国内有一篇评论芮效卫翻译《金瓶梅》的文章中说译者芮效卫已经去世,这显然是误传。[5] 因为上个月我还与他本人联系过。芮效卫的译本称得上是第一本全译本。在翻译过程中,他的目标是尽量一句不漏译。与前两译本不同,此译本是从词话本翻过来的。他认为词话本不仅是最接近《金瓶梅》原本的版本,也是最优秀的版本。他的一个学生的博士论文就是试图运用俄国文学理论家巴赫金有关复调和对话理论来论证词话本的回前诗与崇祯本回前诗相比之下的许多优越之处。当然这是一个智者见智,仁者见仁的问题。

与其他《金瓶梅》英译者不同,芮效卫本人对《金瓶梅》的研究下了很深的功夫。他认为因为这是一部极其复杂的文学作品,而它又与其他各种文本(小说、戏曲、唱词、诗歌等)有着千丝万缕的关系,弄清它行文的出处和来源对理解作者的意图至关重要。所以英译本每一册后面都附有非常详细的注解和参考书目。这样就大大提高了译本出书的成本。普林斯顿大学还是愿意出版此书,这一定与译者本人作为一个严肃的学者的坚持大有关系。这在目前学术出版社预算普遍吃紧的情况下,实属难能。芮效卫的译本不仅是以一般英文读者为对象的,它更是以学者和对中国文化有很大兴趣的读者为对象的。

在西方学界文学研究的日益多学科化的情况下,将小说作为独立的文学作品来解读的学者已越来越少了。近期出版的《金瓶梅》的研究成果更多的是将它作为一种文化现象来研读。其中更有不少学者试图从性别史的角度来阐释这部16世纪的人情小说。毕业于加州大学柏克莱分校而现执教于台湾"中央大学"的丁乃非由杜克大学出版社于2002年出版的《淫物:〈金瓶梅〉里的性政治》(*Obscene Things: Sexual Politics in Jin Ping Mei*)即一例。此书第一部分是分析《金瓶梅》接受史上从明清时期的张竹坡等评点家一直到美国的浦安迪的所谓的男性沙文主义的种种阅读方法。后面的章节则是围绕着西门庆的妻妾潘金莲等形象在小说中的塑造来探讨中国传统文化中的仇恨女性的倾向。也许不少人会觉得作者有过于偏激之处,但本书确是对《金瓶梅》一个有意思的女性主义文化阐释的尝试。

即使很多文学研究并没特别标榜性别理论是它们的主导思维,但在一个后性别理论的时代,

[5] 温秀颖、李兰,《论芮效卫〈金瓶梅〉英译本的体制与策略》,《中国外语》第7卷,2010年第1期,页102。

很少文学研究者能避开性别理论所提出的问题。这在《金瓶梅》的研究中更是如此，因为其中的一个重要原因是小说的情节发展与那么多女性人物的命运息息相关。拙作《中华帝国晚期的欲望与小说叙述》也在这方面做了一些尝试。[6] 在书中我试图从文化史的角度来审视欲望与明清小说的极为复杂的关系。我认为如果不仔细分析晚明时期"欲望重估"的种种尝试，我们也就无法令人信服地解释当时小说，特别是人情小说的兴起和发展的真正原因。晚明并不是一个简单的"人欲横流"或"人欲解放"的时代。这样的历史描述也许过于简单了。实际上晚明是个非常悖论的时代。也许与以前的历史时期相比它的确可以称得上是一个人欲横流的时代，但同时它也是一个对欲望深具恐惧忧虑的时代。正因人欲横流的严重后果，不少人对欲望才有了前所未有的忧虑。而《金瓶梅》恰恰是这一悖论时代的特殊的文学产物。小说一方面对种种人欲泛滥的现象津津乐道，甚至不乏艳羡；另一方面却又对小说人物欲望过度所造成的后果流露出深切的焦虑。西门庆显然就是这种"过度"最触目惊心的具体表象。如果用小说中所提及的"酒、色、财、气"的概念来分析，欲望大致可分为两大类。酒、色、财属于物质性的欲望，其对象一般都是可触摸的；气则是非物质的欲望，它无边无际而又不可触摸。当然这两种欲望在一个人的实际生活中很少是单独存在的。但非物质欲望却是最危险的。西门庆犯的一个致命错误就是"气"太粗。实际上导致他最后丧命黄泉的不是他的性欲失控，而是他总是想要得到他所不能或不应得到的。譬如他与奶娘如意私通时，他特意问如意，她是谁的老婆，为了讨好西门，如意急忙说"我今天是你的老婆"。出人意料的是，西门却不领情，坚持要她说她是熊旺的老婆，但今天属于了西门。显然西门庆要享受的是那种占有意识，而且占有的不是一般无主的女人，而是已经有主的，也就是别人的老婆。更有甚者，他还要如意这个被占有者亲口向他自己确认他占有着他不应该占有的别人的老婆。而小说中那位神秘而可见不可及的蓝氏（他同僚的太太）成了自己因气太盛而永远无法满足的欲望的终极象征。他将许多他能轻松得到的女人想象成为那永远得不到的蓝氏而在非常短的时间内与她们许多人连续

[6] 中文译本由江苏人民出版社 2010年12月出版。英文原著 *Desire and Fictional Narrative in Late Imperial China* 2001年由哈佛大学亚洲研究中心出版。

发生性关系以解他垂涎蓝氏的饥渴,最后终于脱阳而死,从而验证了小说中的一句看似老生常谈的谚语:"一己精神有限,天下色欲无穷。"西门庆一个一个地寻找女人去征服,一个到手了以后又不断寻求新的掠取对象,而最终反倒致使他本人为自己无尽的欲望所征服。这里与西方一些有关欲望的理论颇有不谋而合之处。不少西方后现代的理论家认为,与人的需要(need)不同,人的欲望(desire)是先于其对象而存在的。也就是说人往往是先有欲望,然后才去寻找欲望的对象。一旦满足,欲望自身就会消失。欲望必须为自己不断寻找和创造新的对象以维持本身的继续存在。从性别的视角来观察,潘金莲是个非常有意思的女性形象。西门庆的死,她当然要负一定责任,因为在西门庆已非常虚弱的情况下,她逼着前者吃下春药,并屡屡与其房事,直至其最后脱阳而死。进而完成了西门庆的因果报应(西门之死与前面武大之死有很多相似之处)并应验了"一己精神有限,天下色欲无穷"这句谚语。从对西门庆实施因果报应这一层面上来讲,潘金莲也许显得并不那么罪恶滔天,因为这是西门庆自食其果的必然下场,而她仅仅是导致这一因果报应得以完成的一个工具而已。从另外一层意思上来看,也更具深意的是,潘金莲是小说中为数不多能敢于直接挑战西门庆男权的女人之一。作为一个所谓的"淫妇",她同时也是以一个女性欲望主体出现的,提醒读者女人也是有欲望的人,而这种欲望在没有得到应有的满足时,会变得极其危险的。况且在西门庆家里这样一个尔虞我诈的妻妾成群的环境中,她的许多作为也是有其特殊原因的。记得我在课堂上与学生讨论《金瓶梅》时,一个同学颇有感触地告诉我,她一直以为传统社会中的中国妇女都是极其保守的,不意在小说中会碰到像潘金莲这样的女性。的确,小说在纠正历来正史等大传统书写中给后人造成的错觉方面是有所裨益的。《金瓶梅》作为第一部长篇人情小说提出了一系列问题:个人欲望的性质及其性别属性、一夫多妻制所造成的种种矛盾、因果报应叙述逻辑的说服力、性描写的合理尺度等等。而这些问题是以后几乎每一部人情小说所不可回避的。我们甚至可以将以后问世的每一部重要的人情小说,如《续金瓶梅》《醒世姻缘传》《林兰香》和《红楼梦》等,都可看作是对这些《金瓶梅》所提出的问题作间接或直接的回应的尝试。从《金瓶梅》到《红楼梦》的明清小说的发展历史的一个重要层面也是从"欲"到"情"的过程。或者用《红楼梦》中警幻仙子的话来说是从"皮肤滥淫"到"意淫"的过程。同时必须指出的是：虽然两种"淫"是相对立的一对概念，两者却不是截然分开的现象。尽管贾宝玉与西门庆有着天壤之别，但他们也不乏许多微妙的相似之处，他们俩都热衷于追逐女性，一个追逐的对象是她们的肉体，而另一个是她们的眼泪或她们的心。但两人都是一夫多妻制文化中的极富自恋倾向的男性。两人为了维持其自身欲望而必须不断寻找或发明出新的追逐对象。从这个意义上来讲，《金瓶梅》确是一部具有划时代意义的作品。拙作《中华帝国晚期的欲望与小说叙述》以细读《金瓶梅》为开篇而以《红楼梦》的阐释为结尾，其中又研读了《醒世姻缘传》《痴婆子传》《林兰香》《野叟曝言》和《姑妄言》等重要作品，其目的之一就是试图全面展示《金瓶梅》在明清小说欲望再现传统中的开创意义及其深远的影响。想要从明清欲文化和小说的发展历程的大语境中来阐释所谓的《金瓶梅》现象。

从中国古典小说研究在美国的发展历程中我们可以清楚地看到西方学术思潮影响的轨迹。从夏志清的人文主义传统和新批评派的研读策略到浦安迪对《红楼梦》的结构主义的阐释。而浦安迪本人又经历了从结构主义转型到汉学的回归（回到宋明理学和明清小说评点中寻找解读明代四大奇书的钥匙）。而他的回归同时又离不开种种西方小说理论的熏陶。将文学作品作为文化现象来阐释这种自觉的学术意识更是与近二十年来美国学界的学术趋势变化发展有关，例如新历史主义、性别研究理论等。同时每一种新的学术方法的盛行又会在具体的文学批评实践中留下长久的效应。譬如，虽然新批评派在美国文学界的盛行几乎是好几十年以前的事了，但它对美国文学批评的影响至今人们仍然能够感到。这在许多与《金瓶梅》有关的研究中也能看到：浦安迪《明代小说四大奇书》以及拙著《中华帝国晚期的欲望与小说叙述》所运用的细读方式就是例子。美国大学文学阅读的基础训练还是离不开文本细读。而细读又是与文化研究中所强调的"批判性思维"（critical thinking）有密切的关系。因为最主要的是要看到一个文化现象的多面性而避免作出单方面或简单化的判断。因为成功的文本细读也就是能从多方面来看问题并揭示文本的多义性。本人坚信随着对《金瓶梅》

和《红楼梦》等中华文化的经典作品的了解在西方的日益加深和普及，随着中国在全球化过程中的地位日趋提高，西方对中国文化的悠久传统和不断变化的现状也会有更为成熟和更为全面的认识，这对中西文化交流的不断深入一定是非常有意义的。

遗民与贰臣的交往：明清易代之际友道的一个侧面　060
晚明朋友楷模的重写：冯梦龙《三言》中的友伦故事　080
党争、同学、同乡：钟惺和晚明的友道实践　092

明清文人与友道

遗民与贰臣的交往：
明清易代之际友道的一个侧面 *

* 原文刊载于刘东主编《中国学术》，商务印书馆 2011 年出版，总第 28 辑。译者黄晶。本文在原文的基础上做了相应的改动。

明代（1368—1644）晚期许多士人试图重估"五伦"这一儒家核心伦理观念，这一点已经引起学界的注意。[1] 从传统上看，这一观念一直是含有很深的等级意味的：君臣关系至为重要，往下依次是父子、兄弟、夫妇，最后才是朋友。然而，明代末年，不少人开始提升夫妇关系，尤其是朋友这一伦的重要性，并质疑原有五伦观念的尊卑秩序之合理性。在晚期中华帝国的文化话语中，朋友这一伦受到了前所未有的重视。[2]

17世纪中叶，明朝覆灭，此后对于五伦中各伦之间关系的评价开始发生转向。朝代更替风云突变的严酷现实迫使一些善于反思的士人对五伦观念中君臣关系的神圣性发生了怀疑。例如，著名的学者、史家黄宗羲（1610—1695; ECCP, pp. 351—354）就将明朝的覆灭归因于君臣关系的不当，他认为这种关系赋予了君主无上绝对的权力。他公开质疑正统儒家政治修辞的合理性，正是这种修辞将君臣关系神圣化并赋予了它比父子关系更为神圣的地位。他指出，前者在特定的情况下是能被废止的，而后者却是绝对无法变更的（一个人无法改变他是其生父之子的事实）。换言之，如君主置天下于不顾，那他就丧失自身的合法性，臣子可以拒绝为其效忠，而父子关系则不同，其乃是上天所赐而无法废止。[3]

遗民诗人方文（1612—1669）从另一角度将明亡之责归于臣子的无能与不义。他沉痛地感叹世人多不在乎君臣关系，致使现实之中"五伦最假是君臣"[4]。尽管黄宗羲与方文关于明朝覆灭之因意见相左，但两人都认识到传统五伦观念所倡

[1] 陈宝良，《明末儒家伦理的困境及其新动向》，载《史学月刊》，2000年第5期，页43—49。关于许多正统儒家话语中对友伦的疑虑，参 Norman Kutcher, "The Fifth Relationship: Dangerous Friendships in the Confucian Context," "AHR Form: The Male Bond in Chinese History and Culture," *The American Historical Review*, 105.5（2000）：1615—1629.

[2] 这些士人中许多人同新儒家心学一派的左翼密切相关，例如何心隐、李贽及东林政治运动中的许多成员。许多因素促成了明代晚期对友伦的重估：新儒家心学一派的兴起导致了对于个体道德自律的重视；讲学这种士人集会的盛行和该运动空前的宗教性似乎有助于为国与家之外拓展一个新的公共空间，而这一空间为士人学道交友提供了一个新的独立于"家""国"的公共场域；城市化进程以及重商主义和交通的发展增进了人际流动，人们得以更频繁地与外乡人接触。本文篇幅有限，无法详细讨论这些复杂的问题。参 Joseph P. McDermott, "Friendship and Its Friends in the Late Ming," "中央研究院"近代史研究所编，《近世家族与政治比较历史论文集》（台北："中央研究院"近代史研究所，1992），页67—96。另外还可以参考笔者为其客座编辑的荷兰汉学学术学刊《男女》有关明代男性友道的专辑所写的长篇序言"Male Friendship in Ming China: An Introduction," *Nan Nü: Men, Women, Gender in China*, 9.1（2007）：2—34.

[3] 《明夷待访录·原臣》，载《黄宗羲全集》（杭州：浙江古籍出版社，1985），卷一，页4—5。举凡本文中初次提及之清朝历史人物，若 *The Eminent Chinese of the Ch'ing Period*（Arthur W. Hummel ed., Washington D.C.：US Government Printing Office, 1944，下文简称 ECCP）中收有相关条目，均参考其提供该人物的简历并在括号中标注页码。

[4] 《嵞山集·舟中有感》（1689年版影印本；上海：上海古籍出版社，1979），卷七，页1b。

导的伦理秩序已问题重重。

更有甚者，在朝代更替的动荡时代，因许多父子被迫加入不同的政治阵营，此时即便是父子关系的神圣性也开始受到挑战。尽管方文只盼与新兴的清朝政权了无干系，但他的远房表兄方应乾（生于1590年）却令其子方授（1627—1653）参加满人举办的科举考试。然而方授并未顺从父亲的意愿，因为他显然认为对于明朝的忠诚要高于反哺之责，这激怒了方应乾。"强令就试不可；杖之，无怍色，良久，呕血数升。"[5] 事实上，方授的早夭或许部分起因于他所承受的这方面的压力，他陷入了左右为难的境地。徒劳地在忠孝间寻求平衡，时时受着忠孝不能两全的内疚感的煎熬："子不得孝兮，臣不得忠。"[6] 他的诗歌中充满了因自己做出了与父亲不同的政治选择而成为不孝之子的困惑。"生女时或解父愁，生男如我，见之增父怒。"[7] 方授是庶出的。其生母，因为他与父亲的分歧而出走，处境更加困难。为此方授更是自责，但他还是坚持自己的选择："极知母苦，但儿志宁死不愿出，望母忍苦以成儿志。"[8] 方文作为一个明遗民非常同情他的侄子，责怪他的族兄缺乏气节，并称其为"顽父"[9]。正是由于其与父亲的关系不谐，朋友对方授来说就显得特别珍贵了。这也就是他为何长期流寓浙东甬上的原因。因为在那里有他许多志同道合的朋友。他们大多是具有浓重反清倾向的遗民。方授还参与了他们的抗清活动。这在浙东学者全祖望（1705—1755）后来所撰写的《方子留湖楼记》一文中有比较详细的记载。[10] 这里我们可以体会到方授对友情的执着和珍视。方授的遭遇更使我们对他同时代的江西遗民文人彭士望（1610—1683）的感叹"我生不辰，四伦缺陷，赖朋友补之"

[5] 钱澄之，《方处士子留墓表》，《田间文集》（合肥：黄山书社，1998），卷二十四，页463。据钱澄之称，好友臧生应清廷试，方授当时曾破口大骂，与之绝交（《方处士子留墓表》，页463）。臧生死后，方授却写了长诗致歉，对其"违心事功名"以"养亲"表示理解。见方授《同潘二江舍弟藻随臧师之东郊哭臧三天格有作》，潘江辑，《龙眠风雅》，卷四十二（《四库禁毁书丛刊》，集部，98册，页550）。从中可见个人友谊与改朝换代的复杂关系。另外，当他自己的兄弟出仕清廷时，方授也表示了理解："各自成消息，何须问是非。"（《送舍弟之浙江二首》，《龙眠风雅》，卷四十二，页555）他似乎不得不承认每个人都有权作出自己的政治抉择，尤其若事关亲。同时他希望他父亲也能尊重他做儿子所作出的决定。

[6] 方授，《夜悲歌五首》第四首，《龙眠风雅》，卷四十二，页553。

[7] 《夜悲歌五首》第三首："不孝"等字在其诗中比比皆是，如《夜悲歌五首》中第一首。

[8] 钱澄之，《方处士子留墓表》，页465。

[9] 《嵞山集》中《久不得子留消息》及《寄从子用圃》二首，卷一，页18b—19a及卷七，页5a—5b。关于明亡后方文诸位亲戚（尤其是方应乾与其子）之不同选择的详细讨论，参谢正光，《读方文〈嵞山集〉：清初桐城方氏行实小议》，载氏著《清初诗文与士人交游考》（南京：南京大学出版社，2001），页109—181。

[10] 《方子留湖楼记》，载全祖望，《全祖望集汇校集注·鲒埼亭集外编》（上海：上海古籍出版社，2000），页1123—1125。

[11]《耻躬堂文钞•与门人梁份书》，1832年版影印本；载《四库禁毁书丛刊》(北京：北京出版社，2000)，卷二，页31a。

[12] 王汎森，《清初士人的悔罪心态与消极行为：不入城、不赴讲会、不结社》，载周质平与Willard Peterson 编，《国史浮海开新录：余英时教授荣退论文集》(台北：联经出版事业公司，2002)，页417。

[13]《居易堂集•戒子书》，卷四，页8a—8b。

[14] 关于遗民对"交接"的复杂态度，参赵园，《明清之际士大夫研究》(北京：北京大学出版社，1999)，页317—330。

[15] 魏禧，《魏叔子文集•复六松书》(北京：中华书局，2001)，卷五，页259。彭士望与魏禧是"易堂九子"中的领袖人物，"易堂九子"为当时著名的士人群体，其成员均来自江西，以其文学写作、学术研究及成员间的紧密关系而闻名。关于其生平及交游情况的研究，参赵园，《易堂寻踪：关于明清之际一个士人群体的叙述》(南昌：江西教育出版社，2001)。

有了更具体的体悟，尽管彭士望发出这一感想未必特别针对父子关系而言。[11] 通过方授的事例，我们略可窥见政治动荡时期许多加入互为敌对阵营的父子他们之间的紧张关系。同时由于传统上与孝之观念相系的伦理与文化价值始终占据主导地位，这种紧张关系是当时士人中很少愿意深论的题目。方授的经历也凸显了朋友这一伦在那个改朝换代的岁月中所特有的含意。

我们也可以从当时有些士人有意不交朋友的举动由反面看出友谊的重要性。一部分苦行僧式的明遗老试图通过实践几近自虐的"不交人""不交际"策略来抵制新的异族政权。[12] 其中最有名的大概是遗民画家徐枋（1622—1694; ECCP, pp. 313—314）。他命其子"毋通交际"，因为他绝大多数亲友均投靠了新兴的异族政权而名节有污，这一事实让他深感颓丧。对于徐枋而言，为避免再与这些亲戚故友来往，"毋通交际"或许是唯一可行的选择，也应当是他向明亡后自杀的父亲表达为子之孝最适宜的方式。[13] 在此，友谊恰恰是在对它的拒斥中显示出了其自身的重要性，徐枋拒绝与人交际也恰恰由于友谊对于他来说太珍贵了，所以他不可随便与人交友。同时，这种自愿的孤独与对交友的主动拒斥也代表着他一种反抗异族政权的姿态。

但即便在那些仍旧誓忠于前朝的人中，像徐枋这般苦行僧式的遗民也只是极少数。[14] 事实上，更多的遗民因为五伦中的其他几伦关系在大时代的动荡之中比较难以处理，而更看重友伦。著名的学者、散文家魏禧（1624—1681; ECCP, pp. 847—848）承认，如果他不能毕其心力以尽臣职，那么便将这番心力移入友谊："仆于天性骨肉中颇不可解，外此一腔热血亦欲一用，非用于君，则用于友。"[15]

以友谊为救赎

清初对于友谊的高扬背后尚有其他原因，这些原因带有更多的功利色彩，与个人的直接利益或有更深的联系。下文我将重点放在龚鼎孳（1616—1673；ECCP, pp. 431—432）这位著名的（或臭名昭著的）变节者身上，我特别关注他与一些重要的明遗民之间的友情，而这些遗民友人却大多以忠孝气节而闻名。我要探讨的是，在易代新的政治现实下，在人们重审五伦实践之际，友谊又是如何被赋予新的功用与内蕴的。

在李自成（卒于1645年；ECCP, pp. 491—493）领导的农民起义军攻占北京之后，龚鼎孳作为明朝的官员，据说曾接受这短命的大顺政权授予的官职。随后满人打败李自成，龚鼎孳又转而降清，为新兴的异族王朝效力。在其晚年，他被清廷接连授以要职：官至刑部、兵部以及礼部尚书。在那些坚守儒家气节的士人眼中，他或许比那些直接降清的明朝官员——所谓的"贰臣"更为不堪，因为他仕过三朝。[16]

大多数所谓的变节者照理说都会被那些情感上誓忠旧朝的遗民所蔑视和回避，但与他们不同，龚鼎孳却能与遗老保持良好的关系，而在这些遗民又因他们自己的气节和对前朝忠心不渝而广受尊崇。那么，龚鼎孳作为一个仕于异族政权的变节者，又如何成功地培养和维持与众多明遗民这么融洽的关系呢？

首先这与龚鼎孳利用他在新朝的权位来为这些陷入困境或遭受政治迫害的遗民友人提供资助和庇护的特殊能力有很大关系。著名诗人吴伟业（1609—1672; ECCP, pp. 882—883）在其为龚氏诗集所作序言中写道：

> 身为三公，而修布衣之节；交尽王侯，而好山泽之游……先生倾囊橐以恤穷交，出气力以援知己。其恻怛真挚，见之篇什者，百世而下读之应为感动，而况于身受之者乎？此先生之性情也。[17]

[16] 参《清史列传·贰臣传》（清国史馆编修）中相关传记，卷七九，页44b—46a。《清代传记丛刊》影印本（台北：明文书局，1982），卷一〇五。"贰臣"这一称呼实乃后人的发明。乾隆皇帝（于1736—1795年间在位）亲自下令编纂《贰臣传》，故意要贬抑那些转事清朝的前明官员，将他们归入贰臣名下，以此发起倡导"忠诚"的运动。之前很少有人用这一词。

[17] 《定山堂诗集》序，页6a—6b；亦参《吴梅村全集·龚芝麓诗序》（上海：上海古籍出版社，1990），卷二八，页665。

据说龚鼎孳亲自参与了大量案件的审理并很有可能挽救了许多人的性命，其中包括知名的明遗民傅山（1607—1684；ECCP, pp. 260—262）。[18] 新朝官员、诗人王士禛（1634—1711；ECCP, pp. 831—833）说，在康熙统治（1662—1722）早期，龚鼎孳的好客和对于有才之士的尊崇使其闻名遐迩，年轻学子若想成功跻身京城的文人圈，就须经龚鼎孳提携。[19] 此时除去在新政权任职，龚鼎孳生活的重心似乎放在交游上面。

龚鼎孳在遗民间受到欢迎还因为明亡前他也曾是他们之中的一员。他们成长于同一的晚明文化氛围之中，有着相似的文化与政治价值观。龚鼎孳还与复社这一富有影响力的士人群体中的许多成员过从甚密，其中包括冒襄与阎尔梅（1603—1679），但这二人鼎革之后却做出了誓忠旧朝的抉择。事实上，龚鼎孳在前朝任官时，他已以大胆上书弹劾权臣而誉满朝廷内外。[20]

龚鼎孳还拥有一项特殊的"资本"，它也能说明他为何交游能如此广泛——这便是其精湛的诗艺，尽管在晚期中华帝国的文化精英群体内，作诗唱和乃是一种最为寻常的交际活动。龚鼎孳被拥为"江左三大家"之一，与钱谦益（1582—1664；ECCP, pp. 148—150）、吴伟业鼎立，而后二者可以说是17世纪中国名声最大的诗人。我们可以接受一般文学史家的看法，龚鼎孳的实际诗歌成就与此二人相比是不可同日而语的，但他的诗艺高超却是不容置疑的。他尤其擅长作和韵诗。[21] 尽管那个时代在读书人之间，和诗可能是"以诗会友"最寻常的形式，但在其《定山堂诗集》中唱和诗数目之多仍不免令人惊讶。[22] 当18世纪的诗评家沈德潜（1673—1769；ECCP, pp. 645—646）探究为何龚鼎孳的诗歌成就远不及钱谦益和吴伟业时，他惋惜龚鼎孳为满足应酬之需写了过多的应景之作，深思之作却不足。一位现代清诗史家坦言，对于龚鼎孳而言，作诗主要是一种公关的手段，而非出自真正自我表达的需要。[23] 尽管这种诗歌的实用主义特征或许在晚期中华帝国的士大夫身上是普遍现象，然而，只需匆匆一瞥龚鼎孳的诗集便可发现，在其生活和

[18] 董迁，《龚芝麓年谱》[收入《近代中国史料丛刊》（台北：文海出版社，1973）]，页19及29。

[19] 王士禛，《香祖笔记》（上海：上海古籍出版社，1982），卷八，页150。

[20] 参严正矩，《大宗伯龚端毅公传》，载闵尔昌纂录，《碑传集补》[收入《清代传记丛刊》（台北：明文书局，1982），卷一二二]。

[21] 对龚氏写作唱和诗词的技艺的评价，参邓汉仪《诗观初集》的相关评论。

[22] 参清水茂《龚鼎孳论》一文对龚氏之诗所作归类，收入氏著《清水茂汉学论集》，蔡毅译（北京：中华书局，2003），页163。

[23] 严迪昌，《清诗史》（杭州：浙江古籍出版社，2002），页372。

事业中,诗歌被用作公关之应酬工具的频繁程度仍相当引人注目。他许许多多的诗作题目都含有"和""送""别""赠""怀""答"诸词。他的一位好友承认,为了编订一部好的龚鼎孳诗集,编者必须对其诗作精挑细选——这便不足为奇,因为久居高位对于要做大诗人来说并不见得是一桩好事。[24]

那个时代,对于要仕途发达的士人来说,搞好公关是必不可少的,而当龚鼎孳努力挽回自身声誉之时,与明遗民的交游变得尤为重要,因为他毕竟曾一再违背一项最基本的儒家伦理准则——对忠君的绝对要求。

自龚鼎孳成了"变节者"之后,自赎便成了他生活中相当重要的活动。在一首题为《乙酉三月十九日述怀》写于崇祯皇帝周年忌的诗中,龚鼎孳在表达了对先帝的深切哀思的同时,自称为"罪臣"。[25]在另一首诗中,他悲悼道:"失路人归故国秋,飘零不敢吊巢由。"[26]在此,"故国"一词,我将其译为"hometown",但它同时也可意指前朝。因此,我们可以将这一诗句理解为他内心负罪感的表达:未能做到隐居不仕于新政权(即成为明遗民)。尽管自己做了贰臣,他却赋了一首诗颂扬南宋(1127—1279)传奇式的忠臣楷模文天祥(1236—1283),后者因被捕后屡次拒降,最后为元军所杀。[27]吴伟业做了贰臣之后,其文字中也时有对自己"一时失足"悔恨的真切表露,因而受到世人的同情甚至钦佩。与之相比,龚鼎孳则更以行动而不是文字以图挽回自己的声誉。

譬如龚鼎孳为缓和清政府针对汉人的许多严酷政策付出过种种努力。他向新政权建议,为了确保司法系统的公正,法律文书不仅要以满文抄写,也应当用汉文书写,而满、汉两族的官员均应当全程监督判案。[28]这甚至引来曾怀疑他对清廷不忠的皇帝的斥责。[29]龚鼎孳显然想用自己的行动来证明:既然异族统治已成事实,那么变节加入新兴的异族政府,事实上反倒更有助于他维护汉人的利益。

[24] 杜濬,《变雅堂文集·哭龚孝升先生文》,卷八,页7a。收入《变雅堂遗集》[1897年版影印本;《续修四库全书》(上海:上海古籍出版社,1995)]。
[25]《定山堂诗集》,卷一六,页19a。
[26]《定山堂诗集·初返居巢感怀》,卷一七,页15a。
[27]《定山堂诗集·过惶恐滩感文信国旧事》,卷二六,页5a(《四库禁毁书丛刊》康熙版影印本);奇怪的是,此诗未见于本文所参考的《续修四库全书》中同一版本的影印本,尽管此诗的题名列于卷二五目录中)。本文中我通常参考《续修四库全书》版,因其影印质量要好一点。
[28]《遵谕陈言疏》,龚士稚编,《龚端毅公(鼎孳)奏疏》(影印本,台北:文海出版社,1972),卷二,页8。
[29]《明白回话疏》,龚士稚编,《龚端毅公(鼎孳)奏疏》,卷三,页30a—31a。

在许多为龚鼎孳作过辩护的同代人当中，严正矩的辩词或许并不特别令人惊讶，因为他是龚鼎孳的弟子。严正矩坚称，明朝首都落入李自成之手后，龚鼎孳的确试图投井自尽，但很快便被人救起，他即使被农民军严刑折磨，仍拒绝投降，[30] 清初史家计六奇（生于1622年）也持相同看法，他称龚鼎孳为"已死而未死者"之一（因此，"君子犹当谅其志焉"）。[31] 但还有一个流传甚广的说法——龚鼎孳逢人便称他的确试图自尽过，但为其妾所阻，[32] 这样的申辩却变得不那么令人信服了。

吴伟业在其《诗话》中引述了龚鼎孳写给他的信中的一大段文字，从中可以窥见龚鼎孳为自己的过去而深深困扰："续命蛟宫，偷延视息，堕坑落堑，为世惭人。……自伤末路，尚为知己所收怜，……且身既败矣，焉用文之顾？"吴伟业告诉我们，他读到这封书信时，感到仿佛在龚鼎孳的身上看到了徐陵（507—583）和庾信（513—581）的影子（"读者无不以为徐庾复出也"）。[33] 徐、庾二人是梁朝（502—557）官员，被迫滞留他国并长久为其效力。徐陵的诗作中一个重要的主题是思乡之情和不得不事二主的悔恨，而在这一点上，庾信则有过之而无不及。在清初许多作家的笔下，徐陵，尤其是庾信常被用以象征忠贞之士为环境所迫而行损其名节之事。非常有意思的是，在别人为吴伟业事清所作辩护中，历史人物庾信也常被提及。[34]

龚鼎孳的好几个弟子和友人，包括同样被人斥为变节者的吴伟业，均为其作出过各种辩护，但这些辩解连同龚氏的自辩均因为他们本人各自身份的关系而显得缺乏道德上的权威性，因而缺少说服力。显然，在这方面，最具道德权威的是那些因拒绝与新兴异族政权合作而赢得声名的遗民，而龚鼎孳恰恰有着许多这样的遗民朋友，他们出于对龚氏提供的资助与庇护的感激，似乎非常愿意为其辩护。而龚鼎孳在请求这些友人相助之时也确实毫无愧耻之心。在一首为其遗民友人姜埰（1607—1673）所作的诗中，龚鼎孳特别恳

---

[30]《大宗伯龚端毅公传》，载《碑传集补》，卷四四，页13a。
[31] 计六奇，《明季北略》（北京：中华书局，1984），卷二二，页611；按照计六奇的说法，另一名变节者陈明夏（卒于1654年；ECCP, p. 94）也曾几番试图悬梁自尽，但均被其妾所救。
[32] 计六奇，《明季北略》，卷二二，页631。有人认为龚氏的说辞十分可笑；参计六奇，《明季南略》（北京：中华书局，1984），卷二，页126。
[33]《吴梅村全集》，卷五八，页1138—1139。
[34] 可参冒襄（1611—1693；ECCP, pp. 566—567）《寄吴梅村先生四首》其三，《巢民诗集》，卷五，页4b及卷二，页13b；收入冒广生编，《如皋冒氏丛书》（1902—1911）。冒襄也将龚鼎孳比做庾信，他试图为龚氏辩解，称其为节义之士，尽管为环境所迫做了一些看似不忠之事。下文将更多地涉及他与龚鼎孳的密切交往。

请姜采替他向从前的其他友人作解释（"俗薄防面难，相烦为剖析"）。[35]

在这些遗民中，最热心为其辩白的大概是著名遗民诗人阎尔梅。阎氏28岁时中举，但从未出仕于明。清朝官员赵福星试图以此说服他归降，赵称，作为前朝的一介草民阎尔梅不必拒事新朝，正如在其尚未谋面的未婚夫死后，女子无须拒绝再议婚事。[36] 但这种劝说却从没动摇过他做明遗民的决心。不仅不愿仕清，阎尔梅还亲身参加了抗清活动。他曾就如何抗击满人向著名遗民将领、烈士史可法（卒于1645年；ECCP, pp. 651—653）提出过具体的建议，虽然最后未获采纳。[37] 其后阎尔梅参加了一个抗击满人的地方暴动。但起义很快便被镇压了，他因此为清军所囚。[38] 他回绝了出仕清廷的贰臣故友陈明夏的征召，并且无不自豪地以诗详录拒召之事。在一首诗中，他甚至不愿承认一位仕于新政权的故友还是他的朋友（"贼臣不自量，称予是故人"）。[39]

在忠于旧朝的问题上，阎尔梅不仅对自己要求非常严格，对于他人也极尽严苛。他还讥讽过明末内阁大学士王锡爵（1534—1611）之孙著名画家王时敏（1592—1680；ECCP, pp. 833—834），或许是因为明亡后王时敏自己虽未出仕，却鼓励其子参加新政权所举办的科举考试。[40] 阎尔梅在这方面评判之苛刻是颇让人有点意外的，因为大多数遗民都认同"遗民不世袭"。[41] 既然阎尔梅享有坚贞遗民的崇高声誉，被认为是个气节之士，他原本最不应当出面为龚鼎孳这样一个贰臣辩解。作为一个曾参与过抗清活动的故朝遗民，如果鼎革之后他仍与像龚鼎孳这样的变节分子继续保持着亲密的关系已经令人意外，那他为维护龚氏名节所表现出的那种积极态度更会令人惊讶。他写了许多题献给龚鼎孳的诗歌，其中之一有着这样的句子：

[35]《定山堂诗集·舟中留别姜如农仍用谢集乐韵》，卷一，页40b〔《续修四库全书》（上海：上海古籍出版社，1995）〕。有关龚鼎孳与姜采友谊的讨论，参谢正光，《清初忠君典范之塑造与合流：山东莱阳姜氏行谊》，页12—14。此文曾于"明清文学与思想中之主体意识与社会"国际会议上作为会议论文提交（台北："中央研究院"中国文学哲学所，2002），页22—24。

[36] 张相文，《白耷山人年谱》（上），收入张相文编，《阎古古全集》（出版地不详，1922），页9a。

[37] 张相文，《白耷山人年谱》（上），页8b；亦参阎尔梅，《上史阁部书》，载《阎古古全集》，卷六，页54a—57b。

[38] 张相文，《白耷山人年谱》（上），页11b及16b。

[39]《绝贼臣胡谦光》，载《阎古古全集》卷二，《五言古》，页7a；亦参《答陈百史》《再答百史》及《三答百史》，载《阎古古全集》卷四，《南直隶集》，页3b—4b。

[40]《太仓过王文肃旧第》，载《阎古古全集》卷三，《南直隶集》，页14b；关于王时敏此种举动的证据，参王时敏，《致王光晋》《致戴明说》，收入《王烟客集·尺牍》卷下，《挨儿北上》，载《西庐诗草》卷上；引自薛若邻对王时敏之为遗民的讨论，参氏著《尤侗论稿》（北京：中国戏剧出版社，1989），页24—26。

[41] 何冠彪，《论明遗民子弟之出试》，载氏著《明末清初学术思想研究》，页125—167；赵园，《明清之际士大夫研究》，页381—386。

有怀安用深相愧，无路何妨各自行。

元直曾云方寸乱，子长终为故人明。[42]

阎尔梅将龚鼎孳比作元直（徐庶，他被迫为曹操效力，因为曹威胁他如有不从便伤及其母）。换言之，在阎尔梅看来，龚鼎孳降清是因为他是一名孝子（在此诗的注释中，阎尔梅特别提到龚年迈双亲其时均健在）。许多并未以身殉国的明遗民为赋予自身抉择正当性，会以需要照顾年迈父母为借口。[43]但意味深长的是，如今阎尔梅用这一说辞来替龚鼎孳开脱，而龚氏事实上已是一个变节者，反过来，遗民仅仅是用双亲健在的借口来为自己未能自杀殉国开脱，但他们并未变节仕清。同时阎尔梅又自比司马迁（约前145—前86），后者因试图为降敌的将领李陵辩护而触怒了汉武帝，被施以腐刑。在此，阎尔梅告诉龚鼎孳，并向众人宣告：他愿不惜代价为龚之名节辩护。

除了先后仕于明、清两朝，困扰龚鼎孳最深的，或许也令许多原本想要对他表示同情的人难堪的，便是有关于他在降清之前还曾任职于李自成的短命政权这样一说（无论这是事实抑或仅仅是一种说法）。原因在于李自成作为农民起义军首领，由于其迅速败亡，从未获得统治的合法性，并因此被后人以贼寇相视，所谓的"成者为王，败者为寇"。怎样抹去这一污点成了龚鼎孳一大心病。

在《怀方密之诗》的冗长的诗序中，龚鼎孳自述了他和一些友人在都城落入闯军之手的那些重要时日的遭遇。密之是著名的遗民学者方以智的字（1611—1671; *ECCP*, pp. 232—233），他后来出家为僧。龚鼎孳曾是方以智之父、湖广巡抚的方孔炤（1591—1655）的下属，并同方以智结为好友。京城陷落后，农民起义军俘虏了方以智，迫其供出龚鼎孳的所在。此时尚为明朝官员的龚鼎孳也随即遭拘禁。显然龚鼎孳觉得方以智将其出卖了（"嗟呼！方密之何负于余哉？"）。但方以智道歉说他决意与之同死，因为"今吾君臣夫妇朋友之道俱尽毁"（值得注意的是，对于方以智而言，明朝灭亡所引发的社会失序是以三伦

---

[42]《答龚孝升五首》，收入《阎古古全集》卷四，《南直隶集》，页5b。

[43] 何冠彪，《生与死：明季士大夫的抉择》（台北：联经出版事业股份有限公司，1997），页74—85。

首要的人伦关系之分崩离析来衡量的）。最终，方以智得以逃脱，而龚鼎孳据他自己说也是生死度外了："死则死尔。"仿佛命运在作弄他们，后来方以智成为明遗民而青史留名，而龚鼎孳则背负上了贰臣的恶名。[44] 龚鼎孳似乎在暗示，一个人当遗民还是变节者很大程度上是机缘所定的。

但只有另外一个人出来加以证实，这样的自辩才能比较容易让人相信。在遗民诗人兼学者顾景星（1621—1687）那里，龚鼎孳似乎找到了这样完美和心甘情愿的"另外一个人"。顾景星终其一生对龚鼎孳感恩戴德，因为年方十三的他，就试蕲上，被龚目为神童，力荐于太守，最后得以"拔冠黄郡第一"。多年后顾景星仍能满怀感激之情回忆起其知遇之恩，称颂龚鼎孳乃是"人伦鉴"，尽管此时龚鼎孳已改仕清廷数年。[45] 与众多明遗民一样，顾景星拒不赴清政府博学鸿儒之试，此举使他作为一个遗民名声大作。[46]

顾景星大概是能为龚去心病的最佳人选，因为他遗民身份非常坚挺，能够说服别人接受龚自辩的可信性。龚鼎孳还曾透露，顾景星一开始还以为龚与其妾顾媚已经自尽殉国，[47] 这便间接说明他为何选中顾景星来替他向友人们解释（从一开始顾景星便未曾怀疑过龚鼎孳的无辜与气节）。顾景星为龚鼎孳所作辩词采用了六首组诗的形式，这些诗依龚鼎孳《怀方密之诗》之韵而作。正如龚鼎孳为《怀方密之诗》撰写了序言，顾景星也为其组诗添上了一篇不短的诗序，在这篇序言中他告诉我们，龚鼎孳特别恳请他为其挽回声誉："不可使不知吾者知，不可使知吾者不知。"龚鼎孳含蓄地承认，他只希望劝服那些同情他的人，而那些不愿对他施以同情的，原本就无法说服。

顾景星还说，他能举出一名见证人来支持龚鼎孳的说法。这证人正是方以智本人——龚鼎孳自辩故事中的核心人物。顾景星说，他在1662年遇见方以智，后者亲口向他证实了龚鼎孳自己关于整个事件的叙述的真实性："壬寅遇药地禅师于清江，言与公合。"[48] 这里"言与公合"一句是关键。阎尔梅等明遗民仅能以有些牵强的借口或借

[44] 参《怀方密之诗序》，载《定山堂诗集》，卷一六，页20a—24b。

[45] 《白茅堂集·存没感恩诗》[康熙版影印本，《四库全书存目丛书》（济南：齐鲁书社，1997）]，卷六，页21b。此诗写于丁亥年（1647年）。参诗后自注，其中特别提及龚氏曾称其为奇才。

[46] 参《文献征存录》中顾景星传略（钱林辑）[《清代传记丛刊》（台北：明文书局，1985）]，卷六，页82a，以及顾昌（顾景星之子）所作《皇清征君前授参军顾公黄翁府君行略》，刊于《白茅堂集》卷首。

[47] 参《定山堂诗集·丹阳舟中值顾赤方是夜复别去纪赠四首》其一，卷一八，页22a。

[48] 《白茅堂集·和龚公忆方密之诗》，卷一三，页1a—2b。奇怪的是，我们在方以智著述中却无法找到能支持顾景星说法的只字片语。

[49] 当然，顾景星在为龚鼎孳辩解时也常常求助于历史人物庾信的形象；可参"一生萧瑟狂歌里，谁解千秋庾信哀"之句，《白茅堂集•为龚端毅请祀浠川次子星韵四首》其一，卷二四，页18b；将龚鼎孳和庾信并举还有《海盐舟中奉怀龚公偶步杜少陵呈湖南亲友三十六韵》，卷六，页26b；《正月十四日海虞旅次怀合肥公》，卷一三，页4b 及《哭合肥公》其二，卷一六，页23b。

[50]《白茅堂集•哭合肥公》其四、其六，卷一六，页23b。18世纪的诗人袁枚也以为这一"辩解"太过牵强。参钱仲联，《清诗纪事》（南京：江苏古籍出版社，1987），页681（在《清诗纪事》中这组诗题为《挽龚芝麓》）。事实上，清初也有不少遗民痛惜当时人仅仅因为是好朋友而太轻易为变节者辩护。例如，清初遗民思想家王夫之（1619—1692）认为遗民僧人金堡（1614—1680）为其朋友曹溶所作辩解乃是"护友失当"，尽管王夫之对金堡评价颇高，但仍旧指出他忽视了公（政治上的忠贞）私（私人友谊）之间的重要区别。参王夫之，《搔首问》，收入《船山全书》（长沙：岳麓书社，1992），卷一二，页635。

用历史上那些忠贞之士迫于形势做出有损其忠臣形象之举动的例子（例如庾信等）来为龚鼎孳辩解，而顾景星则径直宣称他有直接的证人可以证明他的恩人从没投降过闯贼。[49] 而顾则让方以智这一最关键的人物来为龚鼎孳作证。但他只是以"言与公合"这样一句极其简短的话来证明龚鼎孳的清白。这里龚鼎孳与顾景星均需于各自诗前缀一长序，这一事实本身便是富有意味的：诗尽管是言志抒情乃至公关的必不可少的文体，但它仍有其局限——简短的篇幅和严格的诗律妨碍作者用诗来讨论比较复杂的事情。因此，当需要辩证"事实"时，散文便成为更好的媒介。

多年后，顾景星在一组追悼龚鼎孳的诗中替其恩人辩护还提出了新的说法："当年沟渎死，苦志竟谁明。"也就是说，倘若他在鼎革之际没有存活下来，那么他哪有机会向世人表明他苦苦救世之心呢？再进一步说，那么这么多人就不能受惠于龚鼎孳的慷慨与仁慈以及他成功说服满族征服者缓和针对汉人的政策所带来的种种好处。顾景星甚至将龚鼎孳与青楼名妓顾媚的风流韵事辩解成是起因于他的怜才胸襟，因为他是"怜才到红粉"，还责备龚鼎孳之人太过冥顽不化。[50]

友谊与生存

如果龚鼎孳极需遗民朋友帮助他洗清作为变节者的污名，则其遗民友人也至少同样迫切地需要他的资助和政治庇护。正如前文所述，龚鼎孳曾解救了很多身陷囹圄的遗民友人。1665 年阎尔梅参加反清活动被俘。阎尔梅忧虑这会连累许多人（"逃禅尤恐累山林，同乡连坐何人罪"）。此时龚鼎孳刚巧擢升刑部尚书。阎尔梅立即遣其子向龚鼎孳求救。龚鼎孳介入不久，案子便顺利了结。[51]阎尔梅一得到消息，便赞颂龚鼎孳："君自古人敦友谊，千秋非借我成名。"[52]这至少部分地说明了为何他对龚鼎孳青睐有加。值得指出的是他对钱谦益等著名妥协者的同情远不及此，这一点便尤其值得注意。虽然阎尔梅也对钱谦益抱有同情，但即便在这同情中我们仍能读出一丝嘲讽。比如他在一首关于钱谦益的诗中写了这样的句子："大节当年轻错过，闲中提起不胜悲。"[53]但当其论及龚鼎孳之时，我们却几乎看不到任何嘲讽或不敬。就阎尔梅而言，选择做明遗民，不仕于清，那就是个清贫的布衣。没有官俸和士大夫的种种特权，很多遗民的生活都很困窘。顾景星58岁时坦承，做遗民要保持名节，精神上的压力是很大的（"布衣尚完洁，神色已伧囊"），尤其是他还得供养全家并承担沉重的赋税（"上负军国赋，下无儿女粮"）。[54]因此，遗民在处理与当朝做官的朋友的关系时，寻求庇护与经济资助便成为很实际而又无可回避的一桩事情，尽管这些朋友很多是像龚鼎孳那样的变节者。顾景星在其怀念遗民友人王子云的诗作中提到王死后龚鼎孳多么迅速地送来了殓资。[55]

遗民诗人方文必须靠算命来维持生计。他长期四处游历，在那些能给予他经济资助的权贵朋友府上寻求庇护。在其诗集中，我们的确能看到他不时怀着感激的心情津津乐道着从友人处获得的礼物和恩惠，而这些友人多为仕于清廷的汉人。他毫不耻于自己与许多权贵的友谊中和金钱相关的那一面。于是龚鼎孳的慷慨再一次成为方文常常书写的一个主题。方文在一首诗中怀着深深的感激之情谈到龚鼎孳如何关怀备至，赠给他一条轻绒：[56]

[51]《读龚孝升九日见怀诗有感》，载《阎古古全集》卷四，《北直隶集》，页2b。

[52]《龚司寇为余题疏得允喜极以诗报余余以韵答之》，载《阎古古全集》卷四，《北直隶集》，页3a。

[53]《钱牧斋招饮池亭谈及国变事恸哭作此志之同时严武伯熊》，载《阎古古全集》卷四，《南直隶集》，页25b。

[54]《白茅堂集·感事》，卷一九，页16b。

[55]《白茅堂集·和澹岩哭王子云韵》，卷一四，页7b。关于遗民学者、艺术家傅山和事清的汉族官员魏一鳌（卒于1692年）的关系以及魏给他的帮助（经济资助和政治庇护兼有），参白谦慎，《傅山的世界：17世纪中国书法的嬗变》[Fu Shan's world: The Transformation of Chinese Calligraphy in the Seventeenth-Century (Cambridge: Harvard University Asia Center, 2003)], pp. 87-97（中译本由生活·读书·新知三联书店出版，2006）及氏著《傅山的交往和应酬：艺术社会史的一项个案研究》（上海：上海书画出版社，2003），页2—62。严格地说，魏一鳌并非像龚鼎孳一样是一名"贰臣"，因为魏氏并不曾仕于明朝。

[56]《北游草·龚孝升总宪以古色轻绒褥见惠谢之》，《盦山集》影印本）；亦参他写给另一个事清的汉人官员宋琬（1614—1673；ECCP, p. 690）的一首诗，诗中感谢其经济支持和所赠物品（《北游草》，页5b及7b）。关于方文在经济上如何依赖于仕于清政府的诸友人，参谢正光，《读方文〈盦山集〉》，页169—173。

遗民与贰臣的交往：明清易代之际友道的一个侧面　　072

龚孝升总宪以古色轻绒褥见惠谢之

客路虚休夏，还山且过冬。只应拥败絮，曷敢藉轻绒。
佳贶意何厚，深辞惧不恭。南屏霜雪里，披此看严松。

    贫困是著名的遗民诗人杜濬（1611—1687）作品中的一个重要主题，而他恰巧也是龚鼎孳的好友。他以自身困乏之境为题写了 24 首组诗。在第十三首诗中他将知己龚鼎孳比作润物之雨露；而另一首诗（其十）写到他很快便需典当友人施闰章（1619—1683; *ECCP*, p. 651）所赠礼物来偿还赌债。施氏乃是其另一个仕于清的汉族官员。[57] 据说龚鼎孳曾托人为杜濬之女筹办婚礼并承担了大部分的婚礼开支。[58]

    与阎尔梅和顾景星相同，杜濬也以其遗民情操闻名。当他得知其遗民友人孙枝蔚（1620—1687; *ECCP*, p. 675）被推荐应征清政府的博学鸿词考试，杜濬立即写信劝其毋应"两截人"。[59] 虽然杜濬自己不耻于做"两截人"，但他在与龚鼎孳这样的"两截人"保持亲密友谊并从中受惠时却显然丝毫未觉不妥。他说，能像龚鼎孳一般"怜才笃友"者再无第二人。[60] 他甚至特地劝说要别人相信龚鼎孳降清乃"出以为民者"。[61] 龚鼎孳出仕异族政权在这里被说成是为了天底下的百姓，因为改朝换代以后，老百姓还是要活下去的，中华文化还是要传承下去的。杜濬为龚鼎孳仕清的变节行为真是作了无以复加的正名。他的这种别出心裁的说法，在逻辑上也不能算说不通。

    在这方面，既为杜濬之友同时也是龚鼎孳密友的冒襄的生平事迹，应当能揭示出变节者和遗民之间友谊之功利性的另一层面。与阎尔梅和顾景星一样，明亡后冒襄开始过隐居生活；他和顾景星均拒绝了新政府的征召，不愿参加博学鸿词科考试——遗民的姿态确然无疑。但与此同时冒

---

[57]《变雅堂诗集·今年贫口号计二十四首》，卷九，页 11b—12a，收入《变雅堂遗集》（光绪版影印本，《续修四库全书》）。尽管施闰章不该被视为"贰臣"，但施闰章能否被视作一名变节者则是一个更加复杂的问题。

[58] 参何龄修所撰龚鼎孳传记，载清史编委会编《清代人物传稿》(北京：中华书局，1984)（上编），卷四，页 244。

[59]《变雅堂文集·与孙豹人书》，卷四，页 4a。孙枝蔚与杜濬皆为顾景星之友。顾景星显然与杜濬有着相同的遗民情操，尽管他在一首题为《简孙豹人兼示许先生崇祯六年举人康熙九年进士山居又十稔今同孙布衣召致》的诗中对孙的批评表达得远不及杜濬那么清楚，载《白茅堂集》，卷二〇，页 8b—9a。

[60]《变雅堂文集·哭龚孝升先生文》，卷八，页 8b。

[61]《变雅堂文集·送宋荔裳之官四川按察使》，卷五，页 2b。

襄似乎与许多著名的变了节的前朝官员，诸如钱谦益、吴伟业、周亮工（1612—1672；ECCP, pp. 173—174）、曹溶（1613—1685；ECCP, p. 740）、陈名夏及龚鼎孳等人保持着友谊，其晚年出版的诗文集《同人集》，收有他与这些人的许多酬答之作（诗、信以及其他贺寿文辞）。值得注意的是，陈名夏正是曾被方文奚落为与满人合作的变节者，而前文也提到，他还试图代表新政权征召阎尔梅，但屡遭后者回绝。

冒襄与方以智、侯方域（1618—1655；ECCP, pp. 291—292）及陈贞慧（1605—1656；ECCP, pp. 82—83）并称"明末四公子"，他们皆以文才和忠于旧朝著称于世。[62] 在明朝末年，"四公子"尤其知名的是他们浪漫的生活方式和对交游的恣意追求。尽管冒襄的家业逐渐衰败，他的居所——闻名远近的水绘园在鼎革之后的很长一段时间内仍是扬州地区文化精英，尤其是诸遗民喜好的聚会场所。与交会四方遗老的冒襄等人保持亲密友谊，这必定能帮助龚鼎孳被那些感情上与旧朝紧紧相系的遗民所接受。

另一方面，由于冒襄来自一个殷实之家，富有权势的朋友所能给予的经济资助，至少最初对他而言并非如此重要，但作为一介布衣，当权者的庇护还是很重要的。冒襄的文友王士禛任扬州府推官时，就试图保护冒襄及其家人免受当地恶霸的骚扰。[63] 冒襄本人是一个明遗民，但他有了很长一段一介布衣的艰辛体验之后，开始鼓励其子通过科考或其他路径到新政权中谋取一职。他甚至托付龚鼎孳为其教育二子（他对于龚鼎孳的恩情始终怀着深切的感激）。[64]

在一封致友人书中，冒襄抱怨说自从他家庭衰败后，旧日朋友中许多都不似从前那样待他了。[65] 这或许就是为何冒襄如此珍惜他与龚鼎孳的友谊

[62] 侯方域的情况有点复杂，因为他最终参加了新政权于1652年举办的科举考试，许多人认为，这一举动严重损害了他作为明遗民的形象。然而一些学者称侯氏参加科举是为保其家人免受清政府的迫害。但为表不合作之心，他故意在考试未完之前便离开考场。可参何法周、谢桂荣，《侯方域生平思想考辨：论侯方域的"变节"问题》，载《文学遗产》1992年第1期，页97—105；王树林，《侯方域民族气节重议》，载《南通师范学院学报》2002年第2期，页103—107。

[63] 在其写给冒襄的注明壬寅年（1662）九月的信中，王士禛说，那些欺负他的人会被审查，而在注明同年秋天的书信中，他答应冒襄，他及其友人一定会留心冒襄所托之事。参冒襄，《同人集》（康熙影印本，《四库全书存目丛书》），卷四，页75a及76a。关于王士禛与扬州地区遗民的交游情况，参 Tobie Meyer-Fong, Building Culture in Early Qing Yangzhou（Stanford: Stanford University Press, 2003），pp. 35-74.

[64] 参《巢民文集·再答龚芝麓先生（庚寅）》（收入《如皋冒氏丛书》）卷三，页18a以及《光禄大夫礼部尚书溢端毅合肥龚公》诗前小序，载《巢民诗集》（收入《如皋冒氏丛书》），卷二，页23a及24b。

[65] 《巢民诗集·答海南程周量书（庚戌）》，卷三，页20b—21a。

的原因，龚氏作为一个朋友对他似乎一直是很忠诚的：

> 古人盟车笠，所以志不忘。
> 今人骤富贵，视旧如秋霜。
> 惟公超古人，荫被满遐荒。
> 知者与不知，仰公知太阳。
> 瓮牖绳枢间，无不沾光辉。[66]

有了像冒襄这样的知名遗老的赞许龚鼎孳要恢复自己名誉就会变得容易多了。无怪乎龚鼎孳宣称他与冒襄乃是生死交。[67]

　　龚鼎孳的许多友人在明亡后成为遗民，但他们与龚鼎孳的友情却有增无减。这样的友谊能在朝代更替以及随之而来的政治分野中幸存下来，主要是由于它们常常是一种互惠的关系，为了在新兴异族王朝严酷的统治下求生存，这样的关系于变节者与遗民双方都是绝不可少的。变节者如龚鼎孳等，尽管名声有损，仍希望借与遗民的友情博得后世的谅解。毕竟，遗民被视为儒家节操的楷模，因此在判断忠贞这一问题时，他们应当最具权威了。反过来说，这些遗民之所以能活下来做遗民，甚至在新的异族统治之下依旧还能置身于当朝文化精英群体之内，都是因为他们与龚鼎孳等变节者的结交，有这些当朝官员充当保护人，给予遗民政治上的庇护。

　　最为反讽的是这看似悖谬的事实：他们能否保持遗民身份经常依赖于他们变节者朋友的帮助。一些著名的明遗民最终得以谢绝清廷征召，不应博学鸿词之试（从而得以保全遗民身份），主要靠着在朝朋友的干预，而这些人中不少曾仕过旧朝。著名遗民学者顾炎武（1613—1682; ECCP, pp. 421—426）有许多担任朝廷要职的友人，尤其是他的几个外甥门人皆为新朝显宦，由于他们的干预，他才能避免被举荐给清政府。[68] 据说龚鼎孳也曾帮助冒襄免受清政府征召之扰。[69] 当被举荐的遗民拒绝新政权的邀请后，他们作为遗民的声誉常常又再一次获得极

---

[66]《巢民诗集・丙午深秋述怀呈芝麓先生》其四，卷一，页8b—9a。
[67]《定山堂诗集・辟疆喜余将至相待邗江枉诗垂迓以韵赋谢》，卷二四，页25b。
[68] Willard Peterson, "The Life of Gu Yen-wu (1613—1682)," Part II, *Harvard Journal of Asiatic Studies*, 28.2 (1968): 236—237.
[69] 冒广生，《冒巢民先生年谱》（收入《如皋冒氏丛书》），页37b—38a。

大的提升［正如傅山、李颙（1627—1705；*ECCP*, pp. 498—499）和顾景星那样］——这自然极为反讽。顾炎武曾矢口否认他拒绝清政府征召是"沽名钓誉"，[70] 这反过来说明当时一定有不少人正是这样看的。

这些遗民作为忠诚楷模的声誉有赖于变节的友人来"保全"或"捍卫"，同时，他们也反过来帮助这些变节者洗清"卖国"之污名。换句话说，对一些誓忠于旧朝的遗民而言，友谊成为生存与自卫的"手段"。吊诡的是，与仕于在朝的变节者结交，常常意味着可免受异族政权的骚扰，可愈加"自由"地做明遗民。同时，对于这些变节者而言，同遗民保持友谊是获取救赎最有效的方式，赋予他们加入新政府的"背叛"之举以一定的正当性。这两个看似对立的政治阵营的成员之间的友谊带有一种独特的互惠性与功利性，这与将友谊视为无私奉献的传统理念不可同日而语。一个更深层的反讽深植于这种友谊之中：明遗民之所以能够坚守其忠贞不渝的儒家气节，是因为他们在异族政权中握有大权的朋友能保护他们，而这些朋友只有先"不忠"旧朝，才能换来新朝的权势来保护他们那些独忠旧朝的遗民朋友。我们可以这样归结：明亡之后，遗民与变节者绝非一般认为的那般相互敌对，而他们之间的政治分野也远非那么决然。事实上，他们彼此依赖，不仅是为了生存，也为了给彼此迥异的政治抉择寻找道德上的正当性。

随着时间流逝，满人统治不断巩固，许多遗民的反清立场渐渐变得不那么激烈了，他们当中有些人甚至开始与新政权合作了，但他们常常通过对"忠"做出重新界定来维持其遗民身份。[71] 不少遗民开始担任在朝变节者的幕友，这使得遗民与变节者的区别进一步被消磨。幕友这一职业介于在朝和在野之间，既模糊了公私间的界线，也模糊了朋友关系与上下级关系的界限。这些充任清朝官员幕友的遗民所采取的一个自我辩护的策略便是坚持他们与幕主关系的"私人性"：他们只想以朋友的身份入幕于那些仕于清朝的汉族官吏。例如，遗民学者万斯同（1638—1702）同意参与清政

[70] Willard Peterson, "The Life of Gu Yen-wu（1613—1682）," Part Ⅱ, p. 237.

[71] 参何冠彪，《论明遗民之出处》，载氏著《明末清初学术思想研究》，页53—124；赵园，《明清之际士大夫研究》，页373—401。事实上，与变节者间的文字酬答在许多遗民的作品集中是相当常见的，而一定还有更多此类作品被作者本人或其编者故意遗漏了。例如，谢正光注意到，我们在曹溶的集子中能找出大量与顾炎武文字酬答的实例，但在后者刊行于世的作品中却找不到任何证据。参谢正光，《顾炎武、曹溶论交始末》，载《清初诗文与士人交游考》，页216。

府编修明史的计划,部分原因是出于他与主持此项目的徐氏兄弟[72]的交情。但他坚持自己的布衣身份,拒不接受清朝授予的任何官衔以强调参与此事的"私人"性质。这样的私人友谊似乎跨越了公共领域的政治分野。当有人质问杜濬他作为一个故朝忠心耿耿的遗民为什么还与那些"败名丧节"的"当世达尊"诗文来往时,杜濬曾坚称这是因为"亲者无失其为亲,故者无失其为故者"。这纯属个人私谊,与忠义大节无关。[73] 方文的一位当朝新贵朋友王泽弘(1626—1708;进士,1656)曾为方文与像他自己这样的"公卿大夫"交朋友做过辩护:"所谓公卿大夫皆先生向时风雨寤寐,数十年不渝之交,如以其仕隐殊途,遂欲与数十年朋友之绝交,其于诗人忠厚和平之意远矣。"[74] 这就是说,仕隐的不同选择,不应该影响两个人的长久的私人友谊。正是友谊的这种"私人性"使得这些遗民能够继续与变节者往来,并由此消解了两者因在公共领域内所作出的完全不同的政治选择而产生的"不和谐"(当然当朝新贵王泽弘算不上是贰臣,因为他出生得太晚,没仕过旧朝)。[75]

　　上文所探究的是遗民与变节者之间的友谊以及它与生存和赎罪相关的功利性,当然还有不少其他因素促使政治选择迥异的人相互结交,其中并非都是功利性很重的——他们来自同一的文化精英传统并享有共同的文化价值观,同时都希望在新的异族统治下继续保存这些文化传统与文化价值体系。明亡前,许多遗民与变节者都属于同样的社会精英群体,而且同样怀念晚明文化,尽管他们作出了迥异的政治抉择。冒襄与龚鼎孳有着相似的生活方式,这与尊情的晚明风尚也有关系——他们都置身于17世纪上半叶盛行于秦淮地区的青楼文化之中。他们各自迎娶了秦淮名妓为妾。龚鼎孳娶了顾媚(1615—1673),冒襄则纳董小宛(1624—1651)为妾。在他们相互间的文字酬答中,小妾的安康成为共同的主题。董小宛死后,冒襄写了《影梅庵忆语》,此书成为中国文学史上的名作,而龚鼎孳则用填词的方式按年代顺序记录他与顾媚的恋情,这些作品后

---

[72] [译按] 即顾炎武的三个外甥:明史总裁徐元文、刑部尚书徐干学、吏部侍郎徐秉义,号称"昆山三徐"。

[73] 熊赐履(1635—1707;进士,1657),《与杜于皇》,《变雅堂集·附录》,卷一,页21b—22a。其中"亲者无〔母〕失其为亲,故者无〔母〕失其为故者"据说为孔子所说。见《檀弓下》,《礼记正义》(北京:北京大学出版社,1999),页322。

[74] 王泽弘,《北游草序》,《盦山续集》,《盦山集》,中册,页1。

[75] 另一辩解就是:做幕友可以有机会影响新政权的政策,从而扶助汉人,同时又不用放弃其本人的遗民身份。

来都收入一个以《白门柳》命名的集子中。在冒襄四十寿辰之际，龚鼎孳写有七言长诗《金阊行为辟疆赋》，书董姬来归始末[76]，可见他何等珍视他们过去秦淮浪漫情怀的共同体验，而这种共同体验又是他们于旧朝共有的记忆不可分割的一部分。

在艺术与学术诸领域，遗民和变节者也同样享有着共有的文化价值。例如，由于在藏书和治学方面共同的爱好，顾炎武结交了许多变节者，诸如曹溶与孙承泽（1593—1675; ECCP, 669—670）等人。[77] 另一个例子是变节者周亮工与龚贤（1618—1689）等许多遗民画家、书法家的友谊。周亮工也是一个能与许多明遗民维持密切友谊的变节者。[78] 龚鼎孳自然并非唯一借为遗民友人提供政治庇护和经济支持来赎罪的变节者。事实上，几乎所有上文提及的龚鼎孳的遗民友人，诸如阎尔梅、顾景星、杜濬和方文，也皆为周亮工的上宾。尽管这些遗民与周亮工多有酬唱之作，我们在他们的著述中却看不到他们像对龚鼎孳那样，起劲地为周亮工变节作辩护，这表明龚氏在博取遗民同情上的独特成功之处。

我们在考察 17 世纪下半叶清朝政权如何在较短的时间内成功巩固其统治之时，不应当低估了那些在易代之际残酷政治中选择了对立阵营的汉人之间的友谊所起的作用。这种友谊的作用是多方面的：在清初它于维持汉文化的连续性是有所裨益的，并促使汉人特别是其文化精英更容易接受清朝这一异族新政权的统治，同时也增强了清政府适应新臣民的能力和意愿。[79] 一方面，我们应应识到遗民刻意强调他们与仕清汉人官员友谊私人性的良苦用心；另一方面，我们也不应当低估这些友谊在清初的政治中的"公共"意味。在遗民与变节者的友谊中，公与私常常很难区分。另一方面，假如遗民希望

[76]《定山堂诗集》，卷三，页 6a—8a。
[77] 参谢正光在《顾炎武、曹溶论交始末》一文中的详细讨论及氏著《清初诗文与士人交游考》中相关文章，页 182—391。
[78] 关于周亮工与某些遗民的关系以及他在晚年将所有著述悉数焚毁之举可能的意味，参 Hongnam Kim, *The Life of a Patron: Zhou Lianggong and the Painters of Seventeenth-Century China*（New York: China Institute, 1996），页 65, 111—112 及 141—146，尤其值得注意的是 Kim 的看法（页 143）："变节者与遗民对各自的角色和必须面对的独特困境都相互很理解。事实上，遗民常常需要变节者给予支持和保护，而变节者则依靠遗民表达其内心的苦衷与理想。"
[79] 关于清初编修诗集的实践和文人交游的情况，参 Tobie Meyer-Fong, "Packaging the Men of Our times: Literary Anthologizing, Friendship Networks, and Political Accommodation in the Early Qing," *HJAS*, 64.1 (2004): 5—56. 参见她的看法（页 6）："在精英群体内，友谊网络的重建跨越了'遗民'和'在朝者'之间的政治对立，其社会关系虽然并非仅仅通过诗的媒介形成，但的确常常如此。有时，依照原有的友谊网络（再）创造一个新的、包容性强的精英群体，促成了逐渐发生在汉族精英和清朝的新秩序之间的政治和解。"

在新的政治现实中确保其文化精英身份，又不至被迫也沦为同代人及后代眼中的变节者，那么培养并维系与那些已经变了节的朋友的友谊可能是他们为数不多的选择之一。

晚明朋友楷模的重写：
冯梦龙《三言》中的友伦故事 *

* 本文原刊于香港浸会大学《人文中国学报》2013 年第 18 期。

晚明是一个友道大兴的时代。士人不仅热衷交友，而且更善谈友道。晚明友道兴盛的原因是很复杂的，它与商业和旅游的发达有一定的关系，人员流动性的增加（increased mobility）使得更多的人有机会交"四方之友"和实现许多儒者"友天下之善士"的心愿。[1] 明代后期心学讲学运动的蓬勃发展也起了重要的促进作用，许多心学信奉者认为"以友辅仁"是修身成圣的一个有效途径。[2] 不少热衷于与朋友讲习的人，如何心隐（1517—1579）和李贽（1527—1605）等，都是视朋友如性命的。西人利玛窦（1552—1610）的小册子《友论》（又名《交友论》）在当时士林阶层中所受到的普遍欢迎是与晚明文人对友伦的重视分不开的，而李贽就是对利玛窦颇有好感的人。[3] 可能受利玛窦《友论》的启发，朱廷旦于天启六年（1626）编刻了一部名为《广友论》的书，收入了历代文献中和当代各家有关友伦的各种论述以及编者本人的心得评语，[4] 它可称得上我们现在能看到的古代中国的第一部也许也是唯一一部探讨友伦的专书。李贽文集的编辑者顾大韶（生于1576）则更试图从理论上来提升朋友在五伦中的地位。他曾大胆宣称：

[1] 参见 Martin W. Huang（黄卫总）"Male Friendship and Jiangxue (Philosophical Debates) in Sixteenth-Century China"（《十六世纪中国的男性友道与讲学运动》），Nan Nü: Men, Women and Gender in China（a special issue on "Male Friendship in Ming China"）（《男女：中国的男性、女性和性别》之《中国明代男性友道专辑》），9.1 (2007): 146—154。

[2] 请参黄卫总《十六世纪中国的男性友道与讲学运动》和吕妙芬《阳明学士人社群——历史、思想与实践》（台北："中央研究院"近代史研究所，2003），页295—325。

[3] 参 Timothy Billings 为他翻译的利玛窦《友论》的英译本所写的引言。On Friendship: One Hundred Maxims for a Chinese Prince（《友论：为一个中国亲王所编的一百条箴言》）(New York: Columbia University Press, 2009), pp. 1—82。此文对晚明友道的发展有比较全面的探讨，值得参考。另外还可参考 Joseph McDemott, "Friendship and Its Friends in the Late Ming,"（《晚明的友道与其朋友》）"中央研究院"近代史研究所编《近世家族与政治比较历史论文》（台北："中央研究院"近代史研究所，1992），页67—96。

[4] 日本东京尊经阁文库藏有《广友论》天启六年的刻本。我参考的是普林斯顿大学东亚图书馆据该本复制的影印本。

[5]《放言二》，《炳烛斋稿》（《四库禁毁书丛刊》，104册），页104。

父子以身属者也，朋友以心属者也。人之身或殇或夭，上寿百年而死矣。既死矣，乌柱其为父子哉。若夫心则恒古而不死也。故以君臣为首者，名教也。为善无近名，则不仕无义可也。以父子为首者，人情也。太上忘情，则骨析还父、析肉还母可也。以朋友为首者，真心也。至于心，则无复之矣。故朋友者，五伦之纲也。[5]

顾大韶从李贽的"真心"论出发，将朋友视为"五伦之纲"，大大提升了朋友在儒家五伦关系中的地位。不过晚明文人对五伦关系的反思同时也激化正统儒家伦理本来所不愿正视的五伦关系之间的固有矛盾。

在儒家正统的伦理体系中，五伦关系一向被说成是一种相依相存，和谐统一的关系。《中庸》有这么一段有关朋友与其他人伦关系的论述，极能体现出正统儒家思想在这一问题上的观点：

[6]《中庸章句》，朱熹编注，《四书章句集注》(上海：上海古籍出版社，2001)，页36。类似的说法也见于《孟子·离娄上》，《孟子集注》，同前书，页332。

[7] 钟惺，《隐秀轩集》(上海：上海古籍出版社，1992)，页441。

> 获乎上有道，不信乎朋友，不获乎上矣。信乎朋友有道，不顺乎亲，不信乎朋友矣。顺乎亲有道，反诸身不诚，不顺乎亲矣。[6]

如果我们将这一段话作逆向解读，它的意思就是说，一个能获得君王信任的忠臣，同时也不可能不是一个义友，而义友则一定也是一个孝子，而孝子更一定是个至诚的君子。这种典型的乐观儒家伦理逻辑强调的是五伦关系相互间的统一性，同时它却忽视了各伦之间的内在的矛盾性。但到了晚明，随着友道的兴盛和人们求友热忱的不断高涨，朋友与其他四伦关系的矛盾也日益突出。不少人开始对儒家经典所极力彰显的五伦关系之间的内在统一性产生了疑问。这种疑问甚至在当时的科考的题目中也反映了出来。竟陵派文学领袖钟惺（1574—1625）1615年在贵州乡试做副主考时，曾做过一篇策问的范文，其题目就是围绕朋友与君臣关系这一问题展开的：

> 问：朋友，列达道为五，而又皆居其会以为用，乃所云："不信乎友，不获乎上。"似独与君臣相关，何也？……而《诗》所云"得罪天子，怨及朋友"，似又分而二之。[7]

而本人深陷晚明党争而又与钟惺关系不错的汤宾尹（万历二十三年进士）的感叹则更为直截了当：

> 书曰："不获乎上，民不可得而治。"今有民治矣，上不必获。有上

获矣，而民不必治也。是两道也。书曰："不信乎朋友，不获乎上。"今之友不必能得之于其上。今之获上不必尽得之友也。是又两道也。执圣贤之论差。[8]

钟惺和汤宾尹两人分别用"分而二之"和"两道"来描述《中庸》和《孟子》所强调的五伦间（特别是朋友与君臣之间的）的统一性在晚明道德实践中实际分裂的严酷现实。晚明政治中的党争日趋严重，使士人对朋友与五伦中一般认为更为重要的另外三伦（君臣、父子和兄弟）之间的冲突有了更新的认识。实际上，在一般人的日常生活中，朋友与父子和兄弟这两伦关系的矛盾冲突可能更为常见。不少人抱怨世人"薄骨肉而重交游"[9]，而吴麟征（天启二年进士）在其《家诫要言》中更是斥"厚朋友而薄骨肉"者为"务华绝根"。[10]在晚明文化中，对于朋友，确有一种颇似悖论的态度，一方面是几近狂热的追求，另一方面又有一种对求友、重友过度所可能产生的后果的很深的焦虑。冯梦龙（1574—1646）的《三言》中几篇以友道为主题的故事则将这种悖论非常微妙地揭示出来。[11]

冯梦龙的《喻世明言》（又名《古今小说》）中有一则题为《吴保安弃家赎友》的故事。其素材来自唐代牛肃的《纪闻》一书。此书已佚，但吴保安那篇还保留在宋代的《太平广记》中。另外在《新唐书》的《忠义传》部分中也收有吴保安的传记。但后者篇幅却要短了好几倍，且有些重要细节也不一样（下面详论）。[12]冯梦龙的吴保安故事显然是在《纪闻》文本的基础上改写的。故事上半部分的主要情节是讲吴保安通过同乡郭仲翔的介绍推荐而在军中谋得一职，但还没等吴保安来得及到那支在边陲地区镇压南蛮叛乱的唐朝军队中述职，郭自己却突然成了敌人的阶下囚。在收到郭的求救信函之后，吴毅然弃自己的妻子与孩子于不顾，十年如一日地为筹措那笔能将郭赎回的庞大赎金而日夜奔波。故事下半部分则是叙述郭仲翔在被赎出后怎样报答吴

[8]《睡庵稿》，《四库禁毁书丛刊》，册63，卷七，页86。
[9]《顺天府志》（影万历二十一年刻本，北京：中国国际书店出版社，1959)，卷一，页13b。
[10] 朱利注释，《治家格言·增广贤文·女儿经——治家修养格言十种》（上海：上海古籍出版社，1991），页10。
[11] 冯梦龙《三言》中的大部分故事都是在早期的素材基础上改编而成的，其中更有以明代的文本为改写对象的（如本文所讨论的三篇故事中的后两篇）。但我以为我们将它们作为能够反映改订者本人观点的文本来解读应该是不会有问题的。
[12] 谭正璧编，《三言二拍资料》（上海：上海古籍出版社，1981），页42—46。

的。有意思的是，郭一直要等他自己的父亲过世之后，才开始对吴的报恩行动，而其时吴保安和他的妻子却都已不在人间了。但这并没妨碍郭的报恩计划。郭千里迢迢把他们的尸骨送回他们的故乡，然后为他们举行了隆重的葬礼，并为他们庐墓三年。另外一方面，他又移情于他朋友的儿子，把他当作自己的兄弟，将他抚养成人，并帮他做上了官。

　　小说的标题是"弃家赎友"。这里所弃之家是有特定含义的：它指的是吴保安的妻子与儿子，但并不包括他的父母（小说里没提到吴的父母那时是否还健在）。这不仅让人想起《三国演义》中刘备的"兄弟如手足，妻子如衣服"的名言来了。这里兄弟显然指的是结拜的朋友，如关羽和张飞等。所以吴保安的"家"与郭仲翔的有父之"家"是很不一样的。若吴保安为了朋友而弃家是小说所极力颂扬的义举的话，那么郭仲翔要等父亲死了之后才能全心全意去报恩则更说明，不是任何的家都是可以为朋友而抛弃的。这一点从古代孝道的角度来看是可以理解的。但吴、郭两人对"家"的不同态度，却显示了在五伦关系中朋友与父子、夫妇这些关系之间的矛盾。尤其值得注意的是，郭仲翔要等他亲生父亲死了之后才能将他恩人吴保安夫妇当成"重生父母"来对待，这一事实本身也进一步揭示了朋友和父子这两伦关系之间的张力。也就是说，如果他父亲一直健在的话，他也就无法如愿地去实施他的报恩计划了。颇具反讽意味的是，不仅他父亲的去世使他能全心全意去对朋友报恩，其恩人的故世更为他的报恩提供了一些特别的机会——千里徒步送尸骨还乡、隆重的葬礼、庐墓三年等等，一个孝子能为自己已死去的父母所能做的一切最富象征意义的孝行，现在郭都能为吴做了，而所有这些报恩的义举都是以其自己父亲和报恩对象本人都已去世为先决条件的。这反过来更让我们看到了朋友与"家"的矛盾。对一个朋友最大的报答就是把他尊为"父亲"，因为"父子"在中国封建男权社会中是最神圣的一伦。但将朋友当作"父亲"，那自己的生父又将置于何处呢？这对于在儒家伦理体系中最为神圣的父子之伦不啻是一种亵渎。所以只有当自己的生父已经不在人世以后，这样的仅是象征意义上的"替代"或"亵渎"才会显得不那么"不伦"。就全心全意报答朋友的恩情来说，郭父的去世确实显得很有"必要"；而那个将要被尊为"父亲"的朋友亦已去世，更可以缓解朋友与父子两伦之间的冲突，因为这里尊他人为父仅仅是象征意义上的了。郭的报恩计划须吴（报恩对象）和他自己本人的父亲都去世才能得以实施的事实，恰恰凸显了这种冲突难以避免的实际情况。

  故事的另一特点是小说中的两位朋友很少碰面。郭在收到了吴的求荐信之后就马上决定要向他的长官予以推荐，但当时两人却还从未见过面。他们直到十年后郭被赎回之后才第一次见了面。为一位从未见过面却曾帮过自己的朋友"弃家"十年，四处奔命，去筹集赎金，吴保安可以称得上是一位有义气的朋友。但有读者会进一步问，既然双方未曾见过面，他们俩又如何成为小说开头所称的"结心"的知己呢？那时他们之间的唯一交流仅是信函来往。吴给郭的请荐信似乎起了关键性的作用。信的内容主要有两点：第一是请他看在他们是同乡的分上帮忙。第二是说明自己之所以求于郭，是因为他相信后者是个"分忧急难"之人，一定会帮忙。这显然是有意激郭的话。果然郭的反应是："此人与我素昧平生，而骤以缓急相委，乃深知我者。大丈夫遇知己而不能与之出力，宁不负愧乎？"[13] 郭的逻辑是，正因为他们俩本来并不相识，而吴却有求于他，反而证明对方有眼力认准自己是个"分忧急难"之人。倘若不帮，必然惹人耻笑。郭之所以愿意出力相助，至少部分原因是要维护自己的"豪侠尚气"的自我形象。也就是说，此时郭愿意帮吴，实际上更主要是出于对自己名声的考虑，并不完全是出于利他的动机。以后在郭被蛮子俘获后想求救于吴时，郭却又如此思量道："我与他从未会面，只为见他数行之字，便力荐于李都督。"[14] 这段话进一步说明了实际上他们双方对对方的了解极少，很难说得上是真正的"知己"。再从故事中吴保安的角度来看，如果是换了另外一个人帮他谋到了一职后，按照他的行为准则，他一定也会为回报那个恩人而同样弃家筹款十年如一日的。这是因为像郭仲翔一样，吴保安同样要极力维护自己作为一个义气朋友的自我形象，一定也会做到有恩必报。所以他们双方是否真正见过面乃至于对对方到底有多深的感情并不是重要的因素，他们只是按照自己关于一个义气朋友行为准则的抽象观念行事而已，至于那位具体需要帮忙的朋友究竟为何人，反倒是个次要的问题。这也就是为什么他们是否见过面、甚至其中的一人是否已经去

---

[13]《喻世明言》（香港：中华书局，1985），页123。

[14]《喻世明言》，页124。

世等等因素，对于他们各自履行"有恩必报"的义务来讲并不是问题的关键。这也就是为什么在故事情节的发展中，友情受惠对象总是因种种原因而"缺席"（absent）。在这个有关友伦的故事中，这一"缺席"母题强调的是，不管是施恩还是报恩，利他行为都是以行为者本身的"自我形象"的构建与维护为最终目的的。

[15]《广友论》，页17b—21a。

有关吴保安故事的各种文本在晚明颇为流行。朱廷旦的《广友论》就收有这一故事（疑属《纪闻》文本系统）。[15]也有好几个文人将其改编成戏曲，现在所知者有两位。一是郑若庸（1495—1575）将其写入了他的传奇《大节记》，可惜此本已佚。另外则是戏曲大家沈璟（1553—1610）把它改写成了传奇《埋剑记》，此本尚存。在此不妨将它与《三言》中的故事文本稍作比较，以探讨沈璟和冯梦龙面对同一故事素材，在处理朋友与其他人伦之间的矛盾这一关键问题时，所采取的截然不同的方法。沈璟很可能是按《新唐书》中的《吴保安传》来改写的。比较《吴保安传》，我们发现，在这一文本中，两个主人翁在故事一开始就见了面，而且以后去世的是郭的母亲而不是他的父亲。不过《埋剑记》在情节上的一个重要改动之处是，郭的母亲一直健在，所以没有郭只是在其父亲或母亲去世之后才决定全心全意展开其报恩行动的情节（也就是说他父母的健在并不影响他的报答朋友的计划），更没有千里徒步背送恩人尸骨还乡和将吴保安夫妇当作"重生父母"来为他们守孝的行为了。郭是在吴的儿子写信给他求救之后才知道后者的父亲已经作古，而且郭并没将吴的儿子当作兄弟，而是称后者为"侄子"，封建人伦关系次序因此并没有受到实际或是象征意义上的冲击。这样一来，原故事素材中（尤其是《纪闻》文本中）朋友与父子两伦之间的张力在《埋剑记》中就消失殆尽了，而这一张力在冯梦龙的改写中反而得到了进一步的凸显。譬如冯加进了吴保安儿子与郭仲翔争着要背前者父母骸骨的细节，吴的儿子声称，因为这是他父母的骸骨，所以"理合他驮"。这似乎在提醒人们，尽管郭要以孝子身份举哀，但他并不是真正的嫡亲骨肉关系。

更有甚者，郭仲翔在《埋剑记》中的形象，相比之下，变得似乎有点"高、大、全"。沈璟还特意增添了一些他被南蛮抓俘以后的细节，以突出他是一个宁死不屈的忠臣。儒家经典《中庸》中所构想的"获乎上"与"信乎朋友"

的完美统一，全然体现在郭的身上了。其中的伦理逻辑依然是：正因为郭是一个忠臣，所以他也一定是个信友。甚至在原型故事和冯梦龙改写的文本中很少提起的郭的妻子，在《埋剑记》里却有了不少戏。她为了给婆婆治病而割股，成了孝妇的化身。沈璟在《埋剑记》中也有意淡化了吴保安的弃家救友所反映出的朋友与夫妇这两伦之间的矛盾。吴的妻子被描绘成一个唯利是图的女人，很让人生厌，根本谈不上是一个值得同情的角色，所以吴保安"弃家"也就显得不是那么的冷酷无情了。

从总体上看，友伦这一主题在《埋剑记》中淡化了不少。首先，不像故事的早期文本和冯梦龙的改写本，这里整个剧本叙述的重点已全部移至郭仲翔身上，而有恩必报仅仅是他的许多美德中的一种而已，另外他还是一个忠臣和孝子。在郭一个人身上，忠臣、孝子和信友这三种不同的身份好像结合得完美无缺。沈璟试图通过郭仲翔这一人物形象来标榜儒家五伦关系的和谐理想。从某种意义上讲，沈璟如此刻意淡化在吴保安故事素材中朋友与五伦中其他人伦关系之间的矛盾，正好透露出晚明一些思想比较正统的文人对友道盛行所可能产生的不良后果的焦虑。

沈璟和冯梦龙是同时代人，但前者要年长不少。他们两人可能有过直接的交往，冯梦龙曾因沈在戏曲创作上给予的帮助而表示过谢意。[16] 冯梦龙很有可能在编写《吴保安弃家赎友》之前已读到过沈璟的《埋剑记》，但他自己在改写吴保安的故事时，却采取了截然不同的策略，反而更进一步揭示了朋友与五伦中其他关系之间的矛盾，有意无意之中流露了对这种矛盾更深的忧虑，尽管他对友伦的颂扬比沈璟更显得不遗余力。

朋友与五伦中其他人伦关系间的矛盾在《喻世明言》中另一个以友伦为主题的故事《范巨卿鸡黍生死交》中也有所触及。故事大概是说汉代张元伯在去洛阳应举的途中，救了也去应举的但身患重病的范巨卿一命，两人为此误了考期。双方分手时，范答应张明年重阳节时到他家去看他和他的母亲。但到了重阳节那天，直到日落西山，范并未出现。晚上张却梦到了他。在张的梦中，范告诉张，他因整天忙于经商养家糊口，忘了所约日期，直到重阳那天才记起。因闻古人有云："人不能行千里，魂能日行千里。"[17] 遂自

---

[16] 高洪钧编，《冯梦龙集笺注》（天津：天津古籍出版社，2006），页193。

[17]《喻世明言》，页242。

刎，以期魂魄能千里赴约。张元伯从梦中醒来后，决定亲赴巨卿家乡看个究竟。到了那里，发现范果然已自杀而死。于是，张也拔刀自刎，以期两人能同穴而葬。故事素材可在《后汉书》和《搜神记》中找到，[18]白话改写本则收在明人洪梗所编的《六十家小说》中（后人将此书中的残存故事重新出版，名为《清平山堂话本》）。[19]冯梦龙在将这篇白话改写本编入《喻世明言》时，又作了些改动。原白话改写本中朋友与"家"的矛盾显得尤其突出。范曾屡屡抱怨他因"妻子所累"而须经商养家糊口，与张分手之后，正因"为妻子口腹之累，溺身商贾中"，才忘了与张的约期。[20]最后他为守朋友之信，不惜置妻子家小于不顾而自杀。而张梦醒之后决定去千里之外的朋友的家乡去看个究竟时，已经做好了与其友同生死的准备。虽然他母亲还有弟弟可以照顾，但张的这种做法显然与吴保安故事中郭仲翔所遵循的孝道原则是大相径庭的，无怪乎冯梦龙在其改写本中特意加进了这样的辩词："岂为朋友轻骨肉？只因信义迫衷肠。"仿佛在这里冯梦龙已经预料到了，本文开头所提到的吴麟征之类的人，可能会对张的抉择有非议。但这样的辩护仍显得非常勉强，更透露出张为朋友之信而有违孝道的意味。

最后我们再来看一下《警世通言》中的《俞伯牙摔琴谢知音》。这是根据一个大家很熟悉的传说而改写的：春秋战国时的俞伯牙在钟子期死了之后，就把琴毁了，从此不再鼓琴，因为他失去了真正的知音，而知音也成了友伦话语中的作为知己朋友的一个代名词。原型故事在《列子》《吕氏春秋》和《韩诗外传》等早期典籍中都能找到，但它们的情节都十分简单。据前辈学者路工考证，在明万历末年刊的一本小说传奇合刻本中，有一篇题为《贵贱交情》的故事，也是演绎俞伯牙与钟子期故事的。[21]冯梦龙《警世通言》中的《俞伯牙摔琴谢知音》则是在《贵贱交情》的基础上改成的。与早期《伯牙和子期》文本相比，明代白话故事的情节要复杂了许多，其中强调的则是他们两人之间的阶级贫富的差异（正如《贵贱交情》这一题目所示）——伯牙是晋国的上大夫而子期则是个山村樵夫。这一细节在早期文本中是不曾提及的。如果说子期一听到伯牙的琴声，他马上能猜透鼓琴者的意图，即子期确实是

[18] 谭正璧编，《三言二拍资料》，页90。
[19] 洪复著，谭正璧校注，《清平山堂话本》（上海：古典文学出版社，1957），页280—283（残篇不全）。
[20]《喻世明言》，页242。
[21] 路工、谭天编，《古本平话小说集》，页63；关于《贵贱交情》的故事文本，见页95—106。

个"知音"的话,那伯牙则费了许多周章才相信子期确能理解自己的音乐。故事花了不少笔墨,去描绘伯牙如何通过一连串的测验之后,才确信这个下里巴人真是一个能听懂他阳春白雪的"知音"。这种"知音"之快与"知人"之慢的强烈对比似乎在告诉读者,知音和知人并不完全是一回事。知人显然要比知音难得多。仿佛要再一次强调这一点似的,故事的下半部分更出现了出人意料的发展。当他们俩成了好朋友之后,伯牙问子期为何不去求取功名,子期说他有年迈的双亲须照顾。临分手之前,伯牙一方面馈赠银钱,一方面约定明年中秋节再来拜访。可是到了明年,伯牙再来的时候,子期已不在人世了。据子期父亲后来告诉伯牙,子期自与伯牙别之后,"买书攻读,老拙无才,不曾禁止。且则采樵负重,暮则诵读辛勤,心力耗废,染成怯疾,数月之间,已故亡了"[22]。很显然,子期受了伯牙的影响,也开始读书求功名,竟为之断送了自己的性命。子期可谓犯了不"知人"的错:因为他本来隐居乡村,守着年迈双亲,日子过得好好的,就是因为碰上伯牙了这个所谓的知音才误入了"歧途"。这实在是很有反讽意味的,再一次说明了知人之难。前面已提到,这个故事的早期文本都非常简略,伯牙和子期两人的社会身份根本没有交代。冯梦龙等明代文人在重写这一著名的"知音"故事时,改动得最大的地方之一,就是突出了伯牙与子期的社会背景的差异。这好像在告诉我们,只有在具体的社会语境中,我们才能体会出"知音"和"知人"的真正含义。"知"的过程一定会牵涉其他众多的社会因素,譬如,子期的阶级身份和经济地位、他对其双亲的赡养义务(五伦中的其他人伦关系)等等。脱离了具体社会内容的"知音"是一个没有多少实际意义的概念。因为一个人除了朋友之外,还有其他许多人伦关系要去处理。所以这篇改写了的故事既在颂扬友谊(伯牙与子期确实也成了好朋友,而且前者也确实非常守信),同时又将这一伦的关系复杂化了。[23]也就是说,即使交上了一个好朋友,有时也会有许多无法预料或事与愿

[22]《警世通言》(香港:中华书局,1986),页9。
[23] 当然《三言》中也有比较"单纯"的友伦故事,譬如本文没有讨论的《喻世明言》中的《羊角哀舍命全交》。故事叙羊角哀与左伯桃两人欲同人楚为仕。遇雨雪,道阻,粮尽。自度不具生,人树而死,以免拖累羊。羊至楚,为上大夫,葬左。但左梦角羊,其墓与荆朝墓相邻,其魂常受干扰。定于某日大战以决胜负,望羊相助。羊如期而至,开棺自刎而死,葬左墓中。值得注意的是在故事中羊角哀和左伯桃双方都是没家室之累的人,而且更重要的两人都是"幼亡父母"(《喻世明言》,页114—115。)这是两个没有其他社会关系的"孤零零"的人。所以本文所着重探讨的友伦与其他五伦关系的矛盾在这篇故事中也就无从显现了。这是《三言》中唯一一篇颇乏"社会内容"的友伦故事。

违的后果(unintended consequences)。

  以上对冯梦龙《三言》中有关友伦故事的解读,并没有否认作者对朋友这一重要人伦关系的热忱,以及对历史上友伦楷模的赞许。但他对原型故事的精心改编,同时也揭示了友伦与其他人伦关系之间发生冲突的种种可能性,反映出不少晚明士人对友伦的那种既热衷又焦虑的悖论态度。

党争、同学、同乡：
钟惺和晚明的友道实践 *

* 原文刊于《中国学术》第四十二辑，题为《党争、同学、同乡：钟惺和晚明的"男性友谊"》。译者王润英。该辑因故出版延迟，实际是 2020 年 12 月出版，与本书书稿整理在时间上较接近，所以保持原貌以反映作者的学术发展轨迹的意义不大，此次重印时作了些修改。

钟惺（1574—1625）和谭元春（1586—1637）是一对至友，二人皆作为一时风靡晚明文坛的竟陵派的创始人而名扬天下。[1]关于他们的诗歌理论和创作及其在中国文学史上的意义，学界已有很多研究成果发表。[2]李明睿（1585—1671）是天启元年乡试录取谭元春的考官。在他为这两位好友合写的传记中曾说过："余故合钟谭而论之，使世知竟陵之文，不在文而在交谊之厚。"他极有见地地指出竟陵派的精髓在于钟、谭二人间的深厚友谊而不在于他们文学作品表面的文字中。[3]也就是说，竟陵派不仅是一个独特的文学流派，更是文人交友实践的结晶。可惜到目前为止后世学者很少关注到这一观点。本文拟通过考察钟惺的交游，尤其是他借由科举活动而建立起来的社交网络（这是当时许多士子的共同经历）来探讨交友在钟惺个人生涯中的具体意义，以揭示朋友这一伦在晚明文人的政治和文化生活中所扮演的日益重要而复杂的角色。

钟惺对朋友一伦的态度是颇为矛盾的：像许多文人那样，交友是他日常生活很重要的一部分，但他又因为交错朋友而备受挫折。对他来说，交朋友往往是颇具危险的社会活动。苦于辨清交友的利弊，他试图通过维护交友的私人性并将其从公共和政治领域中剥离出来而避免公与私的纠结所可能造成的种种危险。钟惺也许是第一个对传统儒家所乐道的君臣与朋友两伦之间的和谐连续性和统一性明确表示怀疑的晚明文人。从某种意义上来说，钟惺的这种怀疑，预示了明朝覆灭后清初许多文人对朋友这一人伦关系所做的种种深刻反思。当然他们特别关注的是晚明帝国政治中个人交友与朋党种种纠缠不清的关系。[4]

---

[1] Nancy Norton Tomasko 认为地域影响力在塑造钟惺的文学风格和理论方面并没有发挥重要作用。参见 Nancy Norton Tomasko,《钟惺（1574—1625），中国明代万历（1573—1620）时期的一个文人》["Chung Hsing (1574—1625), A Literary Name in the Wan-Li Era (1573—1620) of Ming China,"] Ph. D. Dissertation, Princeton University, 1996, p. 62.

[2] 相关研究文章可见张国光主编，《竟陵派与晚明文学革新思潮》（武汉：武汉大学出版社，1987）。下文还会引证其他学者的有关研究。

[3] 李明睿,《钟谭合传》，见陈杏珍标校，《谭元春集》（上海：上海古籍出版社，1998）附录二，页960。

[4] 诗人和画家朱一是（1610—1671）哀叹人们"急友朋而忘君父"，他指责这些人破坏了神圣的儒家伦理等级制度中发展起来的"五伦"观，见朱彝尊《谢友人招入社书》，《为可堂集》，卷一，页13b［美国国会图书馆所藏中国国家图书馆珍本图书微缩胶片拷贝］。夏允彝（1596—1645）对晚明政治中的党争的负面影响有一个比较客观的描述，见夏允彝,《幸存录·门户大略》，《明清史料丛书八种》（第二版）（北京：北京图书馆出版社，2005），册1，页359—367。

庚戌科场案与党争

17世纪早期的中国封建官僚机构陷入了日益激烈的党派纷争中。像他的许多同龄人一样，钟惺的仕途也与党争密切相关，尽管官职不大的他相当低调。由于党争各派在科举考试运作中日益加深的介入，刚踏入官场，钟惺就不知不觉地陷入了党派政治的恶斗之中。

在考中庚戌进士的士子中有许多会成为明朝最后几十年间著名的政治和文化人物，比如钱谦益（1582—1664）后来成了文坛巨匠；还有杨嗣昌（1588—1641），作为一名军事将领，他悲剧性的生涯成了明朝覆灭的见证。然而，这三年一次的会试也使晚明党争进入了一个新阶段。许多考官，如叶向高（1559—1627）等，都与所谓的以儒家道德纯粹主义而著称的东林党关系密切。[5]他们希望自己最看好的钱谦益能名列第一。然而，令东林党的支持者意外而愤怒的是，钱谦益被降为第三，然而那位所谓的宣党领袖汤宾尹（生于1569年）的门生韩敬（生于1584年），却取而代之当上了状元。此事在东林党的支持者中引起了骚动。第二年，御史孙居相（1592年进士）指控汤宾尹非法操纵科场。据称，在评卷过程中汤宾尹竭力搜寻韩敬的试卷，并最终在已弃的试卷中将韩敬的卷子找了出来。然后，他重新为韩敬的试卷判分，并成功迫使两位主考官让韩敬排名第一，尽管其他考官对此持反对态度。[6]正如汤宾尹后来无不自豪地承认的那样，他确实为韩敬的匿名试卷作了推荐，且坚持认为试卷的作者韩敬因其才华横溢应该列为第一名。他对提拔真正的有才之士并不感到任何羞耻。[7]汤宾尹最终因此而被削职，而韩敬也被迫辞去翰林院的职务。[8]不少那年中试的新进士原本前途很是看好，但因受了这场庚戌科场案的牵连而仕途受阻。此案在以后好几年的晚明官场纷争中还会继续发生效应。

[5] 有关东林党后期及其成员的道德英雄主义的英文研究著作，见 John W. Dardess, Blood and History in China: The Donglin Faction and Its Repression, 1620—1627（《中国的血和历史：东林党及其被镇压（1620—1627）》）(Honolulu: University of Hawaii Press, 2002)。

[6] 见《明史·选举二》（北京：中华书局，1982），卷七〇，页1704。另外可参文秉，《定陵注略·庚戌科场》（台北：伟文图书出版社有限公司，1972），页583—602。文秉是个比较同情东林党的史家。

[7] 汤宾尹，《韩求仲四书辨真稿序》，《睡庵稿》明万历刻本，《四库禁毁书丛刊》，集四，页18a—19a。

[8] 见《明史·孙振基传记》，卷二三六，页6153。

因为钟惺曾多次表达过对汤宾尹和韩敬的强烈同情并继续保持与二人的友谊，[9] 当时不少人已认为他与东林党的敌对派系结了盟，这使他被许多东林党的支持者疏远。实际上他很少直接参与党派政治，在党争中，也尽力保持独立。不幸的是，在晚明这样一个党争恶斗的环境中，想保持中立非常困难，甚至有自取灭亡的危险。不属于任何一派，他经常有无所归依和手无寸铁可以自卫的感觉。在一个极度分化甚至对立的官场中，保持中立非但使他得不到别人的庇护，而且只会更让他成了各个派系猜疑的对象。直到万历四十五年，在与东林党的权力斗争中，不同敌对派系组成的松散联盟尚能占据上风。不幸的是，钟惺这个在此次党争冲突中几乎是一个旁观者的人却成了联盟内部各派系治胜东林党利益分赃摩擦的受害者。万历四十年，钟惺的好友和庚戌会试同年邹之麟，就因被御史孙居相指控其在监察顺天府乡试中腐败，结果被降职。由于对东林党人的敌意感到不安，邹之麟这位按说是属于浙（浙江）党的成员，却依附齐（山东）党党魁亓诗教（1598年进士）以寻求庇护，亓诗教时任督察院御史，和大学士方从哲（1628年去世）有着非常好的关系。在吏部谋职失败后，邹之麟开始埋怨方从哲，因此也惹怒了亓诗教。邹之麟最后被迫辞职，结果他的很多同年，包括钟惺和夏嘉遇，在万历四十五年至四十六年的考选中因为被认为和邹之麟关系密切而未得到拔擢。据钟惺自己说，阻碍他晋升的，至少在表面上，多少与他和谭元春评选的诗集《诗归》有关，尽管他没有具体说明这本书给他的职业生涯带来挫折的原因。[10] 讽刺的是，虽然《诗归》风靡一时，让他文名大振，它也可能让他在仕途方面付出沉重的代价。

如果说钟惺在东林党的敌对派系掌权时获益无多，当后来东林党重新掌权时，他的处境则更加糟糕。在作为提学佥事监督福建乡试时，钟惺被指控贪腐受贿。谭元春在他的一首纪念其好友钟惺的诗中曾回忆道："下石人传是旧交。"[11] 令钟惺最为心酸的往往是老友（他自己称为"恶友"）的背叛，这也是他为什么后来决定弃官和杜门索居的一个主要原因。[12] 这对当时颇有政治抱负和

---

[9] 钟惺，《汤祭酒五十序》《得韩求仲书并所选文二编感而有寄》，见李先耕、崔重庆标校，《隐秀轩集》（上海：上海古籍出版社，1992），卷一九，页 300—301；卷四，页 39—40。

[10] 见钟惺，《与井陉道朱无易兵备》，《隐秀轩集》，卷二八，页 485。参看陈广宏，《钟惺年谱》（上海：复旦大学出版社，1993），页 164—165。

[11]《丧友诗》（其十八），《谭元春集》，卷一五，页 429。

[12]《与徐元叹》（其三），《隐秀轩集》，卷二八，页 494。

宦途热情的钟惺来说是一个沉重的打击。

君臣朋友两伦和谐说的怀疑

此类仕途上的屡次受挫一定让钟惺产生了在朝为官期间是否有可能拥有真正的朋友的疑惑。在给他的一位朋友的信中,钟惺痛苦地反思:

> 居乱世之末流,待朋友不可不恕,所谓"交情"二字,只可于作秀才及退居林下时,以之责人。若仕宦得失之际,卖友得官,此亦理势之常。[13]

如果一个人决定通过做官的方式来参与帝国政治,那么他可能很难得到真正的朋友,为了政治上的生存他经常被迫以牺牲朋友为代价。总而言之,对于钟惺来说,真正的朋友和官运是不能兼而有之的。

在为万历四十三年所负责的贵州乡试出策问题目和撰写答题范文时,对于交友与帝国政治的关系的问题钟惺一定还未释然。这些文章后来都被收录在他的文集里。[14] 其中一个题目分别采自于儒家经典《中庸》和《诗经》。

---

[13]《与熊极峰》,《隐秀轩集》,卷二八,页483。类似的论述可以在他的历史著作《史怀》对汉王朝政治的评论中找到,见《史怀》(《百部丛书》本),卷一五,页1b。但是这里,没有了史学的超然,钟惺在一个更私人的环境中反复表述这种观点,证明他在这个问题上确有深深的挫败感。

[14] 见《策》中的第二对策论,《隐秀轩集》,卷二四,页441—445。钟惺并没有提供任何关于这些文章作于何时何地的信息,在第一篇论中,提到了万历四十三年(1615)五月发生了一些事情,比如万历皇帝恢复了对大臣们的接见。因此,这两篇文章不可能是钟惺在1603年为他乡试所写。我初步猜测是,它们很可能是钟惺为贵州乡试写的策问题目及答题范文(万历四十三年八月),当时他是考官之一。参其《贵州乡试录后序》和《黔录小刻引》(《隐秀轩集》,卷一六,页234—235;卷一八,页282—283)。把自己做考官时所作的考试范文收在自己的文集中过去也有先例:袁宏道在1609年担任山西乡试考官时就写了这样的策论范文。见袁宏道《策》,袁宏道撰,钱伯城笺校《袁宏道集笺校》(上海:上海古籍出版社,1981),卷五三,页1510—1522。特别要注意钱伯城的笺注(页1521)。另一个例子可以在王世贞(1526—1588)的弟弟王世懋(1536—1588)的文集中找到。他的《王奉常集》里重印了他为1579年(己卯)江西乡试所写的数篇策或策论(包括文武举,见万历本,卷二九,页1a—16a;《四库全书存目丛书》集部,卷一三三)。因为王世懋来自南直隶的太仓地区,他早在1558年就通过了顺天府的乡试,这些很有可能都是王世懋在任江西乡试考官时所写的策问示范文。我猜测钱谦益《牧斋初学集》中的策论,亦是钱谦益在1623年负责浙江乡试时所写的范本文章。见《牧斋初学集》,《钱谦益全集》,页1864—1880。丁功谊根据策论的格式判断那些被收集到《牧斋初学集》里的策论是由考生所写,见氏著《钱谦益文学思想研究》(上海:上海古籍出版社,2006),页26,注4。我觉得证据略嫌不足,因为有官员很有可能会按考生考试文章的格式拟写示范文章,格式不能作为证据。当然将别人(包括学生)的文章不加注明而收在自己文集的可能性在那个年代也不能完全排斥。无论如何,即使这些策论不是钟惺自己写的,将这些他收在自己文集里的文章的观点作为代表他能认同的观点来解读应该是没有太大问题的。

[15] 其中文原文和英文翻译，见理雅各(James Legge)译，《中国经典·四书·中庸》(*The Four Books, The Doctrine of the Mean, The Chinese Classics*)（台北：文史哲出版社，1972），册1—2，页412。类似的说法在《孟子》中也能找到，见《离娄上》，杨伯峻译注，《孟子译注》（北京：中华书局，1980），页173。

[16] 见《小雅·节南山之什·雨无正》，《十三经注疏》整理委员会整理，《毛诗正义》（北京：北京大学出版社，1999），页736。其英文翻译见理雅各(James Legge)译，《中国经典·诗经》(*The She King, The Chinese Classics*)（香港：香港大学出版社，1960），册5，页328。

它要考查考生如何能将这关于君臣和朋友之间关系的两种截然不同的观点融合起来：

> 在下位不获乎上，民不可得而治矣。获乎上有道：不信乎朋友，不获乎上矣。信乎朋友有道：不顺乎亲，不信乎朋友矣。[15]

这段来自《中庸》的章节强调的是君臣和朋友关系间所谓道德上的天然连接性，这是一种基于儒家理想的坚持，即"五伦"（君臣、父子、兄弟、夫妻和朋友）之间的完美和谐统一。通俗地说，这个道德逻辑就是：一个好的臣子理所当然也应该是一个好儿子，一个好丈夫，一个好的兄弟和一个好的朋友。然而，在《诗经》里，我们看到的却是另一个完全不同的观点：

> 维曰于仕，孔棘且殆。
> 云不可使，得罪天子。
> 亦云可使，怨及朋友。[16]

这首诗说的是一个人永远不能同时令天子和他的朋友满意，因为这两者的利益常常是相互冲突的。钟惺的策问要求考生回答在这两种看似相反的观点之下，该如何处理与天子与朋友之间的关系。

钟惺自己的范文首先讨论的就是在儒家"五伦"观念中朋友一伦的重要性，然后列出一整个系列的历史人物，那些能够融合友和君臣关系（"合为一"）的完美典范。然而，在探讨《诗经》中呈现的相反观点时，似乎又对这种君臣与朋友关系的完美连接提出了质疑。钟惺联系当时的政治形势，指出这种有关君臣和朋友关系间的完美连接的乐观儒家理想正受到着越来越大的挑战。尽管钟惺没明确否认天子的信任和真友是一个人能兼而有之的，但他觉得朋友之"私"与君臣关系之"公"之间的矛盾却愈来愈突出了。在范文的末尾，钟惺似乎认为，尽管事实上许多人为他们自己的个人利益而结党营私，[17]但也有不少例外的人，这些人并没参与党争。因此，皇帝不应该认为每个人都不值得他信任（可能指的是万历皇帝长年不上朝的做法）："上且以为天下尽如是，而长此不反，则举君臣朋友之间，遂无一可信者。而天下事殆不忍言之矣。"他批判臣民的自私，同时对君主缺乏判断力暗自叹息。儒家经典中有关君臣朋友关系间的神圣连接性的理想实践正面临着空前的危机（即他所谓的"分而二之"或"分而为二"）。将这段话作为结论放置在官方的乡试"范文"的结尾确反映了钟惺悲观的程度。[18]

钟惺在围绕庚戌科场展开的论争中站到汤宾尹一边，可能并不是巧合，汤宾尹对于《中庸》中有关君臣朋友的论述也有非常类似的看法：

> 今有民治矣，上不必获。有上获矣，而民不必治也，是两道也。书曰：不信乎，朋友不获矣。今之友不必能得之于上，今之获上，不必尽得之友也，是又两道也。[19]

这里汤宾尹坦言君臣朋友这两种关系在当时已走上了两条不同的道路（"两道"）。钟惺和汤宾尹对儒家友道理想破碎不谋而合的痛惜是与他们在明末党争中共同的苦痛经历有关的。

庚戌科场案以及为此而加深的晚明党争，不仅是十七世纪中国政治史上的重要事件，也是同时期文学史上的重要事件。钱谦益可能因为钟惺站在将他状元头衔夺走的韩敬的一边而对其耿耿于怀。钟惺和钱谦益的关系虽并不密切，但至少在表面上还是友好的。尽管在钱谦益现存的著作中几乎很少提及这两个同年之间的交往（可能钱谦益这里故意保持沉默），钟惺却提到了他们俩几次的交往。比如，在一首钟惺于庚戌会试十年后写成的题为《喜钱受之就晤娄江先待予吴门不值》的诗中，我们读到如下两联：

[17] 钟惺对当时的党派政治和帝国政府各个阶层的任人唯亲感到沮丧，这可以从他对历史人物的点评中窥见，他将一个王朝的衰落归因于朝廷的党争（"朋党"）。见《邰诜袁甫》，《隐秀轩集》，卷二三，页433。
[18]《策》，《隐秀轩集》，卷二四，页441—445。
[19]《赠李宝坻序》，《睡庵稿》，卷七，页8b—11a。

> 浮沉十年载，毁誉众人间。
>
> 试看予流寓，何殊子入山？[20]

钟惺似乎在告诉钱谦益，他们都是党争的受害者，尽管他们有意或无意地归属于了敌对的阵营。

　　钱谦益认为，他之所以被韩敬夺去了"状元"的头衔，是因为汤宾尹的操纵和钟惺这类人在这场争议中对汤、韩二人的支持。这可能也是为什么在钟惺去世后，钱谦益对其创立的竟陵派诗歌的攻击是如此的激烈。他甚至骂钟惺和他的追随者为"诗妖"，并将他们的诗歌指为"亡国之音"，他的这些观点深深影响到了清初文坛对竟陵派"流毒"的大清算。此外，作为一个认为自己原本应该是庚戌会试第一的文坛新星的钱谦益特别嫉妒钟惺也是可以理解的：他的这位同年在那年会试中仅排名第17，却仅仅因为发起了风靡一时的竟陵派而在晚明文坛上出足了风头。这也就是为什么钱谦益不屑地将当时的文坛"譬之春秋之世，天下无主，桓文不作，宋襄徐偃德凉力薄，起而执会盟之柄，天下莫敢以为非霸也"[21]。言下之意，钟惺等辈是"山中无老虎，猴子称大王"，靠了时运而侥幸称霸了晚明文坛。

同年和同门

　　假如说庚戌科场案把本对朝廷政治不太热衷的钟惺卷入了党派政治的漩涡，那年的中试也使他与许多同年建立了友谊。他们中不仅有他的同年（同一年考中的人），而且更有被同一座主录取的同门。后者的纽带关系应该更加紧密。这就是他为什么被邹之麟的麻烦牵涉进去，因为这两个人不仅是同年而且是同门。[22] 他们皆被同一位考官雷思霈（1602年进士）录取。万历四十七年，钟惺到邹之麟在南直隶毗陵的家乡，特地拜访了当时已经隐退的邹之麟。即使在那个时候，钟惺仍然对他这位同门同年的朋友所

---

[20]《喜钱受之就晤娄江先待予吴门不值》，《隐秀轩集》，卷一二，页198。

[21]《钟提学惺》，《列朝诗集小传》（上海：上海古籍出版社，1983），丁集（中），页570。

[22] 邹之麟曾为钟惺的历史著作《史怀》作了一篇序，这篇序被他的一个门徒在1619年出版。见《钟惺年谱》，页194。

遭受的不公感到愤愤不平。在题为《至毗陵访邹臣虎年丈》一诗中,钟惺坚称邹之麟是一个在气节上从不妥协的人,尽管他对私人友谊极度珍惜("友不至阿私")。[23] 这首诗标题中的"年丈"(同年)这个词也很说明问题,钟惺显然想要强调二人作为同年的关系。据我所知,没有多少明代作家在那些与他们同年相关的诗歌的标题上用这个词(或"同年"的近义词)有如此高的频率。从 1992 年版现代人收集的钟惺的作品集中统计,在其 13 卷诗中,至少有 20 次在其诗歌标题中他用到了如"年丈"或"同年"这样的词,这反映了他颇为强烈的"同年意识"以及对他而言同年在他生活中扮演了多么重要的角色(当然,他还有更多与他的同年相关诗作,其标题中没用"同年"之类的词)。

钟惺和他的座主雷思霈关系亲密,但后者庚戌会试一年半后就辞世了。在给他老师/座主写的悼词中,钟惺告诉我们那次他去雷思霈的家乡拜访他,到了那里才知道老师已于两天前去世了。在描述他们的关系时,钟惺引用雷思霈的话说:"从来座主、门生,不为少矣。吾两人觉别有神情,别有契合,岂往劫中互相师友,乃有今日邪?"[24] 钟惺与雷思霈的亲密关系也可能加强了他和其他同门之间的关系。

甚至在他去世后,作为一名老师/座主,雷思霈的凝聚力继续对钟惺和其他同门产生着持久的影响。万历四十一年(1613),几位同门在京城重聚。在那个欢聚的场合,钟惺想到他们三年前彼此辞别的情景,情不自禁地感到有些悲伤,当时他的 21 个同门都在那里,而现在只有 9 人在场(而他们的座主却已经去世了)。[25] 第二年,钟惺再次拜访了雷思霈的家乡,代表他的同门们到他们老师墓前扫墓,此行在钟惺记录此次重访的诗歌标题中就有明确的标示《再过夷陵为诸同门视雷先生后事题阁上》。[26] 在《西陵草序》一文中,钟惺也提到了此行,并且再次强调他此行是受了其他同门的委托这个事实。[27] 也就是说,他强调的是他自己作为庚戌会试中被雷思霈录取的考生们这一集体中的一员的身份。一旦一个人通过了考试,他作为那次参加考

[23]《隐秀轩集》,卷八,页 127。
[24]《告雷何思先生文》,《隐秀轩集》,卷三四,页 548。明末清初学者顾炎武(1613—1682)认为晚明政治里的猖獗党派之争植根于科举考试中考官和考生广泛复杂的社交网络,学者阎若璩(1638—1704)就曾悲叹许多晚明士大夫甚至认为座主和被他们录取的考生之间的关系比这些考生和父母的关系更加重要。见黄汝诚释集,《日知录集释》(长沙:岳麓书社,1994),卷一六,页 621—622。
[25]《癸丑春晴别同门诸年丈感赠》,《隐秀轩集》,卷一二,页 188。
[26]《隐秀轩集》,卷三,页 23。
[27]《西陵草序》,《隐秀轩集》,卷一七,页 261。

试的考生成员的身份便成为他永久的社会身份之一。不幸的是，钟惺的这种社会身份被再次确认，也往往是他受其同门朋友（如邹之麟）牵连的时候。[28]

除了同门，钟惺与其他庚戌会试同年的关系也很密切。那年的会试把许多此后会成为朋友的士子聚集到了京城，譬如丘兆麟（约1580—1628），钟惺的一个同年（不过丘兆麟的房师是汤宾尹）[29]，后来回忆说：

> 曾记神庙之时，余同籍兄弟之结绶于朝者颇盛，而其时又边警不闻，退食多暇，故一时同志如陆景邺、钟伯敬（钟惺）、冯少伯（冯时京）、马时良（马之骐）、仲良（马之骏）弟兄遂日过从，饮酒赋诗，而余亦得以属橐鞬相从，说者谓不让琅琊（王世贞）、历下（李攀龙）诸子。[30]

很明显，丘兆麟是在拿半个多世纪以前著名的"后七子"在京师举行的文学集会相比附，以强调他的同年们在庚戌年会试时相聚的重要意义。确实，士子们因为科举而相聚，后来考中的又重聚，也可能留在京师做官，所有这些皆为其扩展社交网络提供了频繁的机会。正如丘兆麟所言，许多有影响力的文学运动，比如由王世贞和李攀龙领导的文学复古运动能够得以发动并获得发展势头，皆因在京师中的各种聚会提供了这种建立友谊的机会。在这方面，竟陵文学运动的发展也不例外。钟惺在京师形成的同年社交网络，对他文学声誉的传播和诗歌理论在帝国的影响力都是至关重要的。[31]

这一点也可以从钟惺的同年们在他为扩大布衣诗人陈昂声誉的过程中所起到的作用里看出。钟惺对陈昂的提携和为其诗作所作的宣传堪比袁宏道（1568—1610）对当时籍籍无名的徐渭（1521—1593）的发现和提拔。而徐渭后来作为在绘画、戏曲、诗歌方面的奇才而备受后人的称道。[32]事实上，钟惺显然也意识到了这一点，他曾将陈

---

[28] 另一位钟惺亲密的同门同年是文翔凤，钟惺为他的程文集写过一篇序文。钟惺，《文天瑞〈诗义〉序》，《隐秀轩集》，卷一八，页281—282。1617年，文翔凤在南京与钟惺再次相聚并宴请钟惺，见《钟惺年谱》，页153。

[29] 汤宾尹，《四奇稿序》，《睡庵稿》，卷四，页25b。陈广宏在他的《竟陵派研究》[（上海：复旦大学出版社，2006），页185]中将丘兆麟的生年断为1571年。但是，在《万历三十八年庚戌刻序齿录》[见《明代登科录》（台北：学生书局，1969），卷二一，页11822]和《登科录》（见《明清科举档案资料》，ser. 1, pt. 3, 1610，台湾和日本所存原始资料之影印本）中分别记其生年为1580年和1582年。

[30] 丘兆麟，《王枕崖先生诗集序》，《玉书庭全集》，卷一四，转引自陈广宏《竟陵派研究》，页184。

[31] 《竟陵派研究》，页183—206。

[32] 陈田辑，《明诗纪事》（上海：上海古籍出版社，1993），页2672。

101

昂比作徐渭。[33] 袁宏道曾宣称徐渭是明代的第一诗人，[34] 而钟惺则宣称陈昂是明代最优秀的布衣诗人，甚至连两人使用的措辞都惊人地相似。[35] 陈昂在钟惺的赞助下出版的诗集《白云集》无疑也有助于钟惺自己作为竟陵派运动领袖的名声的远扬。在这个方面，钟惺从他的同年社交圈中获益匪浅。比如，他的同年张慎言（1578—1646）对陈昂的评论被钟惺在他为陈昂所作的传记里引用，以提高陈昂这位布衣诗人的地位，而这篇传记就附在《白云集》中。钟惺还提到了另外两位同年朋友的帮助：马之骏（1588—1625）为《白云集》作了一篇序而陆梦龙则题了诗。此外，他很多同年朋友的名字也作为校订者被列在书中。[36] 可以毫不夸张地说，《白云集》的出版是一场由钟惺领衔的集体运作，这里的许多参与者都是他庚戌会试的同年。换个说法，他的同年朋友圈和他们作为会试功名获得者的集体声望极大地帮助了钟惺为推动陈昂诗歌所作的努力，并且因此，钟惺还提升了自己作为一位颇具眼光的诗歌天才的发现者的声誉。这无疑是钟惺有效利用他的同年关系的一个很好的例子。[37] 总而言之，钟惺作为科举考试的参加者而形成的社交网络在他的一生当中扮演的角色是复杂的：事实证明，这样的网络不仅对他在官场里行走是必不可少的，而且对他的文学事业也很有帮助。然而，同时这样的网络也给他带来了许多麻烦，因为它把钟惺拖进了帝国政治下正盛的党派斗争当中。虽然钟惺在他的同年里交了很多朋友，他可能从未料到，在他死后对其声名最恶毒的贬损者就是他同年朋友之一的钱谦益。

[33]《白云先生传》，《隐秀轩集》，卷二二，页356。
[34]《吴敦之》，《袁宏道集笺校》，卷一一，页6。
[35]《与蔡敬夫》，《隐秀轩集》，卷二八，页468。
[36] 关于钟惺为陈昂写的传记和马之骏写的序言见1681年版《白云集》（《四库全书存目丛书》重印本）。但笔者在这个版本中并未找到陆梦龙的题诗和校对者的相关信息，因此本文根据陈广宏提供的证据，他在《竟陵派研究》中对这个问题的论述（见页193）对笔者颇有启发。
[37] 顾炎武以为政治派系斗争和裙带风气的兴起与士大夫们作为科举参与者所建立的个人关系网络密切相关，见其《生员论中》，《亭林文集》（《四部丛刊》小字重印本），卷一，页83。和其《日知录集释》，卷一七，页620—624。

山水朋友

尽管钟惺的同年朋友们在他的生活和事业中扮演了重要的角色，但他的一些与他最为交好的朋友却与他的科考经历无关。他和大多数同年的友谊可能更倾向于一般社交性质,而他与一些非同年的朋友之间的关系则更富私人性质而感情可能更深。[38] 如果说钟惺的几位同年朋友在无意中把他拖进了当时的党派政治之中（任何人都会被钟惺所写的大量关于他的同年朋友们在帝国党派政治中的悲惨遭遇的诗歌所打动）,[39] 他那些非同年的朋友们则帮助他建成了另一个可供选择的世界,在这个世界里,悠闲的审美活动占据了主导地位,更重要的是,深厚的私人友谊在更少的束缚之下似乎更能茁壮成长。在这个世界里,远离了晚明党派政治的尘嚣,正如钟惺所津津乐道的,他与朋友经常一起纵情山水。当人们对帝国政治的许多幻想正在不断破灭时,借朋友与山水（在这里这两者是紧密联系在一起的）而遁世的做法在晚明文人文化中并不罕见,然而这种隐士才能拥有的友谊正是钟惺特别珍惜的东西。

钟惺曾言:"人生客游何者美？其一友朋一山水。"[40] 他还引用过他座师雷思霈的话说"人生第一乐是朋友,第二乐是山水"[41]。恰好雷思霈的好友袁宏道,也曾称人生最败兴的便是"山水朋友不相凑"。[42] 这种关于朋友与山水的认同在钟惺的一些同年朋友也得到了强烈的呼应。[43]

万历三十九年,钟惺病得很重,他甚至以为自己即将辞世,但是后来他奇迹般地康复了。这件事让他怀疑是否他的"复活"是因为他和他的朋友们以及山水之间的缘分未断（"山水朋友之缘未断"）。[44] 换句话说,他相信可能是他对朋友、山水的深深眷恋把他从死亡中拉了回来。对于钟惺来说,朋友的陪伴和依山傍水也是创作上品诗歌的必要条件:"意于林壑近,诗取性情真。"[45]

这种对和朋友山水亲密关系的特有的欣赏也可以理解为是钟惺他的仕途失意的结果,同时也反映出他对在党派政治统治下的官场中不可能存在真正的个人关系的无奈。他的同年朋友夏嘉遇

[38] 谢肇淛（1566—1624）在几年前通过了会试并且可能在1610年时于京师结识了钟惺。见陈广宏,《钟惺年谱》,页76。他认为因为在同一位老师那里学习或在同一年通过考试而相识而建立的关系并非真正的友谊,而只是一种便利关系。见其《五杂组》（上海：上海书店出版社,2001）,《事部二》,页289—290。

[39] 如《送邹臣虎年丈南归》《惊闻丘季有年丈解官归诗以问之》《病中闻顾麗石年丈解督学任南归惊起赋别》和《癸亥自闽归过白门访夏正甫年丈不遇今将遣侯适闻其调诠部报故有未二句》,《隐秀轩集》卷二,页16；卷九,页147；卷一一,页180和卷一一,页179—180。

[40]《暂驻夔州詹郡伯黄杨二司李招集白帝城戏柬》,《隐秀轩集》,卷五,页59。

[41]《题胡彭举画赠张金铭》,《隐秀轩集》,卷三五,页572。

[42]《吴敦之》,《袁宏道集笺校》,卷一一,页506。

[43] 见马之骏,《寄长安同社诸子》,《七言律一》,《妙远堂全集》（1627年版《四库全书存目丛刊》重印本）,页19a。

[44]《答马时良》,《隐秀轩集》,卷二八,页467。

[45]《寄吴康虞》,《隐秀轩集》,卷六,页86。

因对当时势力强大的东林集团成员的直言反对而被降职，在他给夏的一首诗中我们看到了以下两联：

> 往事自堪留古道，微官何足累良朋。
> 交难绝处情为赘，名渐消时福或增。[46]

这里的"微官"是被作为"良朋"的对立面而设立的，并且在官场里应付人际关系被描述为"累赘"。钟惺曾经抱怨说，他在京师的许多好朋友经常不得不向对方告别，因为他们需要到各个不同的地方去执行公务："良朋偏易别，薄宦亦何求？"[47] 在这里，做官被视为造成好朋友之间分离的原因。"朋友"与"官场"之间的对立是钟惺的朋友论中反复出现的主题。

在一首题为《除夜同胡元振王子云李宗文守岁江夏客寓》的诗里，我们发现官场与朋友的并置有了不同的含义：

> 积几宵晨过五旬，为官为客半生身。
> 隔年暖气迎新岁，连日晴光作好春。
> 灯烛无多今夕语，主宾全是异乡人。
> 寻常悲乐言朋友，此际相依始觉亲。[48]

官场在这里被与"无家可归"和"漂泊无定"联系在一起，然而朋友，如果一个人能在旅途中偶然幸运相遇，便成为唯一能够帮助抵消官场的压抑影响的安慰源泉。

诗歌标题中提到的胡元振，是钟惺在南京的一位朋友。他和他的父亲胡彭举都是当时著名的画家，两人和钟惺都很亲近。[49] 胡氏和钟惺之间颇有频繁的文学交流，这在钟惺的现存著作中可以找到证据。作为布衣山水画家，胡氏的画作似乎抓住了钟惺心目中作为一个真正的朋友的本质——做一个与朋友分享自然带来的审美愉悦的

---

[46]《癸亥自闽归过白门访夏正甫年丈不遇今将遣候适闻其调诠部故有末二句》，《隐秀轩集》，卷一一，页179—180。

[47]《秋后五日题柬长安诸友》，《隐秀轩集》，卷一二，页189。

[48]《除夜同胡元振王子云李宗文守岁江夏客寓》，《隐秀轩集》，卷一一，页182。

[49] 见钟惺的诗《寄胡昌昱元振》，诗中称赞胡氏兄弟在绘画上承继父风，是他们的父亲胡宗仁（字彭举）的好学生。《隐秀轩集》，卷六，页86。

[50]《秋日舟中题胡彭举秋江卷》,《隐秀轩集》,卷二,页8—9。
[51]《黄鹤楼送孟浩然之广陵》,见詹锳编,《李白全集校注集释集评》(天津:百花文艺出版社,1996),页2204。

艺术人,而不要成日担心在残酷的党派政治世界里如何生存或者仕进。

在一首名为《秋日舟中题胡彭举秋江卷》(在秋日的船上为胡彭举名为《秋江》的画卷题诗)的五言古体诗的长序里,钟惺描述了胡宗仁山水绘画的魅力:

己酉(1609)秋,予将由金陵还楚,胡彭举为予写《秋江》卷为别。衰柳寒汀,远山细浦;而孤舟片帆,泛泛其景,于空青遥碧之间,隐见灭没。初不见水,觉纸上笔墨所不到处,无非水者,使人常作水想。越数日,舟过三山,天末积水,残屿如烟。予指空濛远净者,示弟快,曰:"是非彭举卷中所余一片闲纸乎?"卷首"孤帆远影碧空尽,惟见长江天际流",为焦弱侯太史书。彭举自书七言一律于后。[50]

作为一份赠别礼物,胡彭举送给钟惺一幅题为《秋江》的画卷。然而,钟惺一开始并没有充分感受到它的艺术魅力,直到他在长江中航行时见到了和画中所绘相似的江景。同样地,一个真正的朋友的价值也只有当他不在你身边而你仅能通过回忆(或者通过画中的描绘而重构)才能接近他的时候才会被充分体会到。为这幅画卷增色的是画卷上面题有唐朝著名诗人李白(701—762)的一联描述相似江景的诗句,而这诗句又是钟惺同时代的著名文人焦竑(1540—1620)题写的。李白这联送别诗是赠给他的好友诗人孟浩然(约689—约740)的,此诗本是一首因为其对送别朋友之情的淋漓尽致的描写而闻名的经典友情名诗。[51]正如钟惺在别处告诉我们的那样,焦竑是一位那种他渴望见面并且会珍藏他的书法作品的士绅名流。于是,友情,文学先贤有关朋友的称颂,自然以及书法艺术所有因素都汇聚到一起,在这幅画中形成了一个独特的社会空间,这是一个在被愈演愈烈的党派政治笼罩下的帝国官场之外的另一个可供选择的世界。

寒士朋友

在他于胡彭举另一幅画上所作的题跋中,钟惺向我们展示了这个"山水朋友"的社会空间中可能更加世俗的一面:

> 敬夫勤悫人,其立身居官,是陶士行一流,而于一切韵事,如书画之类,独涉其趣。金陵胡彭举与今南水部胡公为至交,胡公则敬夫同里至戚,转乞胡公彭举之画,自可徒手坐致。乃敬夫必从数千里外裁书赠诗,仪物秩然。而后敢乞彭举画此,敬夫悫处也。彭举感其意,为作疏林幽岫长卷。
>
> 夫彭举作画,原以怡情,其与人亦以酬知,"润笔"二字,岂宜以此待之!然彭举清贫高士,吾辈作官,宁可专借交游颜色;欲以空言徒手坐致其所以怡情酬知之具,彼纵不言,独不愧于心乎?此非惟涉趣之不真,亦作人取予之苟也。吴人王亦房,百谷幼子也。尝为予言:张伯起晚年索其尊公为题像赞,具钱二佰文取酒,曰:"老友不当以笔墨事空累之。"前辈人意思如此。[52]

敬夫指蔡复一(1576—1625),钟惺最亲密的朋友之一。在那些与竟陵文学运动密切相关的人当中,蔡复一可能官位最高(他官至兵部右侍郎,总督贵州、云南和湖广诸省军务)。在这篇题跋里,钟惺开篇即称赞蔡复一在与布衣画家胡彭举的交往中表现出了格外的尊重,但他仍然坚持如果一名官员从一位平民画家那里获取东西就必须付给他相应的报酬。即便是两个朋友之间的交换行为,这仍是一笔交易,因为这两个朋友的社会和经济地位相差悬殊(一个主顾应该为别人对他的服务买单)。据钟惺说,他从胡彭举那里得到过许多幅画作,并且此外,他还代表他的许多朋友包括他的同年张慎言等向胡彭举索过画。[53] 我们想知道的是,是否胡彭举每给他一幅画,钟惺就要付一次钱给胡彭举,尽管我们几乎可以肯定,在钟惺与胡氏的友谊中也有

[52]《题胡彭举为蔡敬夫方伯画卷》,《隐秀轩集》,卷三五,页573。
[53]《题胡彭举画赠张金铭》,《隐秀轩集》,卷三五,页572。

一种强烈的"主顾"因素存在。事实上,胡彭举的长子胡昌昱就曾在张慎言的府中任过塾师。[54]在现实世界里,朋友从来也没有摆脱过社会角色和阶级身份的束缚。在钟惺的朋友和山水世界里,财富和社会地位肯定无论怎样都仍然是经营友谊的重要因素。

钟惺似乎对他朋友的苦难特别敏感,无论在经济上还是事业上。他对穷困的布衣诗人陈昂的同情无疑是一个很好的例子。贫困是钟惺为陈昂所作的传记中的主题——陈昂所取得的诗歌成就须归功于他那极度贫困的生活状况。钟惺把陈昂的贫困作为一种诗人的优势来庆祝,因为陈昂越是贫穷,他诗歌的艺术价值就会越高,符合"穷而后工"的传统观念。这也是一些文学史家所秉持的一种衡量文学作品价值的标准,所以他们试图将竟陵派描述成一场主要由所谓的寒士成员发起的文学运动。[55]

上面已提到过,在钟惺的生活中最重要的朋友是谭元春,而他也是个寒士。他是钟惺的同乡,比钟惺小12岁,谭元春还帮助钟惺发起并扩大了后来著名的竟陵文学运动。当他们在1604年成为朋友时,[56]钟惺已经通过乡试并且已享有一定的文学声名,但是那年谭元春才刚刚考取了秀才并且直到1627年才通过乡试,两年以后,钟惺即去世。钟惺对于谭元春来说既是老师又是朋友,再加是忘年交。作为在两京和湖广文学圈的一个已经确立起来的人物,钟惺抓住每一个机会在他自己的朋友和同事圈里去提携谭元春。[57]他们合力出版的诗歌选集《诗归》的风靡一时给他们带来了很大的名声,这也为谭元春的文人生涯的成功起了很大的作用。

钟惺有时会担心他与谭元春的友谊以及他们对诗歌和山水的共同爱好,在其他人眼里可能会被视为对后者事业的一种干扰,因为谭元春其时尚在准备科举考试:"怜谭子与疑谭之者无所归过,茫然谓谭子进取之道,以山水、诗文、宾客夺之。为其友者,不能无罪焉。"[58]

这种担忧与钟惺本人在面临追求成功的仕途和作为一名"文人"时的艰难抉择有关,而作为文人投入最多的当然便是文学、山水和朋友。当

[54] 见谭元春《代书答伯敬燕中五首》之《书中喜商孟和得马仲良馆胡昌昱得张金铭馆》,《谭元春集》,卷五,页160。
[55] 李圣华,《晚明诗歌研究》(北京:人民文学出版社,2001),页177—178。
[56] 《钟惺年谱》,页37。
[57] 他对谭元春的赞扬可以从他写给他朋友们的信中得见,如《报蔡敬夫大参》和《与金陵友人》,《隐秀轩集》卷二八,页459;卷二八,页465。
[58] 《谭母魏孺人五十文》,《隐秀轩集》,卷十九,页299。

钟惺通过了乡试正在准备会试之时，他对于做官还是相当雄心勃勃的，并且称他并不在意是否被当作一名"文人"而为人所熟知。[59] 然而，当他在官场上越来越失意时，这种想法开始发生变化。在一封给谭元春的信中，钟惺承认他之所以在《诗归》这部诗歌选集中付出了如此之多是因为他希望这部诗选能带给他持久的声名以证明他是一位名副其实的"文人"，同时，他希望自己也能成为其他文人（显然指谭元春）有价值的朋友和兄弟。[60] 在一封他写给弟弟钟恮的信中，钟惺也表达了类似的观点："功名富贵，皆有尽时，此物（即《诗归》）竟是路远味长。"[61] 尽管他最初亦曾犹豫，但随着时间的推移钟惺越来越多地将自己定位为一个文人，一个没有官场负累可以完全沉浸于"友朋山水理"中的人。[62]

[59] 见李维桢（1547—1626），《玄对斋集序》,《大泌山房集》(《四库全书丛书》重印本），卷二一，页19a。李维桢是钟惺的同乡前辈，也是当时一位很有名的学者。
[60]《与谭友夏》,《隐秀轩集》，卷二八，页472。
[61]《与弟恮》,《隐秀轩集》，卷二八，页476。
[62]《寄吴康虞》,《隐秀轩集》，卷六，页86。
[63]《退谷先生墓志铭》,《谭元春集》，卷二五，页682—683。
[64]《汤祭酒五十序》,《隐秀轩集》，卷一九，页300。
[65]《退谷先生墓志铭》,《谭元春集》，卷二五，页683。

传统友道的反思和翻案

正是通过谭元春，我们能从一个独特的个人视角看到钟惺作为一个"朋友"的另一面，因为钟惺在谭元春的许多作品中都是"主角"。据谭元春所述，钟惺的个性至少在面相上看是相当冷峻（"如含冰霜"）并且他并不是特别善于社交。虽然显得冷淡而冷漠，但是钟惺与人交往却总是诚挚的。当他推荐一个人的时候，他不愿意向被推荐的人透露自己就是他的推荐者。他有能力在见过某人仅仅一次之后就能发现其才能。许多人都因为他的提拔和推荐而出名。他特别乐于发掘人才。[63] 当然，谭元春本人就是其中的受益者之一。这里谭元春对钟惺的描述使我们想起钟惺本人对其座师雷思霈和汤宾尹的怜才热情的赞扬。[64] 然而，谭元春也遗憾地表示，钟惺作为人才提拔者的热情可能也会让他陷入麻烦——钟惺曾帮助过的人却可能在后来背叛他。[65]

这让我们想到了钟惺和谭元春之间的一场有趣的辩论，辩论争议的焦点是什么才是交友的最佳方法。钟惺曾经提醒谭元春应该让他的朋友圈尽可能地小一点（"简交"），并且他应该注意避免在交朋友时不加以选择（"泛爱容众"）。当时，谭元春看起来是接受了钟惺的建议，至少一开始是接受的。他甚至将他的书房更名为"简远堂"。[66] 然而，在他所作的一首纪念当时已故的钟惺的诗里，谭元春谈道："几度归君君亦悔，简交常有误交人。"[67] 按谭元春这里的意思来看，谨慎交友并不能完全保证一个人避免被朋友背叛。

尽管上面提到了这些分歧，但钟惺和谭元春在他们有关友道的言论中所想表达的共同一点是，在社会传统的重负和他们自己作为独特朋友的形象的高度个人意识动力之下，他们有意"与众不同"或独往独行。钟惺声称，请他人为自己作品写序的做法在古代并不常见（这意味着这种糟糕的做法最近才流行起来），并且他也不愿意为自己的著作向名人请序，[68] 然而我们知道为彼此著作作序已然成为晚明文人社交圈的一种非常重要的交际手段。[69] 钟惺坚持说，他从来没有仅仅为虚荣而去求见名人：

> 惺生平不喜无故而求见海内名人，盖以角巾竞仿龙门虚慕，自是汉末一段浮习。师友不得力处，全在于此。……今之求见人而乞其诗文及书者，非必能知而赏之也。不过曰："吾已见其人，吾已藏其人诗文及书而已。"[70]

在他写给著名隐士文人陈继儒（1558—1639）的一封信中，钟惺展现了他挑战传统友道观的一个倾向：

> 相见甚有奇缘，似恨其晚。然使前十年相见，恐识力各有未坚透处，心目不能如是之相发也。朋友相见，极是难事。鄙意又以为不患不相见，患相见之无益耳。有益矣，岂犹恨其晚哉！[71]

通过翻转传统的朋友观，钟惺展示了他的独立以

---

[66]《简远堂近诗序》，《隐秀轩集》，卷一七，页249。

[67]《丧友诗三十首》（其十一），《谭元春集》，卷一五，页428。

[68]《隐秀轩集自序》，《隐秀轩集》，卷一七，页259。类似的说法在以上提到的《简远堂近诗序》（卷一七，页249）也能见到，在那里钟惺提到不向名人求序也是谭元春对他的建议。

[69] 当然，这并不意味着钟惺自己不为他人作序，这在他的诗文集中可以找到证据，他也没能阻止其他人为自己的著作做同样的事情。比如，参见沈春泽有关说法，即虽然钟惺不愿请人为他的著作作序，但他本人还是在《刻隐秀轩集》为其作了序。见《刻隐秀轩集序》，《附录一》，《隐秀轩集》，页601。

[70]《题焦太史书卷》，《隐秀轩集》，卷三五，页574。

[71]《与陈眉公》，《隐秀轩集》，卷二八，页475—476。

及他对友谊的不同看法——当一个人遇见一位朋友时，他不应该抱怨见到太晚，如俗话所说的"相见恨晚"，因为如果一个人过早地见到他的朋友，那时他很有可能还没有足够的智慧像他自己后来的那样去欣赏他的新朋友。一个人应该更关心他如何从与他现在已经拥有的朋友的关系中去获益（道德上），而不是担心他没有足够多的朋友。也就是说，一个人应该限制他的交游圈，在交友方面要有所选择。这种对友谊的谨慎的态度应该与钟惺在官场的痛苦经历以及他所悲叹的愈发频繁的君臣朋友之间的冲突密切相关。

[72]《答钟伯敬书》,《谭元春集》,卷二八，页774。

谭元春与帝国官场的党派政治相对疏离并且他自己也从未做过官员，所以在这方面更加乐观，但是他至少同样渴望展示自己对友谊的独到看法。对谭元春来说，拥有一位好朋友是件很特别的事情，比如钟惺，恰巧也是他的同乡，是一个很容易接近的朋友。因为就住在附近，钟惺就能够更频繁地给他带来朋友间的快乐，就像他家前面的那座山一样（谭这里拿山水比拟朋友的修辞与钟惺的"山水朋友"观有异曲同工之处），是他每天都能享用的东西：

> 与兄常别，惟今年无日不相忆。如知山之人，门前有佳山反忘之。常劝其清晨开窗时，即须精神警动，作此山不易得想，便日日门前受用此山，且不枉知山人生在山前矣。记去年湖上闻子将，问及伯敬，予答之曰："伯敬者不是朋友，直是终日拿来受用者耳。"呜乎！遍天下皆朋友也，谁知受用哉？[72]

他以其典型的翻案传统的方式，谈到了他从与钟惺的友谊中获得的好处，就好像钟惺只不过是一"物"，比如一幅风景画，可以给他带来感官上的愉悦或享受。谭元春用他刻意而别出心裁的修辞，精心构建了一个擅长用个人独特的方式来欣赏（或用他的话来说，"受用"）他朋友的自我形象。

在他对钟惺的回忆中，谭元春有意拒绝为一个亲密朋友的去世表示悲伤：

> 子今死，人皆引子期伯牙为言，予不谓然。予年已四十，世情不

[73]《告亡友文》,《谭元春集》,卷二六,页725。
[74]《祭钟叔静文》,《谭元春集》,卷二六,页727。
[75] 祝诚,《竟陵巨子谭元春评传》,《镇江师专学报》,1994年第1期,页7。

复厝意,惟愿经始诵读,力于述作,思得一,当报子耳。夫子期先逝,而伯牙摧弦,古今之负友者,伯牙一人也。是岂子期之意也哉?天下之真音,溢于手耳,而流于山水,又岂吾欲止之而止者也?记己未岁,予在汪阆夫山中,客有传子死白门者,汪叹予知音难再,予曰:"此君一亡,予笔墨间可传可爱之路,从此遂宽矣。"知己者,知其中毫厘异人者耳,能多赏乎?世无严人,因无知己。彼都门中,纸贵而绢酬者,岂皆我知己耶?今而后,决不敢以漫好浮动之物裹我心手,请日日悬吾钟子冰面霜瞳,照察物我,终其身而后已。[73]

谭元春质疑传统友道所谓的"知音"说,即当真正欣赏你音乐的人去世后,你应该停止演奏音乐。谭元春坚持认为,怀念自己最好的已逝朋友的最佳方式就是继续做自己正在做的事情,甚至要做得更好,对生活更加积极,而不是简单地被失去朋友的悲伤所压垮,像伯牙那样在钟子期死后将自己的琴也摔碎了。一个善于从与朋友的关系中获益的人应当有的态度是,即使在朋友去世很久之后他仍然可以从这种关系中获益。[74]

谭元春最不寻常的纪念他和钟惺友谊的方式是,他在其遗嘱中嘱咐家人在他死后要为他和钟惺合立一座祠堂,以表示好像他们的后代来自同一个家族谱系,尽管他们具有完全不同的姓氏("两姓同族"),同时他们的子孙之间绝不能通婚("永不联姻")。[75] 但是以往两个好朋友为维护他们的友谊往往就是借助于这一类联姻,即所谓的"秦晋之好"。显然,谭元春通过禁止他的孩子们和钟惺的子女之间通婚(这是一种故意违反传统的行为),想要在纪念他们的友谊这件事情上更进一步,他认为他们应该被当作同姓的"血亲兄弟",而来自同一家族血统的孩子们自然不应该通婚。在这里,家族世系的符号性语言被刻意扭曲来强调他们作为两个最好的朋友之间的特殊纽带。

小结

行文至此，笔者是想从两大群体即他的同年朋友和他的非同年朋友两个方面来讨论钟惺的社交圈。事实上，这两个群体很难清晰地划分开来，二者之间有很多重叠和频繁的互动。比如，像此前提到过的，钟惺的同年张慎言是布衣画家胡昌昱（字元振）的主顾，反过来，胡昌昱又是钟惺在南京的一位好友。此外，有很多次，钟惺代表张慎言从胡昌昱的父亲胡彭举那里求得画作。李纯元（字长叔）既是钟惺的同乡也是与其一同在庚戌年会试中得中的同年，李纯元还是谭元春的表兄。[76] 正是这种重叠和交叉关系使得一个人无法不扮演的或多或少有些死板的社会角色变得更加复杂。虽然在儒家的社会话语系统中，朋友这一伦不一定是一种完全平等的关系，但它从来就没有完全丧失过去挑战五伦中更为强调儒家等级观念的其他四伦的潜力。有时它会产生了一种"游戏"般快乐的混乱，就像谭元春曾经戏谑过的那样：

> 王以明，袁中郎（袁宏道）师也，而又友予与述之（袁述之）。夫述之，中郎子也，奇情古质，与予交如一人。而翁肯与之互相师友，即其解脱于年分之间，已非世人之所谓师友矣。或曰："弟子其父而友其子，将无游戏乎？"[77]

在另外的地方，谭元春又乐道了此种"快乐的混乱"：

> 吾尝师子蔡子（蔡复一），闽人也，年五十；又尝友子钟子，里人也，年才逾五十。年齿之重于师友也，可胜言哉！[78]

当然，我们知道蔡复一是钟惺最好的朋友之一。在这里，籍贯、年龄和友情所有的因素都聚在一起，增加了一种社会关系的复杂性。友谊似乎能够提供一个特殊的空间，在这个空间里，通常更加等

[76] 陈广宏，《钟惺年谱》，页41–42。
[77] 《游戏三昧序》，《谭元春集》，卷二三，页642。
[78] 《甲戌九月三日为朱师菊先生生辰八月十五日授匡僧往粤东文》，《谭元春集》，卷二四，页652。

级森严的关系比如父子之间或者师生之间的关系可以被悬置，至少暂时地悬置，当然友谊在中国古代很少被认为是一种在本质上完全平等的关系，譬如"师友"的说法，正如谭元春已含蓄地提到过的那样。

这种"快乐的混乱"是因朋友一伦在儒家"五伦"观念中的特定功用而产生的。钟惺在朋友与君臣关系能像儒家经典《中庸》里设想的那样完美兼容这个问题上发生的疑问使我们注意到一些晚明文人在重新思考友道这一在士人生命中极重要的议题上所作的认真尝试。学者顾大韶（1576年生）甚至认为朋友才是五伦中最真诚的一伦，而君臣关系往往出于个人利益的驱使。[79]对钟惺来说，真正的友谊只可能存在于一个远离了帝国官场这个公共场域的私人生活当中。理想地说，友谊应该是无关政治的，它几乎是一种最符合诗意的审美体验。钟惺怀疑私人领域和公共领域之间完美统一的可行性，认为这是儒家正统五伦观太富理想化的结果，有将二者辨别分开的迫切性。然而，与此同时，钟惺的悲剧恰恰在于，他仕途上的挫折在很大程度上正是由于两者不可分离而造成的。例如，他与许多同年同学之间的友谊，本质上都既是私人性的，但同时又是公共性的，因此特别"危险"。难怪他最好的朋友比如谭元春和蔡复一恰恰不是他的同年。另一方面，从他对党派政治的厌恶以及他通过坚守自己的个人品质试图将友谊从政治的陷阱中拯救出来的不太成功的尝试中可以见出，像钟惺这样的人在当时并不多，而他同时代的许多人与他恰恰相反，他们正忙于试图重新定义友道的道德实践标准以便更积极地投入到明末愈演愈烈的朋党政治的新现实当中去。[80]

[79] 顾大韶，《放言一》和《放言四》，《炳烛斋稿》,《四库禁毁书丛刊》（北京：北京出版社，2000），集部，卷一〇四，页529—530和页533。关于顾大韶友论的更详细的讨论，见 Martin Huang（黄卫总），《中国16世纪的男性友谊和"讲学"》["Male Friendship and *Jiangxue* (Philosophical Debates) in Sixteenth-Century China," *Nan Nü*, 9.1 (2007): 170—178]。

[80] 比如，关于"吾党"的观点，后来颇具影响力的复社领袖张溥（1602—1641）有不少论述。在他那里，个人友谊、兄弟情谊和儒家文人的群体意识变得不可分割并且几乎可以互换。参见张溥，《陈寰如稿序》,《七录斋论略》（台北：伟文图书出版有限公司，1977），卷一，页48a—49a。关于文人社交网络新趋势的详细讨论以及复社在明末全国范围运动的背景下提出的友道新论调，见黄卫总（Martin Huang）尚未公开发表的论文：《亲情、友谊和宣宗：张溥（1602—1641）和复社》["Kinship, Friendship and Partisanship: Zhang Pu (1602—1641) and the Restoration Society"]。而关于复社综合性的英文研究见 William Atwell, "From Education to Politics: the Fushe"（《从科举到政治：复社》）, In Wm. Theodore De Bary, *The Unfolding of Neo-Confucianism*（《新儒学的演变》）(New York: Columbia University Press, 1975), pp. 333—368。

《弁而钗》和《林兰香》："情"与同性恋　116
国难与士人的性别焦虑：从明亡之后有关贞洁烈女的话语说起　140
是"英雄失路"还是"寡妇夜哭"：徐渭的性别焦虑　158
明清小说中的同性交际 (Homosocial) 和同性恋 (Homosexual)　174
死得好！清初一个烈妇父亲的荣耀与悲伤　188

明清文人与性别

《弁而钗》和《林兰香》：
"情"与同性恋*

* 本文原是作者英文著作 *Desire and Fictional Narrative in Late Imperial China*（剑桥：哈佛大学亚洲研究中心，2001；中文译本《中华帝国晚期的欲望与小说叙述》2010年由江苏人民出版社出版）书稿中的一章。这一章由陈泳超翻译发表于刘东主编，《中国学术》，总第六辑，2001年2月。

有关晚明文学与当时尊情风气之关系，学界的论述已有不少。本文则试图审视"情"这一概念是如何被当时的一些小说作者挪用去为其作品中的同性恋唱赞歌的。著名作家冯梦龙（1574—1646）曾经提出，除了被普遍接受的"三不朽"即"立德""立功""立言"而外，"情"应该被视为第四项不朽。不过，在这里，"情"指的是两个男人之间的爱情。[1]

在晚明反映同性恋的小说集《弁而钗》里，"情"这一概念常被用作维护和颂扬男性同性恋的核心理念。这一点在这部集子里的四篇小说的题目上得到体现：《情贞纪》《情侠纪》《情烈纪》《情奇纪》。[2] 作者对"情"做了独特的分类，其思路可能是受到了冯梦龙的名著《情史》的影响，在《情史》中，所有的故事被分成不同的类别，以此来体现冯梦龙所理解的"情"的不同侧面。

在第一篇《情贞纪》的开端，叙述者宣称其主人公"大为南风增色"，因为这两个恋人是"始以情合，终以情全"[3]的。这四篇小说所传达的一个中心意思是说，正是因为这些男人如此痴"情"，他们才成了同性恋人。

在《情贞纪》里，"情"因其具有超越性别界限的力量而受到颂扬。在两个男主人公关系达到顶点时，赵王孙叹息说他这么一个男人之所以甘愿像女人那样奉献出自己的身体，只是因为被其恋人的"痴情"所打动。他的男性恋人风翔便安慰他说：

> 且情之所钟，正在我辈。今日之事，论理自是不该；论情则男可女，女亦可男。可以由生而之死，亦可以自死而之生。局于女

[1]《情仙曲序》，《太霞新奏》，《冯梦龙全集》（上海：上海古籍出版社，1993），卷三七，1/19a，页41。又见徐朔方，《冯梦龙年谱》，《徐朔方全集》（杭州：浙江古籍出版社，1995），卷二，页427—428。

[2] 学者普遍认为，《弁而钗》和《宜春香质》这两本反映同性恋的短篇小说集，都出自"醉西湖心月主人"之手，都初版于崇祯年间（1628—1644）。关于这两本小说集的作者以及现存版本情况，见萧相恺分别为《弁而钗》和《宜春香质》所写的前言，载《明代小说辑刊》（成都：巴蜀书社，1995）第2辑第2册，页575—576 和页759—761,以及《弁而钗》中《弁而钗出版说明》，《思无邪汇编》（台北：大英百科股份有限公司，1995），页17—20；《宜春香质》中的《宜春香质出版说明》，《思无邪汇编》，页17—20。又见吴存存，《〈弁而钗〉与〈宜春香质〉的年代考证及其社会文化史意义发微》，《东方文化》1994年第1期，页67—72。《明代小说辑刊》中这两部小说的版本，据编者萧相恺说，是根据笔耕山房本（最可能是清初刊本）整理而成的。这个本子现存于日本天理图书馆和北京图书馆（原为郑振铎所藏）。《思无邪汇编》的版本，是依据另一个清初笔耕山房本，此底本现存于台北故宫博物院图书馆。在讨论这两部作品时，我依据的是《明代小说辑刊》本，主要因为这个整理本比《思无邪汇编》本缺字要少。然而，所有现存的笔耕山房本子，可能由于印版[初版于崇祯年间（1628—1644）]损坏的缘故，当他们被用来在清初重印时，都有程度不等的漫漶残毁。不过,《思无邪汇编》本的《弁而钗》有一些行间评点，而《明代小说辑刊》本则未予重印。

[3]《弁而钗》,《明代小说辑刊》,1/797。后文引用《弁而钗》的出处均见于引文后圆括号内。

117

男生死之说者，皆非情之至也。我尝道：海可枯、石可烂，惟情不可理灭。（1/818）

正如马克梦（Keith McMahon）已经指出过的，这段感悟之言使人联想起汤显祖《牡丹亭》题词里那段著名的"情"的宣言。[4] 然而，重要的是，汤显祖所赋予"情"的那种超越力量，在此却是为了重新界定传统的性别界线而被提出来加以称颂的；汤显祖所悬设的"情""理"二分，在此也被强调，以使同性恋合法化。这一"情"的逻辑，在《情烈纪》第一回的开首诗篇中被推演得更加深远：

[4] Keith McMahon（马克梦）, *Causality and Containment in Seventeen-Century Chinese Fiction* (Durham: Duke University Press, 1995), pp. 74-75. 对《弁而钗》更详细的讨论可见 Giovanni Vitiello（魏浊安）, "Exemplary Sodomites: Male Homosexuality in Ming Fiction," Ph. D. Dissertation, University of California, Berkeley, 1994, pp. 83-132.

  生死由来只一情，情真生死总堪旌。
  以死论情情始切，将情偿死死方贞。
  死中欠缺情能补，情内乖张死可盟。
  情不真兮身不死，钟情自古不偷生。（1/875）

请注意：在这首简短的诗中每一句都有"情"字，而"情"的无所不在及其超越力量也正是经由对"情"字的这样反复使用中得到了强调。《情烈纪》的故事本身是讲一个叫文韵的扮演女性的演员，是如何去努力报答同性恋人云汉的爱情的：他先是牺牲了自己的生命来保全对恋人的贞洁，死后其灵魂又托生为女子自卖给一位官员作妾，以此换取足够的钱财供其恋人参加科举考试。正如这个故事梗概所昭示的，以死亡为牺牲以及以离魂托生的方式继续其死亡后的牺牲行为，被细致地描述为"情"所蕴含的藐视一切之力量的独特结果（《牡丹亭》里"情"的藐视死亡之力量，在此则以同性恋的形式表现出来）。《情奇纪》里也重复了一个与《情烈纪》多少有些相似的情节：李又仙为了报答匡时将他从受尽屈辱和虐待的男妓生涯里拯救出来的恩情，先是乔装成女子给他作"妾"，后来在匡时误陷囹圄之后，又冒着生命危险抚养他的儿子。此子长大成人并高中状元后，终于又使双亲团圆并对迫害其双亲的人进行了报复。

当然，除了不断强调"情"所包含的恋人间的相互欣赏、忠诚、贞洁等方面的特点外，《弁而钗》丝毫没有忽略同性恋中的肉欲成分，而且还认为爱情只有通过肉体结合才能最终完成并达到极致。[5] 在《情贞纪》里描写风翔被赵王孙吸引时，叙述者有意选择了一些直露的语词来突显风翔正在经历的肉体冲动，比如"甚是动火"（3/813）、"欲火正炽"（3/813）、"脸上欲火直喷，腰间孽根铁硬"（3/812）。为了强调"情"与"欲"的不可分割性，叙述者有时选择"情根"代表恋人的阴茎（《情烈纪》2/889），选择"情窟"代表其性伴侣的肛门（2/889；又见《情侠纪》3/855）。

在这四个同性恋故事里，"身"为抽象的"情"提供了一一具象化的场所，"情"在同性恋关系的语境中既颠覆同时又一再肯定甚至强化着"男"与"女"之间传统的性别等级，而这样的等级关系在宗法社会和一夫多妻制社会中是很典型的。就像先前指出过的那样，一方面，风翔试图表明"情"可以使通常的性别差异变得无关紧要，以此来论证同性恋的合理性；另一方面，与此相悖的是，为了给同性恋辩护，《弁而钗》又努力证明同性恋者在维护宗法制度下的性别价值观上会比异性恋者做得更好，即这些恋人们，尽管或者正因为他们是同性恋者，他们却能够并且也确实是比那些"正常人"更忠贞、更孝顺。也许除了《情侠纪》外，在另外三篇故事里，那些扮演被动角色的恋人们往往被描绘得像异性关系中的贤妻良母那样无懈可击。"情"的最终行为——就这样一个恋人来说，定情便是将身体奉献给自己的性伴侣。在《情贞纪》里，赵王孙对病中的风翔坦陈自己决定留下以便照料他恢复健康："业已身许吾兄，自当侍奉汤药。"（3/816）而赵王孙的"因情捐身"也正是风翔所期望的。

在《情烈纪》里，云汉将文韵从当地一个恶霸的折磨和迫害中拯救了出来，文韵为了表达感激之情，决定穿上女装来诱惑云汉，并将自己的身体作为最后的礼物献给了他，因为他相信"我将何以为谢？只此一身，庶几可报万一"（2/888）。在他的诗里，文韵把自己献给恋人的行为描写成是"舍身酬知己"（2/890）。后来他又发誓"我当以死报兄，断不辱身以为知己丑"。"被动的"恋人应承当起贞女的角色，一旦将身体奉献给了他的恋人之后，

[5] 参见马克梦的评论："他（作者）的主题的另一方面旨在说明，'情'的情感完成离不开其感官的完成。" *Causality and Containment*, p. 75.

他就理应为他的恋人保持贞洁，而他的恋人也理应扮演"主动的"角色（即异性恋中的男性角色）。

在《情奇纪》里，李又仙之父所押解的官府钱粮被强盗抢劫了，李又仙为了替系狱的父亲偿还罚金，决定以一百两银子卖身。然而，他担心他的男儿之身不值那么多钱［"儿系男身，安能值得百金"（1/920）］，这一观念在此故事中被多次强调。但是，一位妓院老板对他的女性化外貌深有印象，决定支付这个数目。李又仙在不知情的情况下，将自身卖进了男妓院（"南院"），在那里，每个男妓都被打扮得像女子一般，相互之间以姊妹相称。这样，对于一个社会地位低下而且贫穷的男子来说，其"身体"的金钱价值是由其男性身体所表现出的女性化程度而决定的，因为只有女子的身体才能变成商品并带来商业价值。不止于此，在与一个男人恋爱之后，李又仙冒着生命危险抚养他的恋人/丈夫匡时与其正妻所生的儿子，以确保自己做的像一个模范姬妾。[6] 为了做一个模范的姬妾，他的身体也必须相应女性化，他用一种特殊的液体洗脚，以便使它们缩小而看上去更像女人裹过的小脚。（3/394）他甚至在给匡时的书信里还以"男妾"落款（4/9515）。[7]

而《情侠纪》则并不像其他三篇故事那么重复这样的性别等级，[8] 很男子气的张机武艺高强，可以说是文武双全。他被钟图南下药弄睡着后，后者趁机将他鸡奸了。在沉睡中，张机渐渐沉浸于性的快乐之中，读者被告知他已是"几不知此身是男是女"（3/856）。尽管在这同性性行为中张机始终是"接受者"，但令人感到意外的是，叙述者很少强调他的女性化特质。甚至，当张机醒后明白了在他睡着时所发生的事情之后，"身体"却又变成了钟图南为了平息张机的愤怒而巧言辩解的一个概念：

[6] 同性恋关系中扮"被动角色"的恋人坚持要成为模范的"妇人"或"姬妾"以回报其恋人，是那时期同性恋小说中一个常见的主题。比如李渔的小说《男孟母教合三迁》，见《无声戏》，页107—131；又见 Patrick Hanan（韩南）所编辑的李渔同部作品的英译本 Silent Opera，页97—134。在这个故事中，"被动的"恋人瑞郎为了在伦理与"肉体"上都成为一个完美的"女人"，他裹了小脚甚至还把自己阉割了。关于这个故事的英语讨论，可见 Sophie Volpp, "The Discourse on Male Marriage: Li Yu's 'A Male Mencius's Mother'"。李渔的故事是唯一将同性恋者结成婚姻的，而大多数同性恋故事与此相异（包括这里讨论的《弁而钗》里的那些故事），它们所写的同性恋关系经常含有一种暂时性的意味，参见 McMahon, Causality and Containment, p. 78.

[7] 当然，在中国传统里，妇女常用"妾"来称呼自己（几乎成了妇女的一个第一人称反身代词）。

[8] 另一篇以男性同性恋为主题但不明确复制当时异性恋关系中典型的宗法性别等级的故事，是席浪仙《石点头》的最后一篇《潘文子契合鸳鸯冢》，见《石点头等三种》（南京：江苏古籍出版社，1994），页304—323。

今业已完吾愿矣,请斩吾头以成两美,令天下后世知钟生为情而甘丧其身;张生为失身而诛匪友,吾两人俱可不朽于天壤。(3/856)

当钟图南准备去死时,"失身"就其文字意义而言指的是失去生命或"丧生",而当张机的身体被另一个男人鸡奸时,"失身"就其隐语意义而言,就必须被理解为类似于一个"女人的"身体被一个男人进入了。在同性恋关系中,根据不同的性伴侣,"身体"一词可以有相当不同的"性别"含义,它取决于这个身体是"进入"(像一个男人)还是"被进入"(像个女人)。然而,张机还是被钟图南关于"情"的宏论所感动了,尽管他刚刚娶了两位娇妻,而这一一夫多妻的婚姻充分证明了他作为一个男人所享有的性别特权,但他还是很快就宽恕了钟图南并且在他俩的同性恋关系中"甘为妾妇"。

不管爱与"情"到底真的有多深,当一个男人被"降格"为一个"女人"并在同性恋关系中被要求献身时,总还是有种深深的羞耻感。这种羞耻感在《情贞记》的赵王孙对其恋人风翔的表白中十分明显:

感兄情痴,至弟失身,虽决江河,莫可洗濯。弟丈夫也,读书守礼,方将建白于世。而甘为妇人女子之事,耻孰甚焉?(3/818)

正是赵王孙的这段关于羞耻的表述,引发出了我们前面已经讨论过的风翔关于"情"及其藐视传统性别界线之力量的那段宏论。但与此相悖的是,作为像赵王孙这样"被动的性伴侣",他在像女人一样献身之后所具有的羞耻感越强,其为"情"牺牲的姿态对于他自己和别人来说就显得越高大。换句话说,牺牲"身体"的行为所象征的"情"的程度,与此牺牲行为给牺牲者所带来的羞耻感的强烈程度成正比。其逻辑是这样的:因为赵王孙是如此爱恋风翔,他甚至愿意忍受变成"一个女人"这样的耻辱。因而,在男性同性恋的语境里,"情"在某种程度上可以变得更有感染力,因为它能利用异性恋关系中典型的宗法性别等级观念来增强其表现力。这样,一个"被动的"性伴侣可以通过放弃自己作为男人的"权利"变成一个"女人",以此证明对其恋人的奉献和"情",然而,这一牺牲姿态却不是一个异性恋关系中的"真正的"女人所能做得出的，因为作为一个"真正的"女人，她已经处于最低下的位置了。她不能再将自己进一步"降格"，以此宣称自己做出了牺牲。

[9]《宜春香质》，《明代小说辑刊》，1/611，又见魏浊安（Vitiello）关于《宜春香质》的讨论。

在《弁而钗》里，"情"的主题中正包含了节烈这样的牺牲行为，而这牺牲的目的是让"被动的"恋人为了其性伴侣的利益而维持其"身体"的"纯洁"。故事经常以"主动的"恋人为了"被动的"恋人先做出某种牺牲开始，然而，这种牺牲后来只会引出被动的恋人做出更实质性的牺牲作为回报，而后者才是故事的重点。"被动的"恋人的牺牲行为通常采取两种方式：要么将"身体"只献给"主动的"恋人一个人享受，要么就得毁灭这一"身体"，以免被其他人玷污，因为这种侵犯忠贞的可能性一旦变成现实，会严重损坏先前已经表演过的"情"的"献身仪式"的神圣性。这两种行为（牺牲和毁弃同一个身体）都可以被视为深深感激或相互有"情"的一种有力标志，然而，这一标志只能通过"被动的"恋人身体才能被"表达"出来（这与异性恋关系中一个女人的身体的功能极其相似）。因为对于一个"被动的"恋人或"被动的"性伴侣而言，他的"身体"几乎是他表达"情"的唯一有效的媒介。

假如说心月主人是有意要使《弁而钗》成为一本在同性恋关系中将"情"与"欲"完美结合的典范故事集的话，那么他的第二本故事集《宜春香质》则显然出于相反的写作动机，即要证明纵"欲"或过度沉湎于同性恋关系中的危害。这个集子里四篇故事的题目分别是：《风集》《花集》《雪集》和《月集》。众所周知，当"风""花""雪"和"月"这四个字连读为"风花雪月"时，通常含有放纵过度的意思。在第一个故事的开头，叙述者对"情"以及避免放纵的重要性做了一番长篇大论：

> 太上忘情，其下不及情。情之所钟，正在我辈。我辈而无情，情斯顿矣。盖有情则可以为善；无情则可以为不善。降而为荡情，则可以为善，可以为不善矣。世无情，吾欲其有情；举世溺情，吾更虑其荡情。情至于荡，斯害世矣。荡属于情，并害情矣。[9]

这个集子里所有的故事都是针对放纵行为而发出的警告。在最后一个故事的

第一回末尾的"自评"中，作者提醒人们，"情"是无法逃避的："世有娇人，自谓超越情上，不受情辖，不知早已颠倒其中矣。"[10] 他似乎在建议唯一可取的态度只能是直接面对"情"，而且人们只有在经历强烈的感情之后才能顿悟，最后一篇故事就是在证明这样的观点，它讲述了主人公在一个漫长而曲折的迷梦里是如何经历各种各样的"情"事之后而成仙的。[11]

假如像《弁而钗》第一篇故事开头叙述者所宣称的那样，"情"是个能为男性同性恋带来荣耀的概念的话，那么，在清代小说《林兰香》里，这同一个概念再次起着决定性的作用，它既重新解释了性别关系，同时又使这一关系复杂化了。需要指出的是，《林兰香》是通过展现女人与女人的关系或女性同性恋来探索"情"与"欲"的意义的，[12] 尽管这种展现不像《弁而钗》和《宜春香质》里的男同性恋表现得那样明确。

作为一本聚焦于"情"以及一个大家庭内妇女形象的小说，《林兰香》被一些学者认为在许多方面是十八世纪的巨著《红楼梦》的先行者。有的学者还特别指出《林兰香》作为一部重要的小说，充当了中国最好的两部小说《金瓶梅》和《红楼梦》之间的历史纽带。[13]《金瓶梅》对《林兰香》的影响相当明显，但后者与《红楼梦》的关系却因其年代问题而较为复杂。《林兰香》

[10]《宜春香质》1/726。该回末尾不利山人的评语似乎在反驳一段"自评"，该评语对"情"似乎持更多的肯定态度："尝恨世间无情谱，为千古一大缺陷事，得心月主人传出情字面目，世之情人不愁无皈依，大是快事，大是快事！"（1/725）在《弁而钗》之《情侠纪》第3回末尾，作者的"自评"也遭到另一位评论者呵呵道人的反驳（3/857）。这就使得吴存存关于这两位评论者的评语都出自作者自己之手的论点有商榷的余地，见《〈弁而钗〉与〈宜春香质〉的年代考证及其社会文化史意义发微》，页67。

[11] 关于这个故事的讨论，见Vitiello（魏浊安），"Exemplary Sodomites," pp. 163-180 和 "The Fantastic Journey of an Ugly Boy: Homosexuality and Salvation in Late Ming Porography." Positions 4. 2（1996）：291-320。

[12] 我认识到"女同性恋"或"女同性恋主义"是一个难以界定的负载深厚的词语。我在一个相当宽泛的意义上使用这一词语，它包括一般理解的"浪漫的友谊"，这样的友谊可以是同性恋的，虽然未必有同性间的肉体联系，这样的理解和探究可见Adrienne Rich, "Compulsory Heterosexuality and Lesbian Existence," Signs 5.4（1980）：640-642, 以 及 Lillian Faderman, Surpassing the Love of Men: Romantic Friendship and Love between Women from the Renaissance to the Present（New York：William Morrow, 1981）。在此，与我的讨论有关的还有Tess Cosslett, Woman to Woman: Female Friendship in Victorian Fiction（Brighton:Harvester Press, 1988）。将这源于西方并有着强烈争议和深切政治意味的词语，用来指称中华帝国后期的一种我们所知甚少但又非常复杂的社会文化现象，是有些冒险的。二十世纪以前的女同性恋的"历史"和"女同性恋本质"到底是什么，是两个特别棘手的课题。一般的讨论，见 Martha Vicinus, "Introduction" 和 "They Wonder to Which Sex I Belong : The Historical Roots of the Modern Lesbian Identity," in idem, ed. Lesbian Subjects: A Feminist Studies Reader（Bloomington：Indiana University Press, 1996）, pp. 1-12, 233-259。

[13] 见于植元，《〈林兰香〉论》，《明清小说论丛》1984年第1期，页190—213，此文又作为附录刊在《林兰香》（沈阳：春风文艺出版社）的后面，页498—516；又见张俊，《论〈林兰香〉与〈金瓶梅〉——兼谈连接〈金瓶梅〉与〈红楼梦〉的连环》，《明清小说论丛》1987年第5期，页63—84；David Rolston（陆大伟），"Lin Lan Xiang yu Jin Ping Mei" 和 "A Missing Link Between the Jin Ping Mei and the Honglou Meng?"（1989年美国中西部亚洲研究年会发言稿）。在此我非常感谢陆大伟将他的这两篇文章复制给我。

的写作年代是一个有争议的问题,不仅因为我们对其作者"随缘下士"所知甚少(这在明清小说中绝非特殊现象),而且也由于这本小说现存最早版本的出版年代太晚(1838年)。因此,到目前为止,关于这本小说的写作年代有三种说法,分别是:晚明、清初以及清朝嘉庆(1796—1820)或道光(1821—1850)年间。[14] 时间范围竟有两个世纪之宽!然而,基于目前掌握的有限的材料,我倾向于接受将《林兰香》的写作年代定为清初的说法。据我所知,陈洪的文章是唯一对这本小说写作年代进行了比较实质性讨论的论文,它提供了一些有说服力的线索,显示这本小说最有可能写于清初,尽管他的大多数证据还只是间接的。[15]

就像许多人指出的,《林兰香》的书名是由三个汉字组成的,分别取自小说中三个女性中心人物的名字:"林"代表林云屏,她是男主人公耿朗的第一个妻子;"香"代表任香儿,第四房妻子;而"兰"则代表燕梦卿,第二房妻子。显然,"兰"字并没有出现在燕梦卿的名字里,它们之间的联系取自《左传》里的一则引喻:郑文公最宠幸的姬妾燕姞梦见了兰草("燕姞梦兰")。[16] 从几个女性人物名字中分别取一个字组成小说的书名,这种做法自从《金瓶梅》作者首创以来已经十分普遍。与《金瓶梅》相似,《林兰香》也是描写了一个由六个妻妾和一个丈夫组成的一夫多妻家庭。《林兰香》一书的评点者"寄旅散人"在其评语里反复提到《金瓶梅》。[17] 男主人公耿朗

---

[14] 见曹亦冰为《林兰香》(1838年版的影印本)写的前言,页1。

[15] 陈洪,《〈林兰香〉创作年代小考》,《明清小说研究》第9期(1988年3月),页151—155。陈洪的论证主要建立在小说中对北京城的描写与北京城实际经历的历史演变之间的关系上。他的结论是,这本小说最可能写作于康熙年间(1662—1722)。陈洪的结论已经被许多中国学者接受,见齐裕焜等编,《中国古代小说演变史》(兰州:敦煌文艺出版社,1990),页377;张俊,《清代小说史》(杭州:浙江文艺出版社,1997),页146。

[16] 《林兰香》(沈阳:春秋文艺出版社,1985),1/1。该典故见杨伯峻编著,《春秋左传注》(北京:中华书局,1981)"宣公三年",页673—674。下。本文后面所引《林兰香》这部小说,除另有说明,皆出自春风文艺版。就我所知,此版本是唯一的现代排印本。人们对此版本也许会有一个抱怨,即它将1838年版本内的行批都作为尾注置于每一回的末尾,这样对读者就很不方便,因为读者自己不得不为看到评语而很费劲地重新拓开当时的语境。

[17] 见回末评语,58/451、62/480。行批第46(63/490;下面行文中回数、页数和评语号码将被在圆括号内用三个数字表示依次为:回数/页数/注释数)。寄旅散人的评语非常仔细且常常具有启发性,我在讨论中将经常引用。有些学者相信评点者与作者可能是同一个人(Keith McMahon, Shrews Misers, and Polygamists, p.207)。然而,这些评语中的一些特质表明,在小说本文之外如果没有新发现的独立证据的话,我的结论是评点者当另有其人而非作者自己。比如,第54回的回末评语说:"《林兰香》通部此等赘笔极多,欲尽删之而未能也。"评点者似乎在暗示要么作者没有完全照他的劝告去做(假如他本人认识作者),要么在小说出版或再版时他没有能够对之进行彻底的编辑/修改(在中国的传统里,在一部小说作品出版或再版时,编辑者/评点者经常可以有此自由)。对于"评点者"和"作者"之间的复杂关系的讨论,见黄卫总, "Authority and Commentator in Traditional Chinese Xiaoshuo Commentary," *Clear* 16 (1995): 41—67。

非常像西门庆，他俩都容易轻信且易受妻妾相互间的挑拨。[18] 然而，在此我们更有兴趣关注的是《林兰香》是如何有意无意地与《金瓶梅》区别开来的。

肉"欲"在《金瓶梅》里是一个主要因素，《林兰香》则与之不同，它聚焦于"情"的枝脉。不止于此，这本小说细致探讨的不光是在异性恋语境中（比如耿朗和他的妻子们）"情"所扮演的角色，而且还有在女人之间尤其是耿朗的几个妻子之间的"情"，而后者可能更为重要。在《金瓶梅》里，女人之间的关系经常是竞争而充满敌意的，仿佛每个女人都在力争获得当家男人西门庆的关注和宠幸。而在《林兰香》里，尽管争宠对某些妻妾来说依然是一个重要的生活内容，比如任香儿就在许多方面类似于潘金莲，但是在林云屏、燕梦卿和宣爱娘三人之间的关系上却出现了一种新的质素，即她们之间的相互依恋。林云屏和燕梦卿都已经嫁给了耿朗，宣爱娘之所以答应也再嫁给他，不是因为她被这同一个男人所吸引，而是因为只有这样，才能实现她与自己喜爱的女人生活在一起的夙愿。换句话说，使她们聚在一起的因素是她们女人间彼此的"情"，而不是对同一个男人有相同的感情。

关于这三个女人在嫁给耿朗前是怎么变得彼此间如此亲密的故事，正是这部小说前面部分的主要焦点。首先我们被告知，林云屏和宣爱娘彼此是亲戚，她俩一起长大，可谓青梅竹马。她们希望能永远待在一起［"自幼相亲，本期长久"（11/84）］。第四回对偶标题的下联为"二小姐密室谈情"。在这一回里，她俩一面品茶、赏玩花园雪景，一面饶有兴味地"清谈"。看到被雪覆盖的树和假山，她俩彼此把对方比作"玉山"和"玉树"。在传统文学里，这两个词经常被用来描绘人的俊美，尤其是指一个有才能的年轻男人。[19]

这就是为什么宣爱娘要问林云屏为何这两个词就不能用来形容女人，她似乎在说语言常规中的性别偏见是不适当的。依循着这样的逻辑，林云屏接着就问："我便称姐姐作玉山玉树何如？"然而，传统的力量依然可以从宣爱娘的回答里感觉得到："妹妹既称我作玉山玉树矣，妹妹岂不是我的玉人儿了！"（4/27）在此，宣爱娘捉弄了一下林云屏，既然林云屏把她比作"玉树"和"玉山"，那就理

[18] 关于《金瓶梅》与本小说之间关系的更详细的讨论，参见陆大伟，《〈林兰香〉与〈金瓶梅〉》（"Lin Lan Xiang yu Jin Ping Mei"）。
[19] "玉山"一词的这种用法，见《晋史》（北京：中华书局，1974）卷三五《裴秀传》所附之《裴楷传》，页1048。实际上，就在同一页上，裴楷又被称为"玉人"。这表明"玉山"和"玉人"有时都可以用来描写俊美的人。"玉山"，见刘义庆撰，徐震堮校注，《世说新语校笺》（香港：中华书局，1984）之《言语》，页82。

应有个"玉人"或女性恋人相配。"玉人"是称呼恋人的委婉语，比如在唐代著名的传奇《莺莺传》里，女主人公莺莺的诗里就有这么一行："拂墙花影动，疑是玉人来。"[20] 然而，当宣爱娘以一个"男人"的口吻用那两个词时，她同时也就不知不觉肯定了自己原先试图挑战的语言常规里的性别偏见。这样的肯定也出现在林云屏的回击中，"倘然我若变了男子，姐姐亦必定以玉山玉树称我"，这两个对于现代读者来说含有雄性生殖器（phallic）象征意味的词，也被林云屏认为只能用来描绘男人。不止于此，在不同的语境里，"玉山"也可以代指个人的身体，比如在著名的明代戏剧《牡丹亭》的那段有名的色情戏《寻梦》里就有这样一段词："待把俺玉山推倒，便日暖玉生烟。"[21] 这种把"玉山"代指"身体"的特殊用法，在《林兰香》的另一段文字里也有所展现，林云屏的侍女枝儿用了李白（701—762）《襄阳歌》中的一句诗"玉山自倒非人推"（4/27）[22]。李白在诗中当然说的是酣醉状态，这是男人享有的一种典型特权，但枝儿却引用它来形容两个女子间的"情"或彼此倾心。宣爱娘的侍女喜儿更是强化了她们谈话中的女性同性恋质素，她开玩笑地说，她希望两个女主人之一以及两个侍女之一能变成男子，以便使她们都能互相结为夫妇。（4/28）后来，花夫人看到这两个姑娘彼此亲昵得像是一对分拆不开的小两口时，也重申了这样的希望："偏都是女子，若不然……省得又商议选女婿。"（4/29）评点者寄旅散人认为上面发生的事是一幕重要的"定情"场景。后来在第十三回里，叙述者也用了"定情"一词来描绘发生在燕梦卿和宣爱娘之间的事。（13/98）发生在两个女性恋人或"情人"之间的这种有趣的交往揭示了小说中女同性恋主题的复杂含义：她们试图挑战传统的道德准则（这当然是异性恋的准则），但最终还是复制甚至再次肯定了这准则的道德价值（这一点后文还有详论）。一方面，她们试图挑战在"玉树""玉山"等词语用法上的性别偏见，然而，另一方面，她们又忍不住依赖这些带有"偏见"的语言常规来交流她们的"情"。

在林云屏嫁给耿朗之后，宣爱娘开始非常想念她，以致一天在和家人去扫墓的途中，她在一面墙上题了一首诗，以寄思念之情。这首诗正好被燕梦

[20]《莺莺传》，见汪辟疆辑，《唐人小说》（上海：上海古籍出版社，1978），页 136。
[21]《牡丹亭》（北京：人民文学出版社，1963），页 66；又见 The Peony Pavilion, Indiana University Press, 1988, p. 59. Cyril Birch 将"玉山"翻译作"jade limb"而非"body"。
[22]《李太白全集》（北京：中华书局，1977），卷七，页 371。

卿看到了，她从附于这首诗后面的四行谜语中猜出其作者可能是个女子。她暗想：

此等女子，亦可谓多情矣。我梦卿生长深闺，无一知己，似这般女子，又只空见其诗，殊令人可恨。不免用他原韵和诗一首，写在旧诗之旁。或这女子重至此地，见彼此同情，亦可作不见面的知己。(7/51)

题诗之后，燕梦卿忘了取走她刚丢下的金簪。宣爱娘和燕梦卿的诗都集中于离别寂寞的主题。后来,宣爱娘读到了燕梦卿题在墙上的"大有同病相怜之旨"的诗，开始激动起来，因为她从落款中猜出作者是燕梦卿。而此时的燕梦卿，已经因为在父亲被冤失职后自愿代父受罚的孝行而名声大噪。这样的经历甚至使她怀疑要寻找一个知己是否真的像人们所说的那么难。(7/52) 然而，燕梦卿回家后却烦恼起来，因为此刻她已不能确定那首诗是写给男人还是女人的，甚至连诗作者的性别也难肯定。假如原诗的落款或作者恰是个男子，那么她会为其和诗感到羞耻的。燕梦卿被评点者多次称为"道学"[23]，对于她来说，只要没有男子介入，在两个女人之间交换这样性质的诗还是可以接受的。[24]

第11回写到，几年过去后，这两个女子欣喜地发现她们其实是隔壁邻居。一天，位于两家花园之间的界墙由于雨水过多而坍塌了一处，她俩才偶然彼此相见。在确认谁写了哪首诗后，燕梦卿叹道："我两人三年知己，今日才觉。若非闲暇相遇，何时能得提起？"(11/84) 然后，宣爱娘开始抱怨她是如何"失去"了林云屏，因为后者已经嫁给了耿朗，如今她又将失去另一位知己燕梦卿，因为燕梦卿即将嫁给这同一个男人。"而贤

[23] 见行批 (7/55/29)："梦卿道学人，而有此言情之作，是即宋广平 (舒璘，1136—1199)之《梅花赋》也。喜怒哀乐，为人之情。"在另处 (7/55/34)，当燕梦卿后悔和诗时，评点者又指责是"道学通病"。

[24] 参看高彦颐 (Dorothy Ko) 对明清妇女诗歌中友情的讨论，Teachers of the Inner Chamber (Stanford: Stanford University Press, 1994), pp. 262-274。高彦颐注意到 (pp.270, 272) "尽管 (在一个女子的诗篇里) 直露地表现另一个女子妖媚的腰肢或摇摆的步履会被视为趣味低下，但在十七世纪中国的性别体系里，女子之间的相互吸引还是允许的"，而在某些女子的诗篇中还表达了对另一女子的"色欲感觉"。然而，高彦颐并没使用"女同性恋"来指称这种女子间的友情。又见 n49, p.344。R. H. Van Culik 发现在传统中国，女同性恋"相当普遍"且"被宽容看待"，不过，除了简单地提及李渔的戏剧《怜香伴》之外，Van Gulik 既没详细也没提供进一步的"证据"。见同一作者之 Sexual Life in Ancient China (Leidon: E. J. Brill. 1963), p.163。关于传统中国内"女同性恋主义"的简要讨论，又见 Bret Hinsch, Passions of the Cut Sleeve. (Berkeley: University of California Press. 1990), pp. 173–178。

妹不久又于归耿氏,反合林家妹妹相守百年。"(11/84)这引发了我们"情感丰富"的女道学燕梦卿一长段关于"情"的感悟之言:

> 天下有情人大抵如此。情得相契,则死亦如生;情不能伸,则生不如死。我梦卿自先父获罪,既已心如死灰。后见姐姐之诗,不觉情又一动。今与姐姐相会,此情方为之一畅。但不知此后是为情死,是为情生,可得与姐姐常通此情否?(11/85)

燕梦卿与宣爱娘都同意,要保持她们三人(包括林云屏)之间的"情",最好的办法就是让宣爱娘也嫁给同一个男人["同事"(11/85)],其理由是:"男儿知己,四海可逢。女子同心,千秋难遇。"(18/85)评点者在此立即指出"爱娘之嫁,为知己而然,非私耿朗之美少年也"。(11/87/40)这里评点者的用词是很有意思的,他用"私"这个带有贬义的词来刻画宣爱娘可能具有的对一个男子的异性恋感觉,并将之与她和另一个女子之间的更值得钦佩的情感作对比(在小说的后面部分"私"的这样用法还有许多)。后来燕梦卿将自己的一支金簪作为定"情"信物送给了宣爱娘(另一支金簪留在墙上,已被耿朗捡去),并说假如将来自己不信守"情"的誓言,"必就如此簪半路分折,伉俪不得长久"。(11/85)这里她所用的"伉俪"一词的意思是很含糊的,不知是指她与耿朗的婚姻,还是她与她的女性朋友/恋人之间关系的一种隐喻。然而,这一回里另一些象征意象,比如多次提到的那对飞翔的蜻蜓(11/83—84),以及她们的一些特殊用词[比如"有情男女"(11/85)],都给她们之间的"情"感交流赋予了一种含蓄的意义,这种意义至少在潜在层面上含有同性恋意味。

在燕梦卿将死之前,宣爱娘请求她:"妹妹既合我同心,何不将自己也画上作个伴侣?"燕梦卿就将自己与宣爱娘一起画在画上,这样她们之间的爱恋即使在她死后也能得以保存。(34/265)重要的是,作者在第34回对偶题目的下联用了"情人"一词:"写遗肖情人作伴。"宣爱娘当初请求燕梦卿为她画肖像时说:"妹妹何惜数日笔墨,而使我爱娘不自知其面目耶?"(34/265)评点者在此特意引用了传说中的才女"小青"的两句诗"瘦影自临春水照,卿须怜我我怜卿",以此来强调宣爱娘的自恋(34/267/25)[25],而自恋正是"情"的一个重要方面,这在《牡丹亭》的《写真》一场里也得到了颂扬,在那一场中,杜丽娘在临死之前为刚刚梦见的柳梦梅画了一幅画像。当然,一个重要的区别是,杜丽娘所恋的是个男子。顺便说一句,很多人认为小青是《牡丹亭》最有名的女性读者,据说她真是因为读这部戏而死的。显然,这种与《牡丹亭》之间暗含的互文联系,也是当时《林兰香》的读者很可能意识到的,其评点者就是一例。然而,使这种联系更有意思的,当然是在这部小说的新语境里所揭示出的女同性恋含义。评点者进一步指出:

> 天下惟情之一字,断不容假。无论男女私情,缠绵百岁,即使男与男、女与女,情投意合,亦将固节终身。此梦卿爱娘所以画在一处也,可称世间情侣。(34/267/27)

当然《林兰香》对其他文学作品的借用并不局限于《牡丹亭》。在"才子佳人"小说里常见的异性恋情节,比如透过花园墙洞的偶然相遇、互赠诗篇以及意外丢失或捡到簪子之类的首饰等等,在这本小说里被挪用来描绘花团锦簇的女性同性恋。

同事一夫的两个女人之间的同性恋关系,也是李渔的戏剧《怜香伴》的主题,而杜丽娘也是该戏中女性恋人之一曹语花所效仿的"情"的模特儿。[26]《怜香伴》写于 1651 年前后,假如我们接受《林兰香》作于康熙时期(1662—1722 年)的说法,那么,《林兰香》的作者可能看过《怜香伴》。这部戏剧和这本小说有许多相似之处,两者都描写同事一夫的女人之间的同性恋关系,而且两者描写这种关系的一些措辞也很相像。就像燕梦卿和宣爱娘的爱情一样,在《怜香伴》里,崔笺云和曹语花的爱情也是从庵中偶遇时互赠诗篇开始的。为了保证将来能生活在一起,崔笺云提议曹语花也嫁给她自己的丈

---

[25] 关于小青的人物传说以及她在《牡丹亭》的女性接受中所占角色的讨论,见 Ellen Widmer, "Xiaoqing's Literary Legacy and the Place of the Woman Writer in Late Imperial China," *Late Imperial China*: 10. 2(1989):1-43, 和 Dorothy Ko, *Teachers of the Inner Chambers* (Stanford: Stanford University Press), pp. 91-112。

[26]《怜香伴》,《李渔全集》(杭州:浙江古籍出版社,1992),卷四,页 69—70。

夫。她们的"情"也是用"知己"之类的传统词汇以及对才貌的相互欣赏来表达的。[27] 与《林兰香》里林云屏和宣爱娘开玩笑地说要成为夫妇一样，崔笺云和曹语花也讨论谁作"丈夫"，谁作"妻子"，而且像《林兰香》一样，她们的侍女也在她们之间争论这个问题。后来，崔笺云打扮成男人和曹语花真的举行了"拜堂"仪式（这在《林兰香》里并未发生）。戏中还使用了"伉俪"一词来描写她们的"同性恋结合"。在第5出里，甚至连释迦佛都表示要看到这两个女子结成伉俪。（第17页）有时，她俩的"情"非常近于色欲，而且她们并不羞于表达出来。崔笺云欣赏曹小姐的美丽，叹息说："你看他不假乔妆，自然妩媚，真是绝代佳人。莫说男子，我妇人家见了也动起好色的心来。"（第20页）此外，在第10出里，在"结婚"庆典之后，崔笺云又非常直露地表白："又看了你这娇滴滴的脸……不但我轻狂，小姐你的春心，也觉得微动了。"（第33页）在她俩的同性恋关系中，由于崔笺云是"丈夫"，她经常从"男子的"视角看待事情而且经常扮演"主动的"角色；而作为"妻子"的曹语花则通常扮演被动的角色，就像"女人"在这种情形下应该做的那样。曹曾发誓说烈女不更二夫，为了永远与崔笺云在一起，她决心嫁给崔笺云的丈夫。（第33页）当然，在她俩的同性恋关系里，嫁给同一个"真正"的男人是她们同性恋结合的前提，所以不被视为是对她们"同性恋"忠诚的损害。结果，就像《弁而钗》所描写的男性同性恋关系一样，在女性同性恋关系中，异性恋中父权社会的性别的不平等再一次得到了加强。[28] 不止于此，作者还在这部戏中一再认真地向观众保证，在这两个女人之间并没有发生什么"真正"的事情，在第13出里，曹语花

[27] 见《怜香伴》第5、6、10出，页17、21—22、34。此后，页码标注将置于此戏相关文字后的圆括号内。

[28] 参见韩南（Patrick Hanan）的观点："总的来看，崔小姐的想法是色欲的、现实的，曹小姐的想法是感情的、理想的，其表达形式是道德的。而那两个侍女对其主人的婚礼所进行的滑稽模仿，是粗俗下流的，充斥着直露的肉欲表达，甚至比崔小姐的说白唱词更露骨。" *The Invention of Li Yu* (Cambridge: Harvard University Press, 1988), p. 162. 在此，我们会想起《红楼梦》第58回里的"女同性恋事件"。在舞台上扮演小生的女戏子藕官，与她的女搭档小旦药官相爱。药官死后，藕官又与代替药官演小旦的另一个女戏子蕊官相爱。然而，藕官尽管爱上了另一个女优，却还继续纪念她先前的恋人。她这样做的理由是因为一个男子在妻子死后另娶是被允许的，只要他不忘记死去的妻子就行。这当然是真"情"的一种姿态，难怪宝玉听了之后如此感动［《红楼梦》（北京：人民文学出版社，1982）、58/827］。但有趣的是，在女同性恋关系中，藕官显然认为既然自己是"主动者"，就有权享受一个男子的"特权"。与之相反，即使藕官因某种原因死了，蕊官也不能与另外的女优相爱，因为她在与藕官的关系中是被动者，她必须像异性恋关系中"女人"应该做的那样去做。对于一个女人，再嫁不是件体面的事，就像曹小姐向崔小姐发出的爱情誓言一样。从《红楼梦》的这个例子我们可以看到，这种女同性恋关系以一种很微妙的方式重新确认了父权社会性别等级价值。

的侍女告诉我们:"夫妻虽是假的,(她女主人的)相思病倒害真了。"(第42页)后来在第21出,通过曹小姐之口,作者再次向观众保证她俩的同性恋仅仅是"柏拉图"式的:"呆丫头,你只晓得'相思'二字的来由,却不晓得'情欲'二字的分辨。从肝膈上起见的叫做'情',从衽席上起见的叫做'欲'。若是为衽席私情才害相思,就害死了也只叫做个欲鬼,叫不得个情痴。从来只有杜丽娘才说得个'情'字。"(第69—70页)然后曹小姐继续将自己比作杜丽娘,认为她和崔笺云可为爱情而死。由此可见,在《怜香伴》里,虽然对同性恋做了诸多影射,但这种同性恋的重点显然在于"情",是一种"精神性的女性同性恋",它被当作是一种解决一夫多妻式婚姻中妻妾嫉妒问题的方法。[29] 这一问题在《林兰香》里被多次提及,但显得更为复杂,下文将对此展开讨论。

有一件事是《林兰香》有别于《怜香伴》的,即在《林兰香》里,虽然在三个妻子之间从来没有过直露的性爱,但小说还描写了其他不同性质的女同性恋行为,这实在使小说中的女性同性恋含义更复杂化了。李寡妇的男相好算命瞎子未能践约,李寡妇失望之余,只好求助于一种叫作"角先生"的性工具聊以自慰。后来,她又开始与任香儿的侍女红雨分享这秘密的快乐,她俩"从此互相雌雄,遂成莫逆"。当事情败露后,她俩都被赶出了家门。然而,对这起女性同性恋丑闻,评点者的观点却很有意思:

> 天下久旷之妇,久怨之女,如李氏、红雨者不少。使皆借重于角先生而不行钻穴逾墙之事,则角先生之功固大矣。(28/222/49)[30]

具有讽刺意味的是,燕梦卿与宣爱娘花园初逢正是"钻穴逾墙"这般的"不名誉行为"。显然,在

---

[29] 见《怜香伴》第12出里关于"嫉妒"的处理,页40—41。学者们曾猜测《怜香伴》也许与李渔自己的多妻婚姻情形有某种联系。见作者的朋友虞巍为该剧写的题词(页3)。又见孙楷第《李笠翁与〈十二楼〉》中的有关讨论,《沧州后集》(北京:中华书局,1985),页177。以及Hanan, *The Invention of Li Yu*, pp. 15—16。《怜香伴》里歌颂的这种共事一夫之妻妾间的同性恋变得非常有名,以致在十八世纪沈复的自传《浮生六记》里,他的妻子在试图使她的一个妓女朋友嫁给他作妾的时候,就明确提及了这出戏。关于《浮生六记》的讨论,见Paul Ropp, "Between Two Worlds: Women in Shen Fu's *Six Records of a Floating Life*," in Anna Gerstacher et al. eds. Women and Literature in China Brockmeyor, 1985, 本文对该书暗含的女同性恋有简要的讨论,见页114—118。

[30] 这段对女同性恋的评语尽管宽容得有些让人惊讶,但还是含有很强的性别歧视。不过,在别的地方,评点者确实表达过对男子迷恋女人"裹脚"(10/80/59)的不悦。假如我们接受《林兰香》作于康熙年间而评点者与作者是同时代人的观点,那么,它覆比李汝珍《镜花缘》中的类似观点早了一百多年。

评点者看来，只有异性间的这类行为才是可耻的。这部分是因为女性同性恋行为（甚至包括直露的性活动）仅仅被视为是一个女人因得不到男人而采取的补偿之举。在小说《续金瓶梅》里，对桂姐（潘金莲的再生）和梅玉（春梅的再生）之间的同性恋性行为有着更鲜活而细致的描写。她们的同性恋行为也被说成为是因得不到"真家伙"而试图进行的补偿。进一步说，在《续金瓶梅》里，这种寻找补偿的迫切需求，是对这两个纵欲女人因在前书《金瓶梅》中的罪孽而得到报应惩罚的一种展演。

女性之间的性活动尽管被强调为是出于补偿的需要，因为她们缺少与"真正的"男人进行性爱的机会，但它仍被认为与林云屏、燕梦卿和宣爱娘之间的"精神性"同性恋是不同的。很简单，因为后者是被视为非性爱的，因而是值得赞扬的，它表现的是纯粹的"情"，而不是像女性之间的性活动那样是肉体的"欲"。女性之间的"情"是值得称颂的，而她们之间的"欲"是绝对应受谴责的（正如戏剧《怜香伴》第21出里曹小姐所加以谴责的那样）。实际上，在《林兰香》里，性爱的女同性恋是被故意安排来与精神性的或曰非性爱的女同性恋相对比的，后者被强调为对一夫多妻式家庭内的男性绝对权威不构成任何威胁，这一点很重要。与此相反，像李渔的《怜香伴》一样，这部小说似乎还认为女人之间尤其是妻妾之间的非性爱同性恋，实际上正是丈夫热切期盼的，因为它有助于将妻妾之间的嫉妒和争斗减小到最低程度，它简直是一种珍贵的"福分"，是每个多妻男子全身心期望但却很少能真正享受到的（像《金瓶梅》里的西门庆和《醒世姻缘传》里的晁源及其再生狄希陈就没有享受到）。从某种意义上说，这可以被视为是《林兰香》为《金瓶梅》所提出的尖锐问题提供的一个解决办法，即人们在一夫多妻式婚姻里处理嫉妻妒妾之间的吵闹与争斗的诀窍，这在李渔的戏剧《怜香伴》里业已指出。当然，在《林兰香》里，并非每个妻妾都同意"女性之间的情爱"这一观点，比如任香儿，她就坚持要在这个一夫多妻式家庭里扮演潘金莲的角色并大肆破坏。但是，一旦女性之间的感情超越了"精神性的"，即成了直露的性关系的话，它就变得不能允许而且是根本不能容忍的了。这样，像李寡妇和红雨那样的同性恋就绝对应该受到相应的惩罚。

耐人寻味的是，《林兰香》里所提倡的女同性恋到底是性爱的还是非性爱的，两者有时很难区分，不容易把握。这两种女同性恋关系至少并不像表面上那么的泾渭分明。尽管她们平时交谈和互赠的诗篇中充满了女同性恋的暗含，燕梦卿和她的女性朋友们（在小说中也被称作"情人"）还是很担心别人会将她们混同于"性爱的同性恋"。在李寡妇和侍女红雨的事败露后，燕梦卿对宣爱娘开玩笑地说："同睡不妨，恐姐姐有李婆子骗红雨的物件耳！"（30/235）这句话流露出了燕梦卿对她们之间的所谓的情爱之是否妥当有一种不自觉的焦虑和不安。

遭谴责的女性之间的性爱是因为缺少男人或得不到男人而做的一种补偿的尝试，而非性爱的或精神性的女性之间的爱恋，尽管那三个女人作了最大的努力将其保持为"清白的"女性友谊，但看起来也是由对男人的失望引起的，或至少与男人"无能"有关。它也不过是女人们所必须寻找的某种补偿，像燕梦卿，当她在异性婚姻上遭到挫败时，就需要在一夫多妻境遇下的深闺局限里寻找另一种"家庭温暖"，以此作为情感抚慰，假如不说是情感移转的话。对于道德上非常自严的燕梦卿来说，这又是与一夫多妻式的痛苦婚姻达成妥协的一个重要方式，她只能在恶劣的境遇中寻求尽可能好的结果——珍惜妻妾间的志同道合和相互情感满足，而这在一夫一妻式婚姻中反而得不到，当然，这种妥协必须是非性爱的。这里需要说明的是，《林兰香》有一点与《怜香伴》很不一样，《怜香伴》里的丈夫是一个才貌双全的完美"才子"，而《林兰香》里的丈夫耿朗则在与众妻妾的关系上有失"公允"（有点像《金瓶梅》里的西门庆）。

不过，《林兰香》令人稍稍意外的结尾迫使读者对小说前面对性爱女同性恋的谴责加以重新考量，在结尾，被逐出家门的"性爱的"女同性恋者李寡妇和红雨又出现了。李寡妇已经不再是寡妇了，她被称为"李婆"，嫁了一个梨园教师，而演戏职业是人所共知的同性恋的温床。叙述者告诉读者，由于那时候所有与耿家有关的人都死了，如今已经没人再提起他们的事了。幸运的是，许多年前，目睹耿家兴衰的李婆根据耿家故事编了一出戏。这出戏直到李婆死后多年才被搬上舞台，一经上演，很快流行起来。而在这出戏不再流行之后，做了多年妓院老鸨且已经目盲的红雨，已经成为一位弹词写作者和演唱者。她根据耿家故事编了个本子并开始演唱。它也很流行，直到红雨最后出家为止。小说以叙述者／作者直接对读者的如下一段谈话结尾：

总之经……一百余年，特为儿女子设奇谈，则设此奇谈者，将以己为梨园外弹词外梦幻外之人欤？人或信之，吾不以为然！
（64/495）

显然，通过将小说与弹词和戏曲相比较，作者／叙述者这里将他／她自己等同于李寡妇和红雨这两位女同性恋者，示意读者读到现在为止的这本小说里的故事，也许是从两位曾经是同性恋人的女子的视角讲述的。[31] 这种示意显得相当重要，因为我们知道，弹词是一种与妇女密切相关的通俗叙事样式，在清代，大多数弹词的作者和听众都是妇女。[32] 有人或许会猜测《林兰香》的作者大概是一位女子，而目前也没有任何过硬的证据来证明或反对这一猜测。

在《弁而钗》和《林兰香》里，"情"这一含义极复杂的概念被用来歌颂同性恋，但这一概念几乎经常起到两种相反的作用：一方面，"情"可以被用来开辟一方新区域，在那里，对传统道德标准的背离，比如同性恋，被说成是可以接受甚至是值得歌颂的；另一方面，这种接受与歌颂又基于这样的理由，即这些看起来不太正常的举止，当它们是出于真"情"的时候，往往比"正常的"举止更加有效地去维护传统价值标准，比如忠贞、孝道甚至一夫多妻制度等等。[33] 在此，对同性恋的维护与对"情"的维护采用的是同样的策略。正像"情"据说能使人变成不仅是一个忠实的恋人而且还可以使他或她成为一个正直的官员或一个忠贞的妻子一样，同性恋尽管依据正统的道德标准来看显得不太正常，但如果它是出于正当的"情"，就能够

[31] 参看马克梦（McMahon）的观点（Misers, Shrews, and Polygamists, p. 210）："对于这两个女人来说，叙述这个女同性恋故事成为她们赖以生存的方式，而对那些与男性发生关系的（异性恋）女子，这个故事则成了一曲挽歌。"当然，严格说来，李寡妇在其同性恋事件之后也与男子发生过关系，因为她后来再嫁了梨园教师。

[32] 关于弹词的英文研究，见 Maria H. Sung, The Narrative Art of Tsia-sheng-yuan: A Feminist Vision in Traditional Confucian Society（Taipei：Chinese Materials Center, 1994），以 及 Siao-chen Hu, "Literary tanci：A Women's Tradition of Narrative in Verse"（哈佛大学1994年博士论文）。当然，在小说或戏曲中让弹词演唱者用这种通俗的体裁来复述该小说或戏曲的情节，以便营构一种独特的"间距"的做法，是有先例的。例如，在《西游补》的第12回里，唐僧和小月王据说正在听三个盲女演唱名叫《西游谈》的弹词故事；在洪昇（1645—1704）《长生殿》里，第38出名叫《弹词》，在那一场中，乐师李龟年试图演唱关于杨贵妃的悲剧故事。在《林兰香》里，重要的是，这弹词演唱者是一个女同性恋者，而且她演唱的弹词至少有一部分是女同性恋的故事。

[33] 这一策略也被李渔《男孟母教合三迁》的叙述者所采用。扮演被动角色的男同性恋者瑞ære，变成了一个比"真女人"还要忠贞的"女人"，比"真"良母还要好的"良母"。

做得比"正统"还更正统。

当然，在《林兰香》里，"情"这一概念的重要性绝不限于对女同性恋的描述。正如前面指出的，女性间的同性色欲与小说中其他形式的色欲紧密相关，书中有一种持续而有意识的努力，即通过使"情"无性欲化来区分"情"和"欲"。这样区别"情"的策略有许多，而故意将精神性的女同性恋与性爱的女同性恋进行对比，只不过是其中之一个做法罢了。在异性恋关系中，比如像在耿朗的家庭里，三个妻子林云屏、燕梦卿和宣爱娘结成了一种女性间的"情"的联盟，她们与另外两个妻子任香儿和平彩云就形成了强烈比照。因为她们努力维系着对精神性同性恋的忠贞，当耿朗意欲将他们的夫妻关系进行难以接受的"性爱化"或"肉欲化"的时候，这三个女人在相当不同的程度上试图抵抗。

这种抵抗的倾向在燕梦卿身上表现得尤为强烈，这也许是她和耿朗关系紧张的部分原因。当初燕梦卿的父亲被诬渎职，燕梦卿决心代父受罚，因而取消了与耿朗的婚约。就在他俩第一次见面时，耿朗对燕梦卿的"肉欲化"倾向就很明显了：在他的眼里，燕梦卿是"欺小蛮之杨柳，[34]不短不长；胜潘女之金莲，[35]不肥不瘦"。（2/13）这两位唤起耿朗对燕梦卿发生联想的女性"历史"人物均以色相知名，一位是艳冶的歌女，另一位是使皇帝迷醉的妖媚妃子。将"潘妃"故意写成"潘女"，应该也是在提醒读者它与臭名昭著的"淫妇"即《金瓶梅》里的潘金莲可能有联系，因为在那六字句中，似巧非巧地包括了潘金莲的全名，而且它也可以读作"（她的小脚）胜过潘姓女子的小脚"。[36]当然，潘金莲正如她的名字所表示的那样是以小脚精巧著名的。评点者后来提醒读者注意在耿朗贪看燕梦卿的那段描写背后可能隐藏着的作者意图：

不写梦卿见璘照何如者，恐唐突梦卿也，故单写璘照之见梦卿，见璘照之情私特甚也。吾意晚间春畹必告小姐曰："是人两目炯炯，大不蓄好意也。"（2/15/77）

[34] 孟棨《本事诗》"事感"，页13b—14a。
[35] 见《南史》卷五废帝东昏侯的传记，页154，以及卷五五王茂的传记，页1352。
[36] 我认为这不是印刷错误的结果。"潘女"也出现在《林兰香》1838年的版本中（页37）。

在此，评点者又一次用"私"这个贬义词来描写耿朗"性爱化"的"情"。这样的"欲"或"私情"，正是后来燕梦卿作为一个贤妻所要在夫妻关系上努力回避的，这可以由她托梦耿朗时所说的话为证："妾不敢以儿女私情劳君寤寐也。"（37/286）这当然是耿朗疏远燕梦卿的直接原因之一，而"淫荡的"任香儿却能笼络住他对自己的爱意。叙述者在解释耿朗对任香儿之死大表悲痛的原因时，又用了"私情"这个概念：

[37] 见《论〈林兰香〉与〈红楼梦〉》，第71页。
[38] 这种纯"情"的观点，在十八世纪的小说《野叟曝言》中有更极端也更精致的表达。

> 大概男女之间，情为第一，理居其次。理乃夫妇之正理，情是儿女之私情。耿朗与香儿私狎处最多，故情亦最深。（51/392）

在关于小说中"情"的含义的讨论中，有些学者不顾整段话的上下文，试图根据上引那段话的首句，得出作者重"情"轻"理"的结论，其实，上引那一整段话表现了一种对"情"非常矛盾的倾向（至少在此特殊的语境中对"情"的解释是这样的）。[37] 这种对肉体的亲昵或"性爱的情"所持的厌恶态度显然也为评点者所赞同，第28回中有一些对淫荡人物最直露的性爱描写，评点者在该回末尾的评点中这样说：

> 此书一部中淫荡者惟此回与第十回耳，然皆不成实事，盖成实事则便索然矣。试思男女未媾精之前，是何样情致，既媾精之后，是何等意味，不言可知矣。（28/221）[38]

对于燕梦卿来说，她作为妻子的主要职责是规劝丈夫（必要时还要有所谏议）并帮助他整顿家务，就像一个大臣在与其君主的关系中所应该做的那样。这种关系主要是一种职责而非情感。她应该因其头脑和道德而非肉体来赢得她丈夫的尊敬，或可能的话，甚至赢得她丈夫的"情"。这种对被性爱化的执意抵抗，可能正是燕梦卿在被迫允许耿朗与她亲昵时感觉特别羞辱的原因，当时她因规劝丈夫而遭疏远，正试图与丈夫和解。可是当耿朗偶然被那件脏衣服（耿朗酒醉时的提醒物，燕梦卿曾经因此规劝过他）提醒而想起燕梦卿对他的规劝时,他又再次从燕梦卿身边走开了。当宣爱娘试图安排二人共宿以弥补他们之间破损的关系时,这或许使燕梦卿感觉到是更大的羞辱,她终于爆发了:

> 不可!日间相会,亦是以色媚人。夜复相就,则是以淫自献。以色与淫强邀人之容己,难宽解于万一,如其不容,姐姐又何以处我!
> (32/248)

然而,就在这之后不久,燕梦卿被赋予一个难得的机会为耿朗献出"身体",不过这次没有任何性爱的含义。那次耿朗病了,可能是由于无节制的生活方式所致。而过度的饮酒和房事,这正是燕梦卿不顾一切想要她丈夫远离的生活方式,为此,燕梦卿不惜以言辞规劝,并且不愿意让自己的"身体"被性爱化。燕梦卿决定"割股",以便让她的"身体"能为丈夫的健康发挥有益的作用。她切下一根手指给耿朗做药汤,这一次她那不愿被性爱化的"身体",在实际和隐喻两方面都能有益于丈夫的健康了,而她丈夫的健康却正是被那些被性爱化的"身体"所损坏的〔即与他淫荡的妻妾任香儿、平彩云"酒色过度"(32/248)所伤〕。[39] 当然,这并不是燕梦卿第一次牺牲她的"身体"。在小说的前面部分,为了使她被诬渎职的父亲免受官府惩罚,她自愿被没为官奴,尽管在一个太监的帮助下,她总算保住了她的"原身"。这里,我们可以联想起《弁而钗》里的李又仙,他为了代父还债,将自己卖进了男妓院。似巧非巧,他的孝心得以实现,其中大部分原因是他的"女性化"相貌吸引了一位买主。也许只有女人的身体或"女性化的"男人的身体才能使孝行成为可能。

一个后弗洛伊德时代的读者会怀疑,燕梦卿除了精神性女同性恋之外,她是否想从这种忠孝英烈行为里为她那长期被压抑的欲望寻找到升华的释放?也许,就像她先为父亲后为丈夫不断作出的牺牲那样,她对于自己欲望的真诚克制,成了她维护自己作为一名才德兼备女子之价值的唯一有效方式,然而,这样的女子却一直不被她生活中最重要的人——她丈夫所赏

---

[39] 马克梦(McMahon)对于这本小说的讨论(*Misers, Shrews, and Polygamists*, pp. 213-217),其中一章题目就叫《多妻者的淫逸姬妾们》。

识。这就是为什么她与另外两个女子林云屏和宣爱娘之间的友谊对她来说如此重要的原因。她的婚后生活可以被看作是不获于丈夫之余，不断努力寻找被认可及这种努力失败的历程。在第 34 回的回末评论中，评点者哀叹燕梦卿与其丈夫的婚姻的失败是因为她对"虚名"的追求（34/266）。当然，寻找并展现自身价值的被认可，也是"情"的一个基本组成部分。

与燕梦卿的故事形成对照的是，描写耿朗的另两个妻妾任香儿和平彩云的段落就经常以性爱意象为主导，尽管《林兰香》的作者在这方面要比《金瓶梅》和《弁而钗》的作者克制得多。就性描写而言，第 10 回也许是小说中最露骨的一回。在该回中，书中最贪淫的男性人物茅大刚由于纵欲过度最后丧生（显然可以被看作另一个西门庆）。此人的全名茅大刚显然带有男性生殖器的含义，评点者（10/71/45）也提请我们注意他那讽刺性的字"思柔"。当茅大刚开始用丹药来提高性能力时（10/75），叙述者提醒读者其与西门庆是何等相似，并重复了欲望无限而精力有限的老生常谈，《金瓶梅》的叙述者在西门庆因性交过度衰竭而死时就特别引证过这一老调。也正是在这"最淫秽"的一回里，平彩云遇上了一位骑马射箭的英俊少年。从她的眼中看去，对此少年骑马射箭的描写，比如"控纵合宜，往回有度""捕花蛱蝶""点水蜻蜓"之类，很容易使人想起"性交"的场面，暗示着平彩云对性的渴望。（10/73—74）[40] 我们在这一回的后面就知道，前一回中所说茅大刚在道士黑巫术帮助下所淫媾的女子不是别人而正是性饥渴的平彩云。后来，平彩云被恶人装入箱子劫走，然后又被一位游侠救下并托放在耿朗的一处房产里。她被耿朗发现并成了他的第五房妻室。正像评点者在第 28 回的回末评论中已经指出的，就"淫荡"而言，第 10 回和第 28 回是小说中最露骨的两回。(28/221) 第 10 回是异性恋故事，而第 28 回则含有女同性恋性行为，这两者都是"欲"的例子，它们被用来作为林云屏、燕梦卿和宣爱娘三人所代表的"情"的对比。

另一位淫荡的妻妾是任香儿，她的父亲被控在一次火灾中有非法行为而入狱，为了感谢耿朗帮他获释出狱之恩，她父亲就将她作为礼物送给了耿朗。巧的是服侍任香儿的两个侍女的名字分别叫作"绿云"和"红雨"，而当"云"和"雨"两个字合为"云雨"时，就

[40] 蝴蝶和蜻蜓是惯用的对性活动的隐喻表达，比如见《金瓶梅》(6/58)第 6 回接近末尾的韵语以及 David Roy, *Plum in the Golden Vase*, vol. 1, p. 491, n.26.

[41] 见马克梦（McMahon）的讨论，*Miser, Shrews, and Polygamists*, pp. 217-219.

成了汉语中通行的性交的委婉语。红雨后来因为与李寡妇的同性恋行为而被逐出家门。然而，后来代替红雨的侍女也被叫作同样的名字"红雨"。所有这些显然是被用来强化任香儿的淫妇形象的。

在小说里，沉迷于肉欲或"私情"固然遭到明确的谴责，而像燕梦卿所表现出的道学气的"情"，有时也被含蓄地加以质疑。作者在这里有意塑造了一个依违得当的人物——田春畹，她原是燕梦卿的一个贴身侍女，在女主人死后被提升为耿朗的第六房妻室。然而，尽管田春畹对待耿朗的策略远比她主人有效，她依然表现为是一个守"义"的女子。[41] 她低贱的侍女出身所养成的美德，能使耿朗感觉更加舒适，而燕梦卿，由于她的孝行和忠贞早已声名卓著，加上她又受过良好的教育，所以经常使耿朗有不安全感。进一步说，田春畹以其"又似有情""又似无情"（43/331）的表现成功地吸引了她的丈夫。她将这种对耿朗的矛盾心理概括为这样的"有情"和"无情"：

> 妾辈虽蒙夫人慈命，朝夕服事，然上下之分当严，男女之别当讲，尽心竭力，故似有情。远避嫌疑，故又似无情也。（43/331）

当耿朗特意问田春畹为什么以前对他的调情没有反应时，她进一步解释说：

> 人非木石，谁能无情？一则关系家风，二则败坏行止。且作奴婢的若一有所私，便为主人所不齿，安得到有今日？（43/331）

叙述者注意到了一种两难的困境："正是才子情深，过情则未免伤义。佳人义重，守义则恰似忘情。"（51/395）最后，正是田春畹的"义"才驯服了耿朗的"情"，她丈夫认识到："我岂可教守义佳人笑我多情才子！"（51/396）然而，作为能在"义"（有时可与"理"互换）与"情"之间达成恰当平衡的理想人物，田春畹这一天衣无缝式人物总让人有点失真的感觉。

国难与士人的性别焦虑：从明亡之后有关贞洁烈女的话语说起[*]

[*] 原文刊于王瑷玲主编《明清文学与思想中之主体意识与社会——文学篇》(台北："中央研究院"中国文学研究所，2004)。

自宋元以来妇女节烈在文人士大夫的话语（discourse）中一直是一个重要的议题。这种颂扬贞节烈女的热情在明代似乎又达到了一个新高潮。[1] 在明代文人士大夫撰写的大量贞女烈妇传记和墓志铭中，作者于颂扬妇女贞烈行为之后往往会哀叹男性士人在道德行为上的相形见绌。晚明文人归有光（1507—1571）在《王烈妇墓碣》中写道：

> 余生长海滨，足迹不及于天下。然所见乡曲之女子，死其夫者数十人。皆得其事而纪述之。然天下尝有变矣，大吏之死仅一二见。天地之气岂独偏于女妇？[2]

这里归有光似乎在暗示，就道德而言，女子仿佛天生就比男子优越。比归有光早上近一个世纪的罗伦（1431—1478）在这一点上更是直截了当：

> 谓妇人为男子可乎？曰：可。曰：何由知其可也？以其行也，非以其质也。夫臣之从君，妇之从夫，其属以人，其经以天，其一也……臣子之于君父，乐人之乐，食人之禄，而不能忧其忧，死其事者，吾见多矣。而妇人之不二者，一家或三四人，一族或十数人，一乡一邑有不可胜纪者。节义之性，人皆有之。何独能于妇人乎！[3]

在理论上肯定了男子与女子在行为上的共通性之后，罗伦却又指出两者在实践中的实际差异而感叹女子在道德上的绝对优势：

> 君子之学何也？完其至大，复其至明，全其至洁也。妇人非学者，乃独能焉。有断臂者，有髡发者，有劓其鼻者，有缢其项者，

---

[1] 关于这一问题，最近学界已有不少研究。譬如费丝言，《由典范到规范：从明代贞节烈女的辨识与流传看贞节观念的严格化》（台北：台湾大学出版委员会，1998），页129—166, 236—250 和305—313,以及 Katherine Carlitz, "Shrine, Governing-Class Identity and the Cult of Widow-Fidelity in Mid-Ming Jiangnan," *Journal of Asian Studies*, 56. 3（1997）: 612-640 和氏著 "The Daughter, the Singing-Girl, and the Seduction of Suicide," *Nan nü*, 3.1（2001）: 24-44. 另外还可参阅 T'ien Ju-kang, *Male Anxiety and Female Chastity: A Comparative Study of Chinese Ethical Values in Ming-Ch'ing Times* (Leiden, E. J. Brill, 1988). 此书学界争议比较大，可参阅 Paul Ropp 和 Susan Mann 分别刊于 *The Journal of Asian Studies*, 49.3（1989）: 605-606 和 *Harvard Journal of Asiatic Studies*, 52.1（1992）: 362-369 的两篇书评。
[2]《震川先生全集》（上海：商务印书馆，1935），卷24，页408。
[3]《双节堂记》，《一峰文集》（四库珍本），卷六，页18a—20b。

皆所以全其至洁也……平居暇日，目士君子为妇人女子则勃然怒去。一旦君父有难，曾妇人女子之不如。所以全至洁，与日月同其明，天地同其大，乃在此而不在彼。何也？使士君子而皆此妇人焉，则人之国家岂有丧亡之祸哉？予故书节妇之事以愧为人臣而怀二心者。[4]

在罗伦看来，若士君子平素在道义上都能像节妇一样行事，那朝廷国家就不会有"丧亡之祸"了。这里我们可以再比较一下晚明的吕坤（1536—1618）一段表面上颇为相同的说法："平居无事之时，则丈夫不可绳以妇人之守；及其临难守死，则当与贞女烈妇比节。"[5] 但仔细审读之下，这段议论实际上颇有对罗伦上面那段话的补充和修正的意味（吕坤此段话当然不一定是直接针对罗伦以上的说法而发的）。吕坤似乎已开始意识到了这种类比的局限性。他认为在平时士人作为男性应该有与女子不同的行为标准，仅仅在"临难守死"之时男女道德上类比才是适用的。当然这种忠臣烈女类比（analogy）的传统在中国历史上是极其深远的。根据司马迁（约前145—前86）的《史记》中的记载，我们可以了解到早在战国时代，这样的类比就已被明确提出来了，譬如"忠臣不事二君，贞女不更二夫"之类的说法。[6] 但同样的类比，在许多经历了明清易代惨痛和生死抉择的文人士大夫的话语中则含有了新的和更为复杂的意味。

我们先来看一下未婚女子是否应该为其未婚夫殉死或守节的议题。这是一个在明代文人士大夫中很有争议性的问题。[7] 在持反对意见的人当中归有光的观点是有代表性的，他称："女未嫁人，而或为其夫死，又有终身不改适者非礼也。"[8] 他的理由是一个女人在未嫁之前的首要责任是自己的父母。而这种关系只是在婚后才变为对其丈夫的责任。再晚些时候的晚明作家江盈科（1553—1605）则持有完全相反的看法。在其《徐烈女解》一文中江大力

[4]《冰雪堂记》，《一峰文集》，卷六，页21a—21b。类似的说法在元末明初的宋濂（1310—1381）的文集中也时有所见。例如《王节妇汤氏传》《周节妇》《贞节篇》，见《宋濂全集》（杭州：浙江古籍出版社，1999），页1444，1734，1851。

[5]《应务》，见吕坤、洪应明著，吴承学、李光摩校注，《呻吟语　菜根谭》（上海：上海古籍出版社，2000），卷三，页193。

[6] 见《田单列传》，《史记》（北京：中华书局，1978），卷八二，页2457；又见刘向（前79—前8）《说苑·立节》，刘殿爵编，《说苑逐字索引》（香港：商务印书馆，1992），页30。

[7] 参阅董家遵，《明清学者关于贞女问题的论战》，收于氏著《中国古代婚姻史研究》（广州：广东人民出版社，1995），页345—341。

[8] 见《贞女论》，《震川先生全集》，卷三，页41—42。

[9] 见《徐烈女解》,《江盈科集》(长沙：岳麓书社,1997),卷九,页479—480。
[10]《书顾贞女传后》,《归庄集》(上海：上海古籍出版社,1984),卷四,页301。
[11]《书柴集勋顾孺人传后》,《归庄集》,卷四,页302。

称颂姑苏徐氏为其已死去的未婚夫守节五十年。当有人指责徐氏"未适而守志为过中",江盈科则辩道：

……帝王改玉之际,为臣死忠者,其当褒无疑；食禄苟免者,其当诛无疑。乃有宾兴贡举之士,通籍于朝,未食其禄,未事其事者,曰："吾已通籍,俨然臣也,而甘心死焉,假令史氏录忠,宁不与食禄而死者同一褒嘉欤？"徐氏女之聘而未适,亦若士之通籍而未食禄者也。夫通籍而未食禄者能以死殉君,史必录其忠,则聘而未适能以死殉夫如徐氏者,奈何不得当踰赦褒之数也？[9]

当然江盈科这里的类比表面上振振有词,但从逻辑上讲是有问题的。人们可以按他的逻辑进一步问：若一个不仅没食过禄而且还未通过籍的士人以死殉君,史家难道就不应该褒扬吗？若是应该的话,那么一个女子未聘而殉死则又应该如何评价呢？这里男子通籍与女子受聘的互比性的局限性已见端倪,究竟忠臣烈女的性别属性是不一样的。(这一点下文还要论及)

这一问题在明清易代之后对许多士人来讲无疑变得更为迫切也更为复杂了。对他们来讲,这不仅仅是一个女子贞烈得是否过分的问题,而且还是一个切身的"遗民"难题了。譬如明遗民归庄(1613—1673)在这一问题上与其曾祖父归有光持有似乎同样的观点。他认为未婚女子为其夫殉死为"过情""非礼"之事。[10]

但是在探讨归庄这样的遗民所谓"烈易而节难"以及"不必烈"等观点时,我们不能不怀疑这是否与他们本人没有以身殉国的特殊遗民身份有密切的关系。[11]在一篇为几位烈妇所写的合传中,遗民史家查继佐(1601—1676)给我们讲述这样一件事：有一位名叫婉奴的女子,十六岁嫁给了一个姓章的年轻人。她不但貌美,且聪颖异常,通音律,解文义。但其夫为某人门下客。其主见婉奴而悦之,用计骗其入室求合,婉奴不从,遭拘禁。婉奴的丈夫无能施救,最后竟慑于其主的淫威而"潜避"。在其被拘禁期间,婉奴每每感叹："天下不幸为女子,婉生而男丈夫,安得有是事？"并在她被拘禁的庭院内"为男子武，行庭中数匝"。吟有诗句"今生已学男儿拜，只待须眉及后身"。临自杀前，留下遗言"婉即死，有如不以冠服衾枕从婉者，必为崇，立碎之"。最后悬梁而尽。这里查继佐行文中的所谓的性别焦虑显得特别深。首先，婉奴之所以有"烈"的必要正是由其丈夫作为男人的懦弱无能所造成的。而她对生不为男儿的感叹显然是对其丈夫缺乏男子气，无力保护自己的间接的谴责。有趣的是查继佐在这篇多位烈妇的合传的最后评论中这样写道：

> 烈以一时，而贞则终其身，似较难。但持之久而克全者，或出于诗礼之门，防范之素。窭贫之势，非此不可知，故贵其一时决也。丈夫立朝处变，常以爱其身为百世唾，而轻望之闺门中也哉！[12]

查继佐认为表面上看"烈"似乎比"节"更难。但要全节，要持之以恒并不容易，尤其是对一个生在穷人家的女子来说。所以在判断一个士人时，人们应该参考闺门中节烈难易的例子。当然查继佐本人在明亡之后也是选择了活下来做遗民的。至于他本人一生是否做到了"全节"，那就要看用什么标准来评判了。[13]

生死的抉择对明遗民来说是一个极其敏感的议题。[14] 在这方面陈确的文章《死节论》大概是最有名的。陈确的老师刘宗周（1578—1645）是明末著名的士大夫。明亡后，他绝食而死。为此作为学生的陈确常常为自己的"懦不能死"而深感内疚。[15]不少没有选择死国殉君的明代遗民都是以"屈身养母"的理由来为自己的行为开脱的。刘宗周的另一更有名的学生黄宗羲（1610—1695）就是如此。[16] 但是同样的"屈身养母"的选择对当时的一个女子来讲是不可能的。女子正是为了不能屈身而必须作杀身的选择。就士人而言，屈身仅仅是失节的一种象喻而已。当顾炎武（1613—1682）感叹不少宋代遗民晚年"失身"时，他所谓的"失身"也仅仅是一种形容。[17]但对一个女

[12] 见《妇烈》，《罪惟录》（杭州：浙江古籍出版社，1986），卷二八，页2561—2562；类似的观点又见于《女贞》，同卷，页2555。

[13] 关于这一问题，请参阅区志坚，《略论明遗民查继佐晚年生活之研究》，《中国文化研究》，1996年第4期，页50—56。

[14] 对这一问题，已有专著研究，如何冠彪，《生与死：明季士大夫的抉择》（台北：联经出版社，1997）。另外赵园在她的近著《明清之季士大夫研究》（北京：北京大学出版社，1999）也有深入的探讨（见页23—49和页373—401）。

[15] 《祭山阴刘先生文》，《文集》，卷一三，《陈确集》（上海：上海古籍出版社，1984），页307。

[16] 《兵部左侍郎沧水张公墓志铭》，《黄宗羲全集》，册十，页285。

[17] 《广宋遗民录序》，《亭林文集》，卷二，《顾亭林诗文集》（北京：中华书局，1959），页33。

而言屈身或失身则是"实实在在"的。所以一个简单而重要的事实就是女性的贞操是以其肉体的"身"(body)为焦点的,在士人,则不然。所以杀"身"的压力也相应要小得多。显然忠臣贞妇的类比无论在逻辑上或性别意义上讲都是有种种限度或不适宜之处的。

再回来看陈确,正因为自己没有为先朝死节,在其"死节论"中,他的情绪显得特别激动:

> 嗟乎!死节岂易言哉!死合于义之为节,不然,则罔死耳,非节也。人不可罔生,亦不可罔死。三代以前,何无死节?非无死节也,无非死节者,故不以死节称也。三代以后,何多死节者?非多死节也,无真死节者,故争以死节市也……自此义不明,而后世好名之士益复纷然,致有赴水投缳,仰药引剑,趋死如鹜,曾不之悔。凡子殉父,妻殉夫,士殉友,罔顾是非,惟一死之为快者,不可胜数也。甚有未嫁之女望门投节,无交之士闻声想死,薄俗无识,更相标榜,亏礼伤化,莫过于此……甲申以来,死者尤众,岂曰不义,然非义之义,大人勿为。且人之贤不肖,生平俱在。故孔子谓"未知生,焉知死"。今士动称末后一着,遂使奸盗倡优同登节义,浊乱无纪未有若死节一案者,真可痛也![18]

在《书潘烈妇碑文后》一文中,陈确又写道:

> 使烈妇知此理,必不死。然使烈妇忍死立孤,穷饿无以自存,人岂有周之者?白首而死,亦岂有醵葬之而碑之,传记之,诗歌之者?夫速死之与忍死,其是非难易皆什伯,而士往往舍此而予彼……烈妇亦从一而终足矣,何必殉死?然不殉死,天下何繇知烈妇?语云:"三代而下,士惟恐不好名。"[19]

在这里我们不能不说陈确触及了问题的关键,贞节说到底就是一个好名的问题。可是陈确的慷慨陈词不也正是为了维护他本人因没死国殉节而受

[18]《文集》,卷五,《陈确集》,页152—154。
[19]《文集》,卷一七,页395—396。

到损害了的名誉吗？就连他也无法完全逃脱好名的嫌疑。

我们甚至可以说正因为是未能死国殉节所造成的罪孽感迫使这些遗民更热衷于记录颂扬那些已经死节了的忠臣烈女。能使这些忠臣烈女在史书记载中得以永垂不朽成为他们作为遗民苟活于异族新朝的最冠冕堂皇的理由。这一点从遗民诗人屈大均（1630—1696）的作品中也时有所见。像陈确一样，屈大均也因为自己没有跟着其老师殉国而负疚很深。他自我辩解的理由也是"养母"："人尽臣也，然已仕未仕则有分，已仕则急其死君，未仕则急其生父，于道乃得其宜。"[20] 这里屈大均认为已入仕的应以尽忠为第一，而像他这样一个未入仕的则尽孝更重要。所以除了"养母"尽孝之外，他没死忠的原因是他作为一个布衣没有尽忠的职责。陈确也曾有过同样的说法。[21] 但是与陈确不同的是屈对未嫁女是否应为其未婚夫殉死这一问题的态度却显得有点暧昧：

[20]《周秋驾六十寿序》,《翁山文外》, 卷二,《屈大均全集》(北京：人民文学出版社, 1996), 册三, 页92。
[21] 见《寄吴衷仲书》,《文集》, 卷二,《陈确集》, 页102。
[22]《未嫁殉夫烈女传》,《翁山文钞》, 卷四,《屈大均全集》, 册三, 页366。

> 夫女已许人，夫免丧而弗取则嫁，礼也，以夫绝我也。今之未嫁而夫死则死之，夫未绝我，我其忍绝夫乎？不忍绝夫则仁矣。仁至斯礼至，而或以为贤智之过，则夷奇之于商也。君臣之分亦微矣，而首阳之死，孔子仁之何歉？且夫为妇与为女不同，妇可以无死，以节而终其夫家之事；女则可以无生，以烈终其一身之事……嗟乎！吾为《四朝成仁录》，自烈皇帝以来，韦布之士，未仕而死其君者，何多其人也！若女子之烈，自宋典至吴，凡十有一人，吾取以为女宗焉。以视夫被执不污，触锋刃而死，抑又难矣。自女以为吾未尝妇也，而不有死其夫；士以吾未尝臣也，而不有死其君。于是天下之为女为士，致有不可言者矣。[22]

屈大均似乎觉得女子为其未婚夫殉死如同未仕之士人殉国一样是值得称颂的。但他们若作出了其他的选择那也是无可非议的。这里他特别提到了他纂修《四朝成仁录》这件事是颇具深意的。也就是说屈没有选择殉国有更深的一层道理——他活下来是为那些已经成仁的忠臣烈女作传的。他没有选择殉国是因为他有义务活下来以便能将那些已经殉国的忠臣烈女的可歌可泣的事迹载入史册。所以他不殉国是为了那些已殉国的人不被后世忘却，为他们的青史留名。说到底，不还是为好名吗？这里不禁使我们又联想到了汉代的司马迁的著名例子来。照司马迁自己的说法，他之所以在宫刑与死刑两者间选择了前者是因为他要活下来写完他尚未完成的史书《史记》。[23] 这种士人为"忍辱苟活"而作的自辩在中国历史上是屡见不鲜的。

明末清初文坛领袖钱谦益（1582—1664）在明亡之际身为朝廷大臣不仅没有选择殉国，而且还投降清军做了贰臣，为此常遭世人非议。其罪孽感之沉重是可想而知的。据许多清代笔记记载，当南京南明王朝行将覆灭之际，钱谦益的爱妾名妓柳如是（1617—1664）要与他双双自杀殉国，但钱却没有勇气，最后还是做了贰臣。[24] 正是因为他有这样特殊的经历，钱谦益的贞节烈女观就显得特别微妙。在《明旌表节妇从祖母徐氏墓志铭》一文中，钱谦益一开始就表示因自己的过去，他实际上是没资格写这篇文章的："谦益不忠不孝，惭负天地，其敢腼然执笔，贻羞简牍，若节妇之为妻为妇为母，尽瘁于我钱氏，不忍以弗其志也。"[25] 他之所以不顾廉耻写这篇墓志铭仅仅是为了不让他们族里的节妇的事迹被埋没。确实在钱谦益明亡以后的作品中有关节妇的文章不多，而有关烈女的则更少。对一个苟活异族新朝并做过贰臣的人来说，节烈当然是一个非常敏感而甚至难堪的题目。但就是在这篇节妇墓志铭中，钱谦益还是不忘为自己辩护。在历述徐氏二十四岁丧夫，守节至七十八岁去世以及她种种守节的事迹之后，钱谦益文章结尾的那段议论显得尤为意味深长：

呜呼！女妇之殉夫，臣子之殉国，其于生死之难也，一而已矣……传不云乎？召勿之死也，贤其生也。管仲之生也，贤其死也。靡之不死相也，婴之不死朔也，与夫人之不死何异？靡祀夏，婴立赵，死者复生，生者不惭，而后乃知其贤于死也……其不死也，以有为也，以有待也。其视夫引刀雉经，以

[23] 见《报任少卿书》，《全上古三代秦汉三国六朝文》（石家庄：河北教育出版社，1999），册1，页501—503。
[24] 参阅陈寅恪，《柳如是别传》，《陈寅恪集》（北京：生活·读书·新知三联书店，2001），页881—882。
[25] 《牧斋有学集》（上海：上海古籍出版社，1998），卷三三，页1193。
[26] 《牧斋有学集》，卷三三，页1194。

一死为能事者，孰难孰易，亦顾所自矢者而已矣。虽然，必如节妇，而后可以不死；必使节妇之不死，而后可以有辞于死者。[26]

我们完全可以把这段议论读作钱谦益的自辩状。这里"其不死也，以有为也，以有待也"难道不可以说成是他没有殉国的原因吗？他投降了清廷之后，又积极参加了当时南方的反清复明的活动。如他那时"以一死为能事"而轻易地殉了国，则后来怎么有机会再帮助那些反清复明的人士呢？更不要说做他的学问，著书以存汉文化方面的贡献了。

在探讨易代的惨痛经历与文人士大夫有关贞节烈女话语之关系时，还有一个更有趣的现象值得注意。清初的有些士人在反省明亡的原因过程中，甚至开始对传统忠臣烈女的类比本身的合理性产生了质疑（我们上文已稍稍触及了这种类比的局限性）。其中最突出的例子就是学人颜元（1635—1704）。颜元一直把明朝的覆灭归罪于士人的普遍女性化。而他后半生又是以大肆鞭挞宋学而著名。所以他将他所谓的士人的女性化归罪于程朱理学的风行也就不奇怪了：

> 儒运之降也久矣……汉宋以来，徒见训诂章句，静敬语录与帖括家，列朝堂，从庙庭，知郡邑；塞天下庠序里塾中，白面书生微独无经天、纬地之略，礼、乐、兵、农之才，率柔肥如妇人女子，求一腹豪爽倜傥之气亦无之。[27]

他又把他同时代的大多数读书人的书本知识比作"女红"，[28]疾呼"吾辈何不扬眉吐气作丈夫，顾掩口羞颜作女流乎"。[29]在颜元看来，没有比死读书更误事的了。照他的说法，这是"全以章句误乾坤"。[30]颜元的弟子王源（1648—1710）也有同样的议论："后之君臣徒以文治天下，亦安见赋诗可以

[27]《泣血集序》，《习斋记余》，卷一，《颜元集》（北京：中华书局，1987），页398—399。有关颜元之宋元以来文人女性化的观点，可参考陈登原，《颜习斋哲学思想》（初版1934年；上海：东方出版中心，1996年再版），页37—69和Jui-sung Yang的博士论文 "New Interpretation of Yen Yüan（1635—1704）and Early Ch'ing Confucianism in North China," Ph.D. Dissertation, University of California, Los Angeles, 1997, pp. 73-119.

[28]《答何千里》，《习斋记余》，卷四，《颜元集》，页459。

[29]《性理评》，《存学编》，卷三，《颜元集》，页73。

[30]《由道》，《存学编》，卷一，《颜元集》，页40。同时颜元对他所谓的朱熹的重文轻武以及对后世的恶劣影响也大加鞭挞，见《四存编》，戴望编，《颜氏学记》（台北：明文书局，1985），卷一，页17a。

退敌而大学章句足解厓山之祸也？"[31] 按王源的看法，诗赋与道学的兴盛是与宋王朝的衰亡有密切的关系的。颜元甚至指责朱熹过分强调读书直接导致了许多读书人的"败精"：

> 朱子一日腰疼甚，时作呻吟声。忽曰：人之为学，如某腰疼方是。医工皆知好内之人必腰疼，败精也；不知好读、好讲、好著之人必腰疼遗精……故吾友习公寡欲，尝岁月不入内，而夜夜遗精，以其读、作也。今天下尽弱病之儒，晦翁遗泽著也。[32]

这也就是说长期的书斋生涯直接造成了这些文人在体质上男子气的丧失："况今天下兀坐书斋人，无一不脆弱，为武士、农夫所笑者，此岂男子态乎！"[33] 这都是由朱熹等人过分强调静坐读书酿成。

更重要的是这些女性化的士人一旦国家有难，则根本无法承担起男子汉保家卫国的义务："宋元来儒者却习成妇女态，甚可羞。无事袖手谈心性，临危一死报君王，即为上品矣。"[34] 当然颜元这句话是实有所指的。当李自成的农民起义军兵临城下时，守将施邦曜竟束手无策，惟能杀身成仁而已。而据颜元自己说，当他读到施邦曜的绝命诗时，不禁感慨万分："吾读甲申殉难录，至'愧无半策匡时难，惟余一死报君恩'，未尝不凄然泣下也。"[35] 在颜元看来，施邦曜这类以死报君王的行为至多只能算作"闺中义妇"之所为。言下之意，这还称不上大丈夫的义举。

在另一篇烈妇传记中，颜元在大肆颂扬了一番烈妇的忠贞行为之后突然笔锋一转，来了下面一段颇出人意料的议论："但忆山左张进士有'乾坤久不闻清语，巾帼何缘有大儒'之句。噫！巾

---

[31]《立国论》，戴望编，《颜氏学记》，卷八，页 24a。

[32]《朱子语类评》，《颜元集》，页 259。

[33]《性理评》，《存编》，卷三，《颜元集》，页 73。这里颜元对这种静坐读书所造成文人的"遗精痿嗽"也有论述，尽管没有点朱熹的名。

[34]《学辨一》，《存学编》，卷一，《颜元集》，页 51。

[35]《性理评》，《存编》，卷二，《颜元集》，页 62。施邦曜这首绝命诗似在明清易代之际流传颇广。在清初许多文献中都有记载，只是文字上略有出入。见黄宗羲《左副都御史赠太子少保忠介四明施公神道碑铭》，《黄宗羲全集》，页 323 和计六奇，《明季北略》（北京：中华书局，1984），页 511。关于鼎革之际许多明朝官员在明朝军队一败涂地的情况下，动不动在自杀前写绝命诗，不少清初文人颇有微词。譬如在他们在评点小说《三国演义》时，颇有"明遗民"倾向的毛伦和毛宗岗父子就对小说中汉献帝被逼喝毒酒之前还要作绝命诗大加讽刺："甚矣，帝之多文也！既佞怀诗于前，仍复作绝命诗于后。文章无救于祸患，我为天子一哭，更为文章一哭。"见陈曦钟等编，《三国演义会评本》（北京：北京大学出版社，1986），第四回，页 43。这里诗赋几乎成了懦弱无能的表征。

帼而大儒，堪为乾坤庆，大儒而巾帼，宁不为乾坤伤哉！"[36] 这里使我们不禁想起上文所提到的明中罗伦的那句话："使士君子而皆此妇人焉，则人之国家岂有丧亡之祸哉？"而颜元所担心的恰恰是"士君子皆此妇人"这一类现象的发生，因为他以为杀身成仁之类的行为在本质上是一种女性行为。进一步说，士君子若真能担当起男人应该做的事，在战场上杀敌建立功业，有效地保卫了国家，那杀身成仁，也就根本没有必要了。简而言之，这种杀身成仁的"闺妇式的困境"则完全是由作为男人的士君子之无能所造就的。而明末守将施邦曜的绝命诗正是这种士君子女性化的最可悲的绝唱。在他看来，这不是大义凛然的杀身成仁，而是一个无能的朝廷命臣的无可奈何的悲剧。

另外值得一提的是清廷强行实施的剃发令，即所谓的"留发不留头"，对清初遗民的男性自尊所构成的威胁。[37] 在屈大均的文集内我们可以读到许多抗议满清政府剃发令的诗文。[38] 在《藏发赋》一诗中，他宣称"鬓然既去，何用须眉"。也就是说，既然头发剃了，那要眉毛胡须有什么意思。言下之意，剃了头发，男人也就不再是男人。在《长发乞人赞》里，他更是直接形容按清朝发式剃了头的人是"刑余之人"。我们知道"刑余之人"一词可以指受过宫刑的人，司马迁在他著名的《报任少卿书》中就用这个辞来形容自己是一个受过宫刑的人。[39] 显然在屈大均看来，就男子所感到的屈辱而言，被迫剃发与被阉割是没有多大差别的。清政府虽然最后成功地强迫汉族男人剃了发，但对于汉族女子的缚小脚的习俗却禁止不了。有所谓"男降女不降"之说。所以清初许多士人捍卫女子小脚的"尊严"成了保存汉民族文化的义举。[40] 但是他们还是仅能通过捍卫所谓汉族女性的尊严来慰藉自己作为男子被象征性阉割后受到了创伤的心灵，就像颂扬烈女似乎能弥补他们自己没有殉国的过失。这里所谓忠臣节妇的类比就显得更有反讽意味了。

[36]《二烈妇传》，《习斋记余》，卷五，《颜元集》，页485。
[37] 参阅陈生玺，《明清易代史见》（郑州：中州古籍出版社，1991），页141—192 和 Frederick Wakeman, *The Great Enterprise: The Manchu Reconstruction of Imperial Order in Seventeenth-Century China* (Berkeley: University of California Press, 1985), pp. 646-650.
[38] 参阅赵园，《明清之际士大夫研究》，页308—317以及林丽月，《故国衣冠：鼎革易服与明清之际的遗民心态》，《台湾师大历史学报》，2002年第30期，页39—56。林教授的大作是我本文初稿写完之后才有幸读到。在此我要感谢林教授赐赠大作以及她对拙文提出的意见。
[39]《报任少卿书》，页501。
[40] 参阅 Dorothy Ko, "The Body as Attire: The Shifting Meanings of Footbinding in Seventeenth-Century China," *Journal of Women's History* 8.4(1997) : 19-22.

当然感叹士人的女性化不是到明清易代之后才开始有的。例如那位以刚正不阿著称的明代清官海瑞（1514—1587）在半个多世纪前就曾抱怨道："儒者迂远而阔于事情，无所用之。有贼临城行冠礼者，有一筹不展，抱守忠义，俯首就戮者。圣人原无此等道理，原无此等忠义也。"[41] 海瑞的这种对文人只知死守忠义而毫无实干能力的批判与清初颜元和王源等对明代男性士人性别定位上的更直接的审察可以说是一脉相通的。与海瑞差不多同时代的李贽（1527—1602）则更是把士人的女性化的原因一直追溯到孔夫子那里。他把《论语·卫灵公》中的一段："卫灵公问陈于孔子。孔子对曰：俎豆之事，则尝闻之；军旅之事，未之学也。明日遂行。"[42] 作为证据之一，抨击儒家重文轻武所酿成的恶果：

> 自儒者以文学名为儒，故用武者遂以不文为武，而文武从此分矣，故传武臣。夫圣王之王，居为后先疏附，出为奔走御侮，曷有二也？唯夫子自以为尝学俎豆，不闻军旅，辞卫灵，遂为邯郸之妇所证据。千万世之儒皆妇人矣，可不悲乎！[43]

同时在许多晚明的笔记中，我们可以读到对当时士人在穿着打扮上日益趋近妇女的种种感叹和不满。譬如李乐（隆庆二年进士）曾提到在许多地方"凡生员读书人家有力者，尽为妇人红紫之服，外披内衣故不论也。"从而使他作了"遍身女衣者，尽是读书人"的感叹。[44] 比李乐晚一辈的沈德符（1578—1642）则对当时的有些士大夫像妇人一样时尚傅粉的风气大为不满，讥讽他们为"佩剑丈夫以嫔御自居"[45]。

当时大名鼎鼎的山人陈继儒（1558—1639），虽一生拒绝做官，但对朝

---

[41]《复欧阳柏庵掌科》，见海瑞撰，陈义钟编校，《海瑞集》（北京：中华书局，1962），页443。

[42]《卫灵公上》，见程树德编，《论语集释》（北京：中华书局，1900），卷三一，页1049。

[43]《藏书世纪列传总目后论》，《藏书》，见李贽撰，张建业编，《李贽文集》（北京：社会科学文献出版社，2000），册三，页37。历史上绝大部分的学者都为《论语》所提到的孔子的行为辩解说：孔子之所以不愿意与卫灵公谈"军旅之事"，是因为后者是个无道之君。见程树德编，《论语集释》，卷三一，页1050。刘向则认为《论语》中的这段对话显示出孔子的"贱兵贵礼"的倾向。见《杂事》，刘殿爵主编，《新序逐字索引》（香港：商务印书馆，1992），页27。颜元在这一点上为孔子所作的辩护也值得一提：他首先认为孔子于军旅之事是深有素养的。在这里他只不过是想矫正这位过于好战的君王的"偏好"。而"后儒丑于妇女之习者，便以此借口，误矣"。见《四书正误》，卷四，《颜元集》，页220—221。这里颜元所谓的"后儒"很有可能指的就是李贽。

[44]《续见闻杂记》，见李乐撰，《见闻杂记》（上海：上海古籍出版社，1986），卷一〇，页816—817。

[45]《傅粉》，见沈德符，《万历野获编》（北京：中华书局，1959），卷二四，页620—621。

廷命官在保家卫国上的无能也不时有很深的感受：

[46]《峭》，见陈继儒等，《小窗幽记》（外二种）（上海：上海古籍出版社，2000），卷三，页41。

[47]《孔小优传》，见邹漪纂，《启祯野乘》（台北：明文书局，1991），卷一三，页18b。

> 今天下皆妇女矣。封疆缩其地，而中庭之歌无犹喧；战血枯其人，而满座貂蝉之自若。我辈书生，既无诛乱讨贼之柄，而一片报国之忱，惟于寸褚尺字之间见之，使天下之须眉而妇人者，亦耸然有起色。[46]

在陈继儒看来，那些身负保卫国家重任的朝廷命官将士都已变得像妇人一样软弱无能。而他作为一个布衣书生也只能够试图用文章来激起这些"须眉而妇人者"的男子气。其无可奈何之情是可以想见的。换句话说，虽然这里陈继儒抨击了那些入仕的士大夫的女性化，但作为一个布衣书生，他可以作为的机会也是很有限的，至多只能作一点文字上的申述而已。像屈大均一样，这里陈继儒似乎在暗示如果一个士人能在文字上有所贡献（立言），他也许还能挽回一点他已丧失了的丈夫气，就如同近两千年前司马迁试图向世人宣示他那部千古不朽的《史记》的完成能在某种程度上弥补他因宫刑所失去的"男子气"。归根到底陈继儒自己也是深感被女性化之压力的，因为"今天下皆妇女"这个判断对作为一个士人的陈继儒本人来说也应该是适用的。但鼎革之后有关士人女性化的种种感叹则具有了更深刻更微妙的意味，并且这种对士人性别的审视往往与清初文人士大夫对明代文化的反思是分不开的。这一点我们在颜元的许多言论中已经有所领略。

现在让我们再进一步探讨一下清初文人士大夫因性别混淆而产生的种种焦虑。邹漪（1645年在世）在他为一位戏子孔四郎写的小传结尾中有一段感触很深的议论：

> 优以身事人者也。而独不肯事贼且为守经报仇，身死犹植立壮矣哉！原纪列诸妇女，予谓巾帼怀贞犹称士行，况四郎实男子耶！名之义士，谁曰不宜？况乎敷粉镊须，泣鱼啮被。今日举世人皆妇女矣，即谓四郎为从一而终之淑媛可也。[47]

关于男优孔四郎与武将常守经之间的男风韵事以及前者为后者殉情报仇的事迹在明清之际的野史中时有记载。[48] 作为优伶的孔四郎因为"以身事人"而被人当作"妇人"。因此他的事迹在一般的记载中总是被列在"妇女"类的。但在邹漪所写的史书中他却将其小传与男性士大夫的传记列在一起。邹漪的理由是一个女人因其忠烈义举尚要被称赞成女中丈夫，更何况孔四郎本来就是个男人。将他列为"义士"自是完全应该的。更有意思的是邹笔锋又一转进一步指出，既然现在这个世界上，男人们都喜欢打扮得男不男女不女的，陶醉于男色龙阳之情，那么反过来说孔四郎是一个节烈女子也未始不可。在邹漪的议论中，男女的性别界限显得特别模糊。在他赞美优人孔四郎节烈的字里行间我们不难看出他对士人的性别归属的忧虑。这是一段充满了矛盾的议论。

类似性别界限的混淆以及由此产生的忧虑也可以从屈大均所撰写的《孝陈传》中体会出来。此传初读之下似乎没在"性别界限"的混淆上显出什么特别明显的焦虑。屈告诉我们陈氏原来是个女子，为了尽孝于她没有儿子的父亲，她屡次拒婚。直至二十五岁时，在其父亲的逼迫下，她才勉强嫁给了一个农夫。但她还是念念不忘其父，时时将她所做的竹器等卖了接济其父。一次回家去见其父，路上大雨瓢泼，她在庙中避雨，私祷曰："予奈何不为男，以致至斯也。"又一日，她偶然喝了庙附近的小溪中的水，回家后得了"热疾"，下体剧痛，忽然变成了男体。大家都认为陈由女变男皆是其孝心所至，并将一个女子嫁了给"他"，"陈又为人夫焉"。屈大均解释道："陈少名阿云，自化为男，未有名。人以其始为女而终为男，不可以复女子，亦不可以竟男子也。但称之曰孝陈云。"最后屈大均评论道：

> 予读史传，凡女子化为男者，盖多有之。京房《易传》曰："女子化为丈夫，兹谓阴昌，贱人为主。"又曰："女化为男，妇政行也。"嗟乎，此所谓不祥者非耶？乃孝陈之事则不然，其祷于神而得化为丈夫也，以其父之无所依也。是

[48] 例如在当时的野史小说《新编剿闯通俗小说》中有更详细的记载。见《剿闯小说》(上海：上海古籍出版社，1990)，卷五，页16a—17a。

以孝而化者，不可谓之非祥也。[49]

但我们知道孝陈变男是因为"其父之无所依也"。也就是说，如果其父另外有儿子，这样女化男的奇迹也就没有必要了。难道许多烈妇贞女的义举不也正是因为国家"无所依"或男性士人的无能所造成的吗？关于对"阴盛阳衰"的焦虑我们下面还会论及。在这里要指出的是尽管屈大均一再声称因为孝情而产生的女化为男的现象不能看作"不祥"来解读，我们还是能感受到那种隐隐约约对阴阳混淆的困惑。因为"孝陈"既不复是女子，"亦不可以竟男子也。"而这种阴阳混淆对许多处于"衰世"中的文人来说则具有更令人担忧的含义。

我们还可以从另外一个角度来审视清初士人的性别焦虑。即使在盛赞贞节烈女过程中，不少文人士大夫还是会为这种"阴盛阳衰"的现象感到不安，将它作为"衰世"的表征来解读。譬如归庄的《天长阮贞孝传》一文写道："吾读《天长县志》所载人物寥寥，惟宋有孝子朱寿昌，为东坡兄弟所称；而节妇顾得三十余人……嗟乎！衰世之人才乃多钟于闺阁耶？"[50] 而这一点清初大儒孙奇逢（1585—1675）在他所撰写的《李节妇于氏传》中讲得更是明晰：

> 孝子也、忠臣也、节妇也，一而已矣。乃妇人之贞多见于荒村冷巷，而臣子之节则难概望于显士通人。此非习诗书秉礼义、峨冠博带之士反出闺阃女流下，盖阴阳消长之数所由来远矣。从古治日少而乱日多，君子少而小人多。明示阳之不能敌阴，故阴曰群阴，阳曰孤阳。激而言之，至谓举世皆妇人、满朝皆妇人，总叹冠而笄者不可胜数。得不借笄而冠者以为维风砥世之机。[51]

从孙奇逢的这段话我们可以看出"举世皆妇人"之类的哀叹在当时的文人士

[49]《孝陈传》，《翁山文钞》，卷四，《屈大均全集》，页366—367。
[50]《天长阮贞孝传》，《归庄集》，卷七，页422。
[51]《夏峰先生集》（《百部丛书集成》本），卷五，页42b。在《司礼监掌印云峰高公墓表》一文中，孙奇逢曾感叹崇祯皇帝自杀时，殉义的太监竟然比殉义的武将要多得多。同上，卷7，页22b。这里不禁使人想起上文提到的邹漪对"以身事人"的孔四朗之节烈的议论了。孙奇逢的这些感触很可能与他敏锐的"性别意识"（gender consciousness）"或"性别潜意识（gender sub-consciousness）"有关。关于这一点读者还可参阅其《丈夫说》，同上，卷八，页34b—35a。

大夫中间是一个很普遍的看法。他认为有关"笄而冠者"的许多称颂实际上是对乱世之中阴长阳消的一种间接的无奈,这是与对越来越女性化的士人或"冠而笄者"的忧虑分不开的。这实际上是一种没有选择的选择。若按照孙奇逢这里的逻辑推下去,我们则可以得出这样的结论:士人关于"笄而冠者"或烈妇贞女的称赞越多,则说明他们对于自身女性化"冠而笄"的焦虑也就越深。

过去士人评论历代兴亡时常常会将所谓的末世说成是一个"积阴"的时代。王夫之(1619—1692)在评论南宋遗民许衡(1209—1281)时说道:"许衡欲行道于积阴刚骜之日,得免于凶,固无丈夫气也。"[52] 他认为许衡在异族新朝之所以最后因缺乏丈夫气而做了一个没有全节的南宋遗民,部分原因是宋末元初实在是个"积阴刚骜"的年代。当然在清初明遗民的话语中"述宋"往往是这些遗民他们自己的"自我述说"。[53]

在明亡将近一个世纪以后,戏曲家董榕(1732—1752年在世)写了一部题为《芝龛记》的传奇。此传奇描述明季两女英雄秦良玉和沈云英的事迹。在传奇前面的《凡例》中,董榕写到:

> 欲叙女功,先叙女祸。盖明季一纯阴之世界也。自神宗静摄,郑妃擅宠,为阴之始凝。嗣即阉宦四出,案狱迭兴,至熹庙之客魏乱政,阴盛极大矣……独二女为阴中阳,以阳胜阴,在才德而不在体质,实以免乎阳也。[54]

在这里董榕尽管声称两位女杰就"才德"而言可称得上是"阴中阳",但读完传奇之后,读者的最主要的感受还是"阴盛阳衰"。无怪乎作者在《凡例》中还要感叹:"屈指明季,须眉有几?"董榕的同时代人范泰恒在其为此传奇写的《跋》中写道:"余观故明末造,口谈道学须眉如戟辈,或俯首降贼;中原陆沉,办贼者又多束手无策。何儒生不如武夫?丈夫不如妇女?"[55] 尽管那些胜过男子的妇

[52]《周易内传》,卷一下,《船山全书》(长沙:岳麓书社,1988),第1册,页135。

[53] 参阅赵园,《明清之际士大夫研究》,页274—279。另一位与王夫之同时代的明遗民陈忱(约1614—?)在他的小说《水浒后传》的结尾时则称宋末是个"纯阴"的时代。

[54] 蔡毅编,《中国古典戏曲序跋汇编》(济南:齐鲁书社,1989),页1713。关于此部传奇,可参考 Wai-yee Li, "Heroic Transformations: Women and National Trauma in early Qing literature," *Harvard Journal of Asiatic Studies*, 59.2(1999):390-391。

[55]《芝龛记·跋》,《中国古典戏曲序跋汇编》,页1719。

女是值得称颂的，但这多多少少也反映出了男人的懦弱无能。在这层意义上说，这就是"阴盛阳衰"，虽然按董榕的说法，才德上杰出的妇女有时也可以被视为"阳"。

总而言之，在清初有关贞节烈女的书写中，文人士大夫经过易代之后显现出的男性焦虑更为深重。他们一方面仍然继续颂扬贞节烈女并感叹文人士大夫群体自己作为男性的表现的相形见绌，另一方面却又意识到在这种类比背后隐藏着的潜在的危险和尴尬：士人作为国家的男性臣民有着不同的义务和职责，所以评判的标准也不一样。如果过分提倡这些贞节烈女作为士人的楷模，是否会有进一步加深他们女性化的可能？这里阴阳的界限是否会变得更加模糊了？虽然明季已有人开始意识到了忠臣烈女类比的局限性以及士人女性化的种种问题，鼎革之后的颜元则很有可能是第一个把这样的性别焦虑和对这种类比的传统之怀疑如此清晰地表述出来的学者。要知道不管那些贞节烈女的道德情操如何可歌可泣，一个国家永远还是要男人来治理的。可悲的是节烈女子越多，则往往越说明世道的衰败和男性的失职，因为如果躬逢盛世，杀身成仁的需要就不会那么多。而盛世之到来和维持则最主要靠男性士人们的努力。他们作为臣民的首要任务是经世治国而不是动不动以死节为能事。照颜元和当时与他观点相同的人的看法，那些死节殉国的所谓忠臣充其量不过是个孝女，还称不上孝子。死节，尽管可歌可泣，归根结底是一种女性化的行为。清初文人贞节烈女的话语中充满了亡国后的男性焦虑和因深感宇宙间阴阳平衡失调而产生的危机感。

如果我们将这些所谓"笄而冠"的烈妇贞女的高大形象与十七世纪笔记和小说中颇为常见另一引人注目的妇女形象"悍妇"联系起来加以考察的话，我们则能更进一步体会到许多清初士人的男性忧虑为何如此之深。[56] 白话长篇小说《醒世姻缘传》是一部以悍妇为题材的作品。小说中男人几乎个个是惧内的。其中的吴推官有这样一番感叹："世上但是男子，没有不惧内的人。阳消阴长的世道，君子怕小人，

[56] 关于中国传统文化中尤其是十七世纪文学中的悍妇形象，可参阅 Yenna Wu（吴燕娜），"The Inversion of Marital Hierarchy: Shrewish Wives and Henpecked Husbands in Seventeenth-Century Chinese Literature," *Harvard Journal of Asiatic Studies*, 48.2（1988）, pp. 363-382 以及她的 *The Chinese Virago: A Literary Theme*（Cambridge: Council on East Asian Studies, Harvard University, 1995）.

[57]《醒世姻缘传》(上海:上海古籍出版社,1981),九十一回,页1304。

[58] 关于南宋末期士人的男性焦虑,请参 Richard L. Davis, *Wind Against the Mountain: The Crisis of Politics and Culture in Thirteenth-Century China*(Cambridge: the Council on East Asian Studies, Harvard University, 1996),特别是 Chapter 5.

[59] 梁启超《中国之武士道·自叙》,《饮冰室合集》(北京:中华书局,1989),册7,页17—23。另外陈平原有关晚清士人崇尚侠义的讨论在这里也有些参考价值。见氏著《论晚清志士的游侠心态》,淡江大学中文系主编《侠与中国文化》(台北:学生书局,1993),页227—268。

[60] 参阅 Susan Brownell, *Training the Body for China: Sports in the Moral Order of the People's Republic*(Chicago: University of Chicago Press, 1995), pp. 44-48. 关于颜元对武术的热衷,见马明达,《颜李学派与武术》,《说剑丛稿》(兰州:兰州大学出版社,2000),页112—119。

[61] 这个问题当然不是本文所能详细讨论的。有关晚清民初研究颜元热潮的兴起,可参考 Jui-sung Yang, "A New Interpretation of Yen Yüan," pp. 210-259.

活人怕死鬼,丈夫怎得不怕老婆?"[57]据他的说法,这种"阳消阴长"的现象只是更深的社会危机的一种表征而已。生存于"节妇贞女"和"泼妇悍婆"之间的"夹缝"里,许多士人的男性尊严在经历了易代的创伤之后似乎受到了进一步的挑战和威胁。

中国历史上一个有趣的现象就是每当亡国之际,尤其是被异族征服后,文人士大夫很容易产生所谓的性别忧虑,为自己作为男人的失职而自责。宋元之际有过,[58]明清易代后更是明显。就是到清末民初,当中国被世界列强肆意宰割时,许多志士如梁启超、章太炎等不也是哀叹中国文化之衰退而向往汉代之前的所谓武士道精神吗?[59]那时对东亚病夫的自哀与清初颜元感叹程朱理学造成了文人的体弱和女性化也有惊人的相像之处。颜元等对武术的提倡也令人想起清末民初知识分子对宣传体育功用的热衷。[60]无怪乎颜元在20世纪初叶会这么走红。[61]

是"英雄失路"还是"寡妇夜哭":徐渭的性别焦虑[*]

[*] 本文根据2003年5月在耶鲁大学召开的"中国诗学和阐释学"会议上的发言整理而成。

晚明作家袁宏道（1568—1610）在其著名的《徐文长传》一文中对徐渭（1521—1593）的诗作有如下一段的评价："其胸中又有勃然不可磨灭之气，英雄失路托足无门之悲，故其为诗，如嗔如笑，如水鸣峡，如种出土，如寡妇之夜哭，羁人之寒起，虽其体格时有卑下，然匠心独出，有王者气，非彼巾帼而事人者所敢望也。"[1] 在这里为什么袁宏道能在徐渭的诗歌中体会出"英雄"与"寡妇"这两个乍看之下似乎极不相容的倾向，而最后他又得出了徐渭是"非彼巾帼而事人者所敢望"的结论？这都是一些颇耐人寻味的问题。本文试图通过对徐渭生平中一些事迹以及它们与其诗文戏剧创作之复杂关系的重新研读来探讨他作为一个十六世纪失意文人所特有的性别焦虑（gender anxiety）。

浏览一下《徐渭集》中所收有的两千多首诗，读者很快就会对诗人对武功的热衷和颂扬留下很深的印象。从总体上看，徐渭诗歌的风格以豪放为主，充满了阳刚之气。它们颂扬的对象往往是侠客好汉或者是军人（其中不少还是他同时代的人，甚至他个人的相识）。诗中经常出现的一个意象是刀剑（或其他兵器）。当然这种尚武的倾向与诗人亲身参与当时的抗击倭寇的许多战役以及他本人和军人的密切交往有直接的关系。徐渭的家乡位于浙江沿海地区，当时经常受到倭寇的骚扰。徐渭积极投身于抗倭军事活动似乎不难理解。1558年正式投身于当时统领朝廷抗倭军队的浙江总督胡宗宪（1512—1565）帐下以后，他与军人的接触以及各类战事的参与更是有增无减。但在徐渭的这种尚武的背后可能还有其他更复杂的原因。

先看一下徐渭的家庭背景和早年的个人遭遇。徐渭的父亲徐鏓（？—1521）曾在云南、四川的边远地区做同知之类的小官。徐渭出生刚百天，他父亲就去世了。他的生母是他父亲第二任夫人苗氏的侍女。尽管苗氏因自己没有生育而待他如亲生一样，但徐渭的童年似乎并不很幸福。两位年长他许多的同父异母哥哥（其父原配夫人所生）经常与苗氏发生冲突。十岁时，很有可能因为是家庭经济困难的缘故，徐渭的生母被卖，致使他们母子分离了二十年之后才得以重新团聚。对此，徐渭在他自撰的《畸谱》中写道："苗宜人，渭嫡也。

[1]《徐文长传》，《袁宏道集笺校》（上海：上海古籍出版社，1981），卷七，页716。《徐渭集·附录》（北京：中华书局，1983），其中也收有《徐文长传》一文，页1342—1344，但文字出入很大（惜此书编者未注明此文的出处）。

159

教爱渭，世所未有也。渭百其身莫报也。然是年似夺生我者。乃记忆耳，不知是是年否？"[2] 这种母子的被迫离散对他童年的幼小心灵一定造成了很大的伤害。十四岁时，苗氏故世。他们家的经济情况更加恶化。等到他要结婚时，他们家已经为他出不起像样的聘礼了。为此徐渭后来还抱怨他们家乡有关聘礼的习俗实在不合理。[3] 最后徐渭只能选择了"入赘"的婚姻方式。尽管他的岳父待他很好，夫人也很贤惠，可婚后不久夫人就因为肺病产下儿子徐枚之后就去世了。以后徐渭又在为分长兄徐淮死后留下的财产诉讼中败诉。至于败诉的具体原因徐渭本人则语焉不详。但我们可以猜测这很有可能与他生母是个奴隶以及他自己入赘他姓有关。尤其是后者对他男性自尊的打击可能更大。因为在某种意义上说，一个"入赘"他姓的男子很有可能会被他同族的人认为他已经自动放弃了自己在本族的继承权。

在他们眼里他是被当成一个已出嫁的女子来看待的。[4] 实际上，对入赘所感到的屈辱在徐渭的文集中也有蛛丝马迹可寻。在其《亡妻潘墓志铭》一文中，徐渭写道："与渭正言，必择而后发，恐渭猜，蹈所讳。"[5] 他回忆起亡妻潘氏生前对他的种种体贴，而其中让他特别感激的是她平时和他说话非常小心，尽量避免触及对他来说可能很敏感的话题。这里他所"讳"的很有可能就是他入赘这一事实。

徐渭早年生活中一个更大的挫折是场屋的久困。虽然他自称九岁就能作八股文，但是他二十岁才考上秀才。而之后八次乡试连一次也未中。徐渭对于军功的热衷一定与此也有很大关系。在考场失意的情况下，能在战场上得意也许能成为一种心理上的慰藉。这也就是为什么徐渭在其诗作中时常流露出对"读书"的怀疑。譬如在他为胡宗宪手下著名的将军戚继光（1528—1588）写的一首诗中我们可以读到这样的感叹：

> 金印累累肘后垂，桃花宝玉称腰支。
> 丈夫意气本如此，自笑读书何所为。[6]

[2]《徐渭集》，页 1326。
[3]《赠妇翁潘公序》,《徐渭集》，页 546。
[4] 关于中国传统社会中入赘的风俗以及入赘男子所可能受到的歧视，可参阅郭松义《伦理与生活：清代的婚姻关系》（北京：商务印书馆，2000），页 314—336。尽管郭氏所讨论的是清代的情况，但对于我们了解徐渭的那段遭遇还是很有帮助的。
[5]《徐渭集》，页 634。
[6]《凯歌二首赠参将戚公》，第一首，《徐渭集》，页 343。

这里徐渭在称颂戚继光武功的同时，还特别指出所谓的"丈夫意气"是与"读书"没太大的关系的。徐渭对他一位姓曹的朋友更是羡慕不已，因为这位朋友也是一个书生，但他却以军功而博得了功名。为此徐渭还作了一组诗《凯歌四首赠曹君》。而这种羡慕在第一首和第二首中流露得特别明显：

一

曾从幕府事南征，羽檄传来急似星。
报道参戎深入处，当锋还有一书生。

二

文士争雄武艺场，桃花马上拨金将。
试看古来悬印客，那取霜毫一寸长。[7]

至于在他后来写的《今日歌》的第二首诗中徐渭对于自己作为书生的无奈还有更为沉痛的哀叹：

年年抱书不曾舍，夜夜看书烛成灺。
治生作产建瓴泻，何以将之供母寡？
丈夫本是将军者，今欲从军聊亦且。
聊亦且，诚孟浪，请看信陵君，下令于境上，
当时归养勉从军，今日从军翻是养。[8]

颇具反讽意味的是，诗人告诉我们，在过去，人们可以因家里有老人赡养而免去兵役，而现在他从军的目的恰恰是为了要供养家庭。

当然在其他场合，徐渭对于读书人或读书的重要性也会有很不相同的看法。譬如他曾在另一首诗中下过这样的断言："乾坤非人谁料理，无一不是秀才事。"[9] 尽管他一直梦想成为一个战场上的英雄，徐渭还是很清醒地认识到他自己作为一个文士的身份是很难改变的。胡宗宪延他入幕不是因为他的军事才能而是因为

---

[7]《徐渭集》，页345。
[8]《徐渭集》，页122。
[9]《送章君之海宁教授》，《徐渭集》，页716。

他的文才。[10] 据说胡宗宪为了讨好嘉靖皇帝时常向后者"献瑞"，而徐渭代胡宗宪所撰的几篇所谓的"青词"更是得到了皇帝的青睐。在晚明郑仲夔的笔记《玉麈新谭》中有这样一段记载："徐渭为胡总制幕客……胡尝戏语曰：'卿文士耳，无我哪得显。'徐应声曰：'公纵英雄，非我必不传。'"[11] 虽然徐渭对自己的文才颇为自豪，但他一向认为自己更是文武全才。他的一些朋友，譬如当时也入幕于胡宗宪帐下的诗人沈明臣，确也是如此称赞他的。沈曾赞扬徐渭是"学书学剑敌万人"[12]。而坚持对"书"和"剑"或者"文"和"武"的同时追求很有可能正是徐渭一生中所谓的"英雄失路"的原因之一（这里套用一下袁宏道的话）。尽管他自己极力想用"剑"去追求军功的辉煌，但实际上他只能作为一个文士用笔为他人的"丈夫意气"歌功颂德而已。作为幕客的他充其量唯能"以舌为刀"[13]。后来在回顾他的一生时，徐渭不得不哀叹他自己是"学剑无功书不成"[14]。这对于他自己的"丈夫意气"不能不是一个严重的打击。

  徐渭在胡宗宪帐下做幕客一定是一种很矛盾的经历。一方面，他因胡宗宪的赏识以及所受到的"国士之待"而非常感激后者。[15] 另一方面，他却时常流露出郁郁不得志的情绪。一次胡宗宪送给他一只白鹇，徐渭以此鸟为题目作了一首题为《白鹇》的诗：

    片雪簇寒衣，玄丝绣一围，
    都缘惜文采，长得侍光辉。
    提赐朱笼窄，羁栖碧汉远，
    短檐侧目视，天际看鸿飞。[16]

显然诗人将替他人做幕宾的自己比作了一只行动受到限制的笼中鸟。在《赠徐某保州幕序》一文中，徐渭抱怨道：

[10] 尽管徐渭在这方面自视颇高（见他的《上督府大人》，《徐渭集》，页465）。另外袁宏道认为在其击败庞获海匪汪直、徐海的战役中胡宗宪曾得益于徐渭的献计献策。(《徐文长传》，《徐渭集》，页1342)。但据今人徐仑考证，徐渭是在胡宗宪已庞汪直一个月后才入胡幕。见《徐文长》（上海：上海人民出版社，1962），页82。

[11] 《清言》，《玉麈新谭》（上海：上海古籍出版社，1980），卷九，页3a。

[12] 《出猎篇为徐记室王将军作》，沈明臣，《风对楼诗选》，《四库全书存目丛书》（济南：齐鲁书社，1997），卷五，页14b。

[13] 《哀诸尚书辞》，《徐渭集》，页663。

[14] 《寄彬仲》，《徐渭集》，页232。

[15] 《谢督府胡公启》，《徐渭集》，页449。

[16] 《徐渭集》，页179。

> 古之幕者，幕任其劳而长处其逸，故选必以才，而才亦得以自见。今之幕者，长兼其细，而幕处其闲，故选未必才，即才者亦不得以自见。惟不得以自见，而高者居之，则若弃，卑者居之则若营矣。[17]

在《赠金卫镇序》中，徐渭对当时的幕客制度的不满更是溢于言表：

> 自西汉至赵宋，凡文武大臣，简镇中边，职将帅，或暂领虎符，得专征者，皆得自辟士，以补所不及。毋论已仕与不仕，虽贱至皁隶厮养，亦得辟。往往有入相天子，侍帷幄，荣宠灼于当时，令名传于后世，毋怪也。明兴，始犹循之，尤称得人，然不专以幕僚目。自科举之制定，而举者颇多得人，毋事辟请。至于今，既有辟者，亦非古所辟者之主与宾矣。[18]

按徐渭的说法，古代的幕僚不管原先地位如何低下，一旦入幕，还是有展示自己才能和出人头地的机会的。可是自从明代科举制度正式确立，幕僚与其上司的关系发生了很大的变化。前者的地位下降了不少。这里徐渭触及了明代中期幕府制度沿革中的一个重要变化，即由"幕僚制"到"幕友制"或"幕客制"的演变。在"幕僚制"中，幕僚往往是被视为朝廷官僚机构的一部分，即所谓的"辟后又署"。但是在"幕宾制"的情况下，则是"辟而不署"。也就是所辟之人不是"僚"而是"宾"或"友"，所以有"幕宾制"和"幕友制"之称。幕宾或幕友只是雇佣他们的官员的私人"客人"或"朋友"。他们之间的关系是私人性质的而非官方关系的。这也意味着因为没有官僚体制的保障，这种关系的随意性就更强了。[19]

作为胡宗宪的记室，徐渭主要的工作是草拟公文以及撰写各类应时诗文。而这些代人捉刀的诗文作品事后往往使徐渭觉得颇为难堪而时时有辩护的必要：

[17]《徐渭集》，页903—904。
[18]《徐渭集》，页934—935。
[19] 当然明代由"幕僚制"到"幕友制"的演变并不是很彻底的。两种制度在实践中时有共存。详见郭润涛，《中国幕府制度的特征、形态和变迁》，《中国史研究》，1997年第1期，页3—14。

> 古人为文章，鲜有代人者，盖能文者非显则隐，显者贵，求之不得，况令其代，隐者高，得之无由，亦安能使之代。渭于文不幸若马耕耳，而处于不显不隐之间，故人得而代之。在渭亦不能避其代。又今制用时艺，以故业举得官者，类不为古文词，即有为之者，而其所送赠贺启之礼，乃百倍于古，其势不得不取诸代，而代者必士之微而非隐者也。故于代可以关人，可以考世。[20]

但这里徐渭的自我辩护显得缺乏说服力。实际上作为捉刀人的苦衷是与幕宾的"为他人作嫁衣裳"之职业性质本身有密切关系的。一个幕宾的失落感往往会比一般经历坎坷的失意士人更为惨烈。因为他们所遭遇的往往不仅仅是"士不遇"，而常常是"遇而不名"。也就是说尽管徐渭确实得到了高官胡宗宪的赏识而有了不少发挥他自己才能的机会，但是他所做的一切都是以其雇主的名义去做的。这样即使自己有所成就，也很难得到社会的直接的承认和欣赏。这也就是为什么不少长期游幕的士人会有"为他人作嫁衣裳"的感受。例如清代士人许葭村曾有下面一番感叹："弟初客辽西，旋游津淀。今春复有平舒之役。年年压线，依旧帮佣。良有村女峨眉，难为时赏耳。"[21]许将自己游幕经历比作一个嫁不出去的"村女"，唯有年年为别人作嫁衣裳。无独有偶，徐渭也写有一首题为《赋得为他人作嫁衣裳》的诗：

> 贫女悠悠嫁不成，为人刺绣事聊生，
> 骄闺袖手公相薄，依市媪腮笑亦评。
> 柳叶双描京兆对，莲花半导华山行，
> 蹉跎俩事头为白，脉脉停针此际情。

徐渭给自己的诗自注道："华山女入道见昌黎诗。莲花导，女冠簪也。"[22] 唐代韩愈（768—824）确实作有一首题为《华山女》的诗。但那是一首政治讽喻诗并带有明显反佛老的倾向，似乎与徐渭的诗作并无直接关系。[23] 而在

[20]《抄代集小序》，《徐渭集》，页536。在另一篇题为《幕抄小序》的文章中，"人不能病余"是一个中心议题。同上页。
[21]《与赵南湖》，《秋水轩尺牍》，许葭村、龚未斋，《秋水轩尺牍 雪鸿轩尺牍》（上海：上海书店，1986），页4。
[22]《徐渭集》，页351。
[23] 韩愈著，钱仲联集释，《韩昌黎诗系年集释》（上海：上海古籍出版社，1992），页1092。

这首诗中,徐渭强调的是一个贫女的处境。她因为家境穷困,只能靠刺绣为生。无论是"骄闺"还是那些"依市"的,所有的女子对她都不以为然。嫁不出去的她只能入了道。最后连头发都白了,可她还是在为他人作嫁衣裳。而在韩愈的诗中显然没有这种"为他人作嫁衣裳"的感叹。徐渭此诗的主题则是"为他人作嫁衣裳"的无奈和痛苦。这里读者自然会想起晚唐诗人秦韬玉那首著名的《贫女》诗来:

蓬门未识绮罗香,拟托良媒益自伤。
谁爱风流高格调,共怜时世俭梳妆。
敢将十指夸偏巧,不把双眉斗画长。
苦恨年年压金线,为他人作嫁衣裳。

据说这首诗广为传咏的主要原因是因为诗人巧妙地将"贫士"的形象寓意于诗中有关贫女的描写。按清代的沈德潜的说法,此首"贫女"诗是"语语为贫士写照"。[24]自秦韬玉的"贫女"诗成名以来,文人士大夫诗文中的"贫女"和"贫士"的形象就变得很难分清彼此了。[25]徐渭作为一个贫士和寄人帐下幕宾的苦衷是完全可以从他自己那首贫女诗中体会出来的。而"贫女"这一形象同时也生动地刻画出诗人的被"女性化"之后的尴尬性别困境。

胡宗宪的突然失势和死亡是徐渭一生中的一个重要的转折点。同时他的人格也似乎受到更严峻的挑战。1563年胡宗宪因与刚倒台的大学士严嵩(1480—1565)及其党羽的关联而被捕,并于两年后死于狱中。作为一个胡宗宪帐下的幕宾,徐渭为前者起草或代写过许多公牍和诗文。他完全有理由担心他自己也会被牵涉进去。另一件事情可能更加深了徐渭的这种忧心。在胡被捕后不久,礼部尚书李春芳(1511—1585)就延请徐渭入幕他的帐下。据说李春芳自己的官运亨通是与他善写"青词"深得嘉靖皇帝的欢心有关。而他看重徐渭也许正是因为后者在写"青词"上的名声。可是徐渭到任之后不久就发觉李与首辅徐阶(1503—1583)关系密切。而徐则是迫害胡宗宪的主要大臣。这

[24]《唐诗别裁》(香港:商务印书馆,1961),第四册(卷一六),页39。
[25] 关于在古典诗歌传统中贫士诗与贫女诗之间的密切关系,可参阅陈文忠,《中国古典诗歌接受史研究》(合肥:安徽大学出版社,1998),页168—182。

很有可能是徐渭在到任后很快又向李递交辞呈的原因。对此李春芳显然非常不高兴。徐渭在他自己题为《畸谱》的"自传"里告诉我们,最后直到他一些在京城中的朋友出面调停并凑足了六十两银子全部还清了李的聘金之后,他才得以脱身。

徐渭好几次用"怖"这个字来形容这次令他惶恐的遭遇。[26]他又告诉我们他第二年就"病"了。目前学界对徐渭是佯狂还是真狂这一问题还是有争议的。[27]徐渭自己曾几度企图自杀,并为此事先还写下了《自为墓志铭》。可是他自杀的方式颇令人费解。他的晚辈同乡陶望龄在他的《徐文长传》中对传主的自杀企图是这样描述的:"及宗宪被逮,渭虑祸及,遂发狂,引巨锥剚耳,刺深数寸,流血几殆。又以椎击肾囊碎之,不死。"[28]这似乎不是自杀而是触目惊心的自残。而他自残的对象却又是自己的耳朵和阴囊。当然要确切判断徐渭为什么会采取这样特别残忍的自残方式是很困难的。一个比较简单的解释是这是一个发了狂的人的举动。但就是疯狂中的行为也常常是有因可寻的。也许他要毁掉的身上这些"器官"与他的"虑祸"有着什么关系。变聋以后,也许他可以不用再听到那些有关胡宗宪和他的属下受迫害的坏消息了。但更费解的是他"以椎击肾囊碎之"的举动。这似乎是一种"自宫"(self-castration)的行为。这是不是疯狂中徐渭对于在胡宗宪出事后自己缺乏"丈夫气"的表现的一种自责?

胡宗宪死后,徐渭曾写过一篇题为《祭少保公文》的短文。全文如下:

> 于乎痛哉!公之律己也则当思己之过,而人之免乱也则当思公之功,今而两不思也遂以罹于凶。于乎痛哉!公之生也,渭即不敢以律己者而奉公于始,今其殂也,渭又安敢以思功者而望人于终?盖其微且贱之若此,是以两抱志而无从。惟感恩与一盼,潜掩涕于蒿蓬。[29]

这篇祭文和一般的祭文很不一样,这里不仅没有对死者的例常的歌功颂德,作者更对死者生前某些缺点作了贬抑。而作者又将这种对胡的贬抑与因自己没有在死者生前及时指出这些缺点而产生的自责联系在一起。这是一篇充满

[26]《畸谱》,《徐渭集》,页1329。
[27] 参王长安,《徐渭三辨》(北京:中国戏剧出版社,1995),页61—100。
[28]《附录》,《徐渭集》,页1339—1340。
[29]《徐渭集》,页658。

矛盾而又奇特的祭文。按徐渭的说法，如果胡生前能严于律己的话，那他就会经常检查自己的过失（言下之意，胡生前没有做到严于律己）从而有可能避免以后的悲剧发生；同时若别人能经常想到他剿匪的功劳的话，他们也就不会对他乱加指责了。但就是在胡帐下服务时，徐渭自己也没有完全尽到下属的责任（没能及时正面指出胡的过失）。这种缺乏勇气指出上司的过失当然与他自己所追求的大丈夫形象是有很大距离的。同时这里对胡宗宪过失的暗示也可以被读作徐渭为自己没有站出来替胡申冤所作的自我辩护。这一点尤其重要，因为在当时许多人看来，徐渭在胡宗宪失势后的表现显得更没有丈夫气。

与徐渭的这种责备胡宗宪的态度（当然也包含了自责）相比，其他受到过胡恩遇的幕宾，如与徐渭交往颇密的诗人沈明臣和茅坤（1512—1601），却表现出截然不同的"丈夫气"。他们俩为营救狱中的前府主，不顾自己的安危，到处找人为其申冤。[30]后来茅坤的儿子茅国缙（1583年进士）在为他父亲撰写的传记中还特别得意地提到了他父亲的这一耿直的举动。[31]清初的朱彝尊（1629—1709）在他的《静志居诗话》评论道："嘉则（沈明臣）、文长同受胡少保知遇……及少保死请室中，嘉则走哭墓下，持所为诔遍为讼冤，比于文长惧祸发狂者相越矣。"[32]显然在朱看来，徐渭的"惧祸发狂"相比之下是一个忘恩负义的举动。徐渭本人也一定为此而很感内疚。万历六年（1578），徐渭与沈明臣等幕中旧友相约去徽州祭吊胡宗宪。但徐渭却在半途中"觉变而返"[33]。以致他的"会须一哭胡司马"[34]的愿望以后一直没有得以实现。在他后来写的《畸谱》中，徐渭自己写道："孟夏拟至徽吊幕。至严，崇见。归复病易。"[35]有人认为这是因为徐渭在途中发觉自己精神有变。"他很警惕，便不再前行，及早回家了。回家后果然精神病复发，烦躁狂乱，极其痛苦。"[36]但我总觉得徐渭的突然折回或病发很有可能是要在这样的场合下面对像沈明臣这样的"忠臣"的压力所酿成的后果。

从某种意义上来讲，胡宗宪失势后徐渭一定

[30] 钱谦益，《沈记室明臣》，《列朝诗集小传》（上海：上海古籍出版社，1983），页496。
[31] 《先府君行实》（附录一），《茅坤集》（杭州：浙江古籍出版社，1993），页1377。
[32] 引自陈田，《明诗记事》（上海：上海古籍出版社，1990），页2132。
[33] 《记异》，《徐渭集》，页1145。
[34] 《寄答汪古矜》，《徐渭集》，页781。
[35] 《徐渭集》，页1330。
[36] 骆玉明、贺圣遂，《徐文长评传》（杭州：浙江古籍出版社，1987），页173。

感到了做"忠臣"的巨大压力。虽然这方面直接的证据很少，但尚有线索可寻。对于胡宗宪的恩宠徐渭一向是感激涕零的。这一点在他的诗文中随处可见。[37] 在其他场合下，他也曾经赞赏过那种知恩必报的烈男子行为："古人感遇，一盼杀身。"[38] 然而事实上徐渭虽然感恩于胡宗宪，但他连替后者喊冤的勇气都没有，更不用说杀身以报了。与上面提到过的胡宗宪其他幕宾如沈明臣和茅坤的种种"义举"比较，正如清初的朱彝尊所指责的那样，他的"惧祸"（怕被牵连进去）确实显得非常"不义"了。徐渭几经周折退出李春芳的幕府也可以被解释为他为避免"不忠"之嫌所采取的举动。但在旁人看来他一开始接受李的招延而入幕就已构成了"不忠"。显然徐渭对自己没有为胡宗宪站出来说话很感内疚。但另一方面他又企图为自己辩解。

在正统的道德逻辑中，忠臣和烈妇往往是两个互通的概念或形象。所以我们还可以通过徐渭的"烈妇"观来探讨一下他可能在自己是否是"忠臣"问题上所作的自我辩护。在他的诗文中，徐渭对于强迫寡妇殉夫的做法颇有微词。以往不少学者都以此来强调徐渭所谓"进步"的妇女观。[39] 但我认为我们还可以从另外一个角度来诠释这些对寡妇颇有同情心的诗作。徐渭似乎于一个姓周的寡妇的悲惨命运感受特别多。在《周氏女二首》中，诗人告诉我们周氏早年丧夫，但她的公婆不允许她改嫁。还经常虐待她。后来还硬是将周氏和她的儿子长期分开，致使许多年以后那儿子竟不认他自己的生身母亲。他们还唆使他毒打自己的生母。周氏最后不堪折磨而自杀。为此她婆家却以她的"烈妇"名义而大增光彩。为此徐渭愤怒地写道："众谇周闺，我独如刺。"因为在他看来这种"烈"毫无疑问是迫害虐待的结果。[40] 如果这两首乐府诗中徐渭还是比较"客观"地陈述了周氏的遭遇，那么在一首题为《读愍妇吊集》的七律诗中他则模拟周氏的口吻直接抗议道：

才怜劲草嗔风恶，但表贞松把雪嗔。
尔辈借将扶世风，妾心原不愿忠臣。[41]

[37] 譬如他的百句长诗《上督府生日诗》，《徐渭集》，页391—392。
[38] 《哀诸尚书辞》，《徐渭集》，页663。
[39] 饶龙隼，《明代隆庆、万历间文学思想转变研究》（重庆：西南师范大学出版社，1995），页74—77。
[40] 《徐渭集》，页51—52。
[41] 《徐渭集》，页279。

这里烈妇与忠臣完全被并列了起来。我们已经微微能体味到徐渭为寡妇周氏不幸遭遇发出的愤愤不平之辞中可能暗含的自辩之意。

同样的意思在另一首题为《节妇吟》的七律诗中也有流露。

> 缟衣綦履誉乡邻，六十年来老此身。
> 庭畔霜枝徒有夜，镜中云鬟久无春。
> 每因顾影啼成雨，翻为旌门切作颦。
> 百岁双飞元所志，不求国难表忠臣。

这首诗描绘的是一个年已六十的霜妇。她已经过了许多年的孤独的寡妇生活。但是她对旌表之类的荣耀并不特别感兴趣。尽管她与她已死去的丈夫曾许过白头到老的愿，但她选择的是守节不嫁，而不是更为激烈的自杀殉夫。这是因为"忠臣"只是在国难临头的时候才会成为一种必要。言下之意，她作为一个小女子是没有必要去做"忠臣"的，更何况现在又没有"国难"（她丈夫之死根本谈不上是国难）。当然在有些人看来，徐渭本人可能连"守节不嫁"也没真正做到。不过徐渭对"烈"的质疑在他的其他诗文作品中还有更微妙的显露。

当然，在中国传统诗文里忠臣烈女的形象经常是并列在一起的，但徐渭屡屡将忠臣的形象放置于颇为反讽的语境之中确是很耐人寻味的。这种对何谓真正的"忠臣"及其"烈行"的不以为然在《贡氏传》一文中显得更加明显。这里徐渭讲述了贡氏的事迹。贡氏丈夫得重病临死时要求她与他自己一起死，贡氏拒绝了。后来他们的女儿也死了。贡氏坚决拒绝了别人劝她改嫁的建议。她一直守寡至六十而死。徐渭评论道：

> 自古怀贞之女，与抱节之臣，其成其志也，不在于面刎颈之时，而定于感梦征妊之始。譬之于玉，可碎而不可使随。盖自山川融结之初而已然，非试于投掷而后知其然也。[42]

---

[42]《徐渭集》，页1043。

169

也就是说忠和贞并不一定只有通过"烈"才能显现出来。换言之,自杀之类的烈行和真正的"忠贞"是没有直接或必然关系的。将这种"忠而不必烈"的观点与徐渭本人在胡宗宪死后的表现联系在一起看,我们就不难觉察出其中的微妙关系。[43] 徐渭似乎在说:作为胡宗宪生前恩遇过的幕宾,他不一定要以类似"杀身"那样的烈行来表示他的节行。以上的探讨可以帮助我们解释为什么袁宏道在徐渭诗中会找出两个表面上似乎不太相符的形象:"英雄失路投足无门"与"寡妇夜哭"。胡宗宪失势后的徐渭不正是一个投足无门的英雄吗?而一个投足无门的英雄与一个孤苦伶仃的寡妇之间的差别并不是人们想象得那么大的。而且这位"寡妇"正面临着巨大的"殉夫成仁"的压力,因为别人都在期待着他能做出一些"烈行"来证明他对胡宗宪的忠贞。

[43] 目前还无法考证徐渭的这些"寡妇贞女"诗文写作日期,但我们可以大致推断它们一定是在胡宗宪失势之后写成的。饶龙隼认为这些诗文是徐渭在 1567—1573 年前后所作。见氏著《明代隆庆、万历间文学思想转变研究》,页 77。

[44]《上郁心斋》,《徐渭集》,页 886。

那么徐渭这种不愿做"烈女"的自辩与他的"以椎击肾囊碎之"的行为又有什么关系呢?或者说我们怎样去阐释他"自宫"的意义呢?前面我们曾说过这也许是他在发狂时对自己没有站出来为胡宗宪说话的一种自责,好像在承认自己缺乏男子汉气息。但自宫又与他后来的杀妻有什么关系呢?如果前者是承认自己不配做一个男人,那后者恰恰是捍卫他男子尊严的暴力行为。据说他于愤怒中杀死他妻子张氏是因为他怀疑她和别的男人有私情。在那个时候对一个男人来说,没有比戴绿帽子更丢脸了。照徐渭自己的说法这是"掩鼻之羞"[44]。当然我们也可以猜想他怀疑其妻和别人通奸也许与他自己因自宫而丧失性功能有关。另外再从象征的层面上看,因为张氏是以前胡宗宪给他娶的老婆,而她现在与别人通奸似乎是对他自胡失势之后的"投足无门"的"寡妇"窘境的一种嘲笑。也就是说,徐渭会把张氏的通奸看成是她在向大家宣告她的丈夫已经不是一个"男人"了。这里徐渭的自宫以后的"残废"或者"被阉割"了的身体也成了他在胡宗宪失势之后所处的特殊"性别困境"的一个贴切的象征。就像他的自残一样,这一困境在很大程度上是由他自己造成的。

我们还可以从另外的或者甚至相反的角度来解读徐渭的自残或自宫的性

别含义。他撰写的杂剧《狂鼓史渔阳三弄》是讲三国时的"祢衡公开藐视曹操"的故事的。剧中有一段祢衡与曹操及其下属的对话值得我们细读：

（曹喝云）野生，你为鼓史，自有本等服色，怎么不穿？快换！（校喝云）还不快换！（祢脱旧衣裸体向曹立）（校喝云）禽兽，丞相跟前，可是你裸体赤身的所在！却不道驴膫子朝东，马膫子朝西。（祢）你那颓丞相膫子朝南，我的膫子朝北。

这里祢衡在曹操面前裸体被认为是极其不敬的行为。曹操的军校用一句比较粗俗的谚语"驴膫子朝东，马膫子朝西"来提醒祢衡要遵守尊卑的规矩。但是祢衡却反过来提醒那位军校如果他们的秃丞相有膫子是个男人的话，那他也有膫子，也是个男人。尽管曹操现在是朝南坐的高官，而他自己则是个朝北坐的普通百姓，他们是完全对等的。他根本不用在曹操面前卑躬屈膝。这里膫子（男性生殖器）显然成了一个人男性性别地位的重要象征。祢衡在曹操面前"裸裎"（undressing）是他向别人宣示他丈夫气的一个非常有意识的动作。

徐渭在另外两本杂剧《雌木兰替父从军》和《女状元辞凰凤》中的性别意识也显得更强烈。这两本杂剧都是以女子女扮男妆为主要情节：她（他）们一个征战沙场在战场上博取荣耀，另一个则考场得意蟾宫折桂。一武一文，可以说代表了怀才不遇的作者本人的梦想。但两个女主角都要通过换装改扮（cross-dressing）来暂时改变她们的性别外貌才得到了成功的机会。从结构上看，有趣的是《雌木兰》的剧情重点并不在于木兰改扮成男子后的从军经历，而是在她从军前和从军后的"女性"经历，尽管她的"男性"经历是她取得荣耀的主要原因。也就是说此剧强调的是她自己的"真正"性别经历。这也就间接地揭示了她必须换装改扮的悲剧性。剧本一再强调的一个主题就是世人依靠表面特征来判断性别属性的可悲。木兰在剧本结尾时感叹道："我做女儿则十七岁，做男儿倒十二年。经过了万千瞧，那一个解雌雄辨。方信道辨雌雄的不靠眼。"[45] 换言之，不能凭衣着表面来判断雌雄。这一主题在《女状元》中也是一再

[45]《徐渭集》，页1206。

被强调。该剧的女主角黄崇嘏在她所撰的称颂木兰的四六文中也说道："双兔傍地,难迷离扑朔之分;八骏惊人,在牝牡骊黄之外。"她和木兰一样,尽管才能无限,但只有掩饰住她真正性别属性之后才有机会发挥她的才能。无论她们换装改扮之[46] 这种卸妆方式的区别揭示了社会地位差异的性别建构过程中的意义。一般来说,就性别界限而论,话语(discourse)的社会文化层次越低,生理上的种种标志也就显得越重要。

后在事业上取得了怎样的成功,到最后她和木兰两人都要卸妆（undressing）以恢复她们的性别真面目。而这卸妆过程在《女状元》中显得尤其引人注意。剧中为了参加科考,黄崇嘏和她的乳母黄姑都女扮男妆。黄崇嘏考中状元以后被周丞相看中要将女儿嫁给她,致使黄只能披露自己实际上是个女子。于是周丞相又决定要自己的儿子娶她作媳妇。同时作为黄崇嘏"仆人"的黄姑也不得不"卸妆"以证明小姐并没有一直和一个男仆人住在一起而失去了她的处女贞节：

（净）梧叶姐,你看我这老汉,你就说真是一个汉子吗?（净扯开胸膛露奶子与丑看介）我扳开领扯奶头和伊赛,那小姐呵,我从前乳哺三年大,休说道在家止许我陪他,就路途中谁许个男儿带。

与她乳母粗鲁的卸妆相比,黄崇嘏的卸妆就显得高雅得多了。她只是写了一首诗给周丞相非常婉转地告诉后者她原是个女身。周丞相惊讶之余根本没有觉得有进一步证实的必要,他马上就相信了。这种诗化卸妆（poetic undressing）与黄姑的祖胸形成了很有趣的对比。[46] 但两人最后都必须卸妆这一点则是不容置疑的,因为传统的男女性别的社会秩序最终还是必须得到维护的。换装改扮只是一段有趣的"插曲"而已。卸妆还原（undressing）才是能被接受的唯一结局。

以上对三部杂剧的简单讨论主要是要揭示卸妆或"裸裳"（undressing）在徐渭性别自我构建中的重要性。而卸妆裸裳之所以成为必要,这在很大程度上都是由于世人只根据表面现象判断一个人的性别属性。从象征的角度来讲,徐渭自己也一直在寻找卸妆裸裳的机会（如祢衡在曹操面前所做的）,因为这是摆脱环境强加在他身上各种"女性化"特征（不论是贫女还是寡妇）

的有效方法，同时也是因为对许多人来说，"看不见的"往往就是"不存在的"。这也是为什么木兰在剧中一再要强调"辨雌雄的不靠眼"。我们甚至可以说，徐渭的自宫是他在找不到卸妆机会的情况下采取的宣示自己男子汉气势的绝望行为。以毁掉自己的性功能的方式来证明自己本来的男性性别属性。如果看不见的就被认为是不存在的，那么他所能做的就是将那不见的存在加以毁掉，通过"去势"（castration）以证其"势"（他的阴囊或者他的男性性别属性的象征）的实际存在的。其逻辑就是：如果那"势"在他身上真的从来就没存在过，那么也就无"去"的必要（或可能）可言了。这是一种没有办法的办法（by default）。总而言之，这三部杂剧所体现出的强烈性别意识是与作者本人的性别困境密切相关的。更具体地说，这也正是在"失路英雄"与"夜哭寡妇"性别边缘化的重压之下徐渭采取自宫这样过激行为的原因之一。

尽管袁宏道在《徐文长传》一文中已意识到了徐渭一生中经常要被迫扮演"寡妇"的角色，但他最后还是认为传主是一个"非彼巾帼而事人者所敢望"的大丈夫。袁宏道似乎不太愿意正视徐渭的种种"事人"经历以及它们对他性别意识上所可能造成的扭曲。当然这也在一定程度上向我们揭示了徐渭这一"明清失意文人性别自我意识"个案的复杂性以及后人在这一重要问题上沉默的部分原因。

明清小说中的同性交际（Homosocial）和同性恋（Homosexual）[*]

[*] 本文根据2007年6月在台湾"中央大学""虚构、书写、记忆：明清文化与《红楼梦》研讨会"主题演讲整理而成。

男性研究（men's studies）是在女性主义和性别研究的迅速发展的影响下而相对晚起的学术领域。而我本人对这一题目的关注一开始是因为自己对"明清文人"研究的兴趣。前些年在做"明清时期男性构建"课题研究时，曾稍稍触及男性联谊（male bond）的问题。因为在传统中国的男权社会中，"何为大丈夫"这一问题的答案一般都是按男性自己所设的标准来设计的（这当然不是说当时女性的看法在这一问题上一点影响也没有）。所以探讨男性怎样处理他们相互之间的关系（如朋友关系）非常有必要。而这是个非常复杂的历史现象，需要另外做专题研究，所以当时未作深论。而明清时期的男性友道（male friendship）是我目前正在研究的课题。今天在这里我想谈一谈自己在这方面的心得以及一些尚没找到满意答案的问题，以求教于在座的各位。

据有些学者考证，"友"这一辞在春秋战国时期之前的意思和我们现在的"朋友"（friend）相差甚远。在那时是指"族人"即同族男性成员。友是纲纪族人的准则，所谓"善兄弟为友"是也。这从以后的"孝友"这一概念中还能看出西周时期的痕迹来。但这里兄弟是指其他同族男性成员，因为在当时所谓独立的家庭还没有作为社会的最基本的单位出现。只是到了春秋战国时期，随着个体家庭的出现和宗族社会的解体，友才脱离血缘的藩篱而成为所谓的"同志为友"。但是在孔子尤其是孟子那里，友道仍然被视为与君臣之道密切相关。到战国末期，随着君权的上升，韩非子将友道与君臣之道完全分开，前者为私的范畴，后者为公的范畴。[1]

这里有关"友"先秦以前历史的一个非常简略的概括可以给我们研究明清时期友道的发展有所启示：

（一）大体上"友"是一个有关男性之间关系的概念，如"善兄弟为友"和"同志为友"等等。当然这不是说古代女性就没有"友"可言。但"友"在传统文化中一直是和"大丈夫"紧密相连的。例如，孟子所谓的"友天下之善士"或在明清文人话语中常听到的说法"大丈夫当友天下士"等等。[2]这就是说，一个人是否能被称为真正的男人，

---

[1] 查昌国，《友与两周君臣关系的演变》，《历史研究》，1998年第5期，页94—109。另参朱凤瀚，《商周家族形态研究》，页306—311，和王利华，《周秦社会变迁与"友"的衍化》，《江西社会科学》，2004年第10期，页48—53。
[2] 汪道昆，《明故广威将军轻车都尉锦衣卫指挥金事殷次公状》，《太函集》（合肥：黄山书社，2004），卷四二，页906。

是否有很多朋友经常被看成是一个重要的标志。

[3] 钟惺,《与熊极峰》,《隐秀轩集》,卷二八,页483。

（二）随着个体家庭和国家的出现,在当时不断完善的"五伦"(所谓君臣、父子、兄弟、夫妇、朋友)概念中,友作为五伦之中的一伦而独立出来。但随着君权父权地位的不断上升,在五伦中,朋友相对其他四伦关系而言往往被认为是最不重要的。在有些场合下,朋友甚至是被放在与君臣、父子和兄弟关系相对立的位子上来看待的。不少人以为朋友关系可能会损害其他更重要的三种男性之间的关系(君臣、父子、兄弟)。若在君与朋友之间选择后者,那就是朋党;在父亲兄弟和朋友之间选择后者,那就是不顺亲或者不孝不悌。正是出于对友与其他四伦关系之间可能产生矛盾的忧虑,儒家经典中常常强调五伦各伦关系之间的统一性。譬如在《中庸》里有这样的说法:"不信乎朋友,不获乎上矣。信乎朋友有道,不顺乎亲,不信乎朋友矣。"而这种看似极其乐观的看法到了晚明,则受到像汤宾尹和钟惺这样深陷于党争困扰的士大夫的公开质疑。钟惺以考官的身份在贵州乡试典试时曾出了这样一道策试考题,他要求考生探讨儒家经典中两种似乎根本对立的观点:《中庸》所谓"不信乎朋友,不获乎上矣"和《诗经》中的"云不可使,得罪于天子。亦云可使,怨及朋友"。在深受当时万历朝后期党争之苦的钟惺看来,真正的友谊交情与入仕当官是格格不入的两码事。[3] 从与韩非子完全相反的角度出发,钟惺似乎却得出了相同的结论——友道只能在私人场域内发展。

（三）一般的看法是在五伦中朋友关系是最平等的。这有一定道理。但这只是相对而言,并不意味着平等是中国的传统朋友关系中的最重要的因素。尽管平等在现代西方有关朋友理论中是一个必不可少的概念。十多年前在"中央研究院"近代史研究所召开的一次研讨会上,周绍明(Joseph McDermott)发表了一篇题为"Friendship and Its Friends in the Late Ming"的极富开拓性的论文。但他对晚明东林党讲学家顾宪成有关讲习与朋友之关系的一段话的解读,我却不能完全苟同。顾宪成原话是:"惟是君臣、父子、兄弟、夫妇各有专主,而朋友无所不摄。君臣之义、父子之亲、夫妇之别、兄弟之序各有专属,而讲习则无所不贯。"周绍明将"专主"和"专属"理解为"主属的上下"关系,认为顾在强调与其他四伦关系相比之下朋友关系的平等性。实际上，我以为顾宪成只是在说君臣、父子、兄弟、夫妇四伦都是各自为一的概念或关系，而只有朋友是贯通所有五伦关系的。周绍明似乎有意无意将顾宪成的话解读得太"现代"了一点。在中国传统的伦理学说中，朋友与平等似乎并没有必然的联系。所强调的不是平等而是诚、信、忠和报之类的概念。这些概念本身并不包含着平等或不平等的因素。在传统友道话语中，"知己"是一个经常碰到的用词。在《战国策》和《史记》中"士为知己者用（死），女为悦己者容"的说法指的主要是门客与其主人的关系，这是雇主和被雇者之间的关系，很少有平等可言。正如有些社会学家所说的，社会地位相差悬殊的两人之间的友谊很可能会变成为 patron（保护人）和 client（被保护人）之间的关系。与知己比较接近的概念还有"知遇"，而这一概念强调更是一种上下的关系。另外，在传统友道话语中，友是经常与"师"连在一起的，如"师友"之说。这一概念强调的也不是平等。总而言之，在传统文化中，朋友关系并不排除平等的可能性，但不一定要以平等为前提。实际上，朋友关系经常是不平等的。

上面提到朋友在明清士人生活中的重要性。对极少数因科举成功而进入了官场的人来说，同课、同窗、同榜、同年、座主、房师的关系变得尤为关键。谢肇淛（1567—1624）在他的《五杂俎》中就抱怨这类关系不能算真正朋友关系。而大多数在科举或官场上失意的士人把交游作为一种"职业"来寻找知遇或知己，以图发现另一种对男性自我价值的认可。为什么知己和知遇在传统友道话语中有如此重要的概念？也许这与那时的普通读书人的遭遇有关。因为我们知道科举是当时读书人唯一正规的出路。但是科举成功的概率又是那么的低，百分之九十九的人是注定要失败的。对一个怀才不遇的文人来说，"知遇"或者"知己"成了心灵慰藉的一个重要来源。

有人类学学者在研究人际关系时提出了两种概念：一种是"achieved relationship"或"自取的关系"（如朋友这种关系是一个人自愿去与别人建立的），另一种叫"ascribed relationship"或"赋予的关系"（如亲戚或同学关系；这些关系是外界环境所赋予一个人的）。但在探讨中国传统社会时我们会发现这两种关系重复之处特别多。以证明两个好朋友的友情之深，一个常有的方式就是让双方子女相互联姻，结所谓的秦晋之好。实际上同乡和上面提到的同年关系既是一种"赋予的关系"又是一种"自取的关系"。

有学者已经指出在晚明文人话语中朋友的地位得到了空前的提高。以往在五伦中，朋友关系列在最后。如上面已经提到过，在帝国政治运作中，朋党一直是个敏感的议题。而在家庭关系中，朋友作为外来者常常被视为一种对家庭和睦的潜在威胁。在许多明清时期的家训中，我们经常会碰到有关"重朋友轻骨肉"的抱怨。清代的家训式小说《歧路灯》讲的就是一个年轻人因交上了不好的朋友而差一点导致家庭彻底衰败的命运。所以我们可以说，在正统儒家伦理中朋友在五伦中的地位并不高，受到的猜疑也最多。但在晚明，有不少人开始企图提升朋友在五伦中的地位，在他们当中有些人甚至提出了朋友在五伦中是最重要的关系。这可能与当时商业交通的发达，个人活动空间的扩展，王阳明心学的兴起，各种士人社团（讲会、诗社、文社等）的盛行都有很大的关系。这一问题我已在另外的论文中探讨，在这里因为时间的关系就不详谈了。[4]

[4] 参拙文，"Male Friendship in Ming China: Introduction" and "Male Friendship and Jiangxue（Philosophical Debates）in Sixteenth-Century China," *Nan Nü: Women And Gender in Early and Imperial China*（A special theme issue on "Male Friendship in Ming China"），9（2007）：2—10 and 146—178.

现在让我们看一下明清小说中有关朋友描写的例子。在冯梦龙的《古今小说》有一则题为《吴保安弃家赎友》的大家很熟悉的故事。这个故事源出于唐书，在晚明很流行，譬如朱廷旦专门探讨朋友的《广友论》一书就收有这一故事。它讲的是吴保安怎样抛弃妻子儿女，历经千辛万苦赎回被边远地区的造反的蛮子所俘获的朋友郭仲翔的故事。最耐人寻味的是吴保安只是在郭仲翔被赎回之后才第一次见到这位他舍身相求的朋友。也就是说，吴保安抛妻别子，奔波十年，为的是一位他从未见面的朋友。在郭出征之前，吴保安曾写信给他，求他看在他们是同乡的面子上给他谋上一官半职。虽然从未谋面，郭看完信却大受感动："此人于我素昧平生，而骤以缓急相委，乃深知我者。大丈夫遇知己而不能出力，宁不负愧乎？"其实吴保安的信全是客套话，根本谈不上什么深知。但还没等吴保安来得及加入郭仲翔的队伍，郭已在战场失利而被敌人俘虏了。吴保安得到了郭的求救信之后，竟然弃自己的妻子孩子不顾，十年如一日，为赎回这个从未谋过面的朋友而到处奔命，筹措赎金。故事的下半部则讲的是郭仲翔怎么回报吴保安恩德的。郭仲翔被赎回不久，吴和他的妻子就相继去世。但这并没妨碍郭仲翔去完成他的报恩计划。首先郭仲翔把已经死了的吴保安当成自己的父亲来履行做儿子的一切义务，把他的尸骨千里迢迢背回后者的家乡。为他守孝三年。另外，吴保安还有一个儿子。这个儿子又被他当成自己的兄弟加以抚养。我们可以说郭仲翔的报恩基本上是通过象征意义上的 ritual（宗法仪式）来完成的。而就吴保安而言，为了救郭仲翔，他在家庭和朋友之间似乎毫不犹疑地选择了后者。这使我们想起了《水浒传》中那些为朋友而置妻子于不顾的好汉来了。兄弟或结拜兄弟中时有所谓的"杀嫂"发生。这又使我们想起了《三国演义》中，刘备的名言"兄弟如手足，妻子如衣服"。清初评点家毛宗岗还为刘备的"妻子如衣服"一直追溯到了《诗经》。在许多传统的家训中一个经常读到的子弟训诫就是"不听妇人言"。[5] 大家庭的不和睦一般总是怪罪于家中的媳妇。女人被视为男性间亲密关系的最大威胁，无论这种关系是血缘还是非血缘的。

不过对这个故事题目《吴保安弃家赎友》中的"弃家"也要做具体分析。郭仲翔被赎回以后，只是等他父亲去世后才全力以赴地投入他的报恩计划。所以这里所谓的家并不包括自己的父母。恋妻子是有损于一个人的男性形象的。譬如晚明的袁宏道是这样来颂扬他弟弟袁中道的大丈夫气息的："欲与一世之豪杰为友。其视妻子相聚，如鹿豕之与群而不相属也。"这里的"妻子"大概是妻子儿女的意思。但恋父母则不然，孝无损男子汉形象。颇具反讽意味的是郭仲翔的父亲很巧在他儿子被赎回不久也去世了，这才给了郭能全心全意报答吴保安的机会。而最高的报恩方式是将其当成自己的父亲，所谓的"重生父母"。郭的所有报恩行为，把吴的尸骨背回家乡、披麻戴孝、守孝三年等等，都是在强调将恩人当父亲来对待是最有效的报恩方式。其之所以最有效是因为父子关系的神圣性，但郭的这种做法同时也是对这一神圣性的挑战，因为他将别人当成他自己的父亲。无怪乎他父亲要死得合时，否则如他自己父亲还健在的话，郭这样全心全意报恩于别人就会有不孝之虞了。故事揭示了朋友与五伦中另外两伦，父子和夫妇关系之间潜在的矛盾。从整体上看，故事主人翁们在追求友谊过程中的对象不是具体的一个人，而是抽象的行为准则——也就是有恩必报的理念。他们双方一开始素不相识，后

[5] 参拙作 *Negotiating Masculinities in Late Imperial China*（Honolulu: University of Hawaii Press, 2006), pp. 186-189.

来他们也很少见面，更谈不上相互深入了解。故事一方面强调受了别人恩的要"有恩必报"而对别人有恩的却要尽量有"恩不受报"。在现实生活中，这两个相悖的信条自然会产生矛盾，所以，在小说中作者作出了很巧妙的安排，郭仲翔一直要等他父亲和他的恩人都死了之后才得以全面实行他的报恩计划。当然，这所有一切都是做给活人看的。

[6] Eve Sedgwick, *Between Men: English Literature and Male Homosocial Desire* (New York: Columbia University Press, 1985).
[7] Dynasty Law," in Susan Brownell and Jeffrey Wasserstrom, eds., *Chinese Femininities/Chinese Masculinities: A Reader* (Berkeley and Los Angeles: University of California Press, 2002), pp. 67-88 以及氏著 *Sex, Law, And Society in Late Imperial China* (Stanford: Stanford University Press, 2000), pp. 114-165.

说到朋友与家庭的关系，我们有必要谈一下《水浒传》。梁山好汉们结拜兄弟，或是以家破人亡为前因或是以同样的结局为后果。朋友与家庭的矛盾显得更为突出。连许多好汉的父母也没有好下场。譬如尽管李逵是个孝子，他的孝心却是他母亲被老虎吃掉的直接原因。这里我们可以看到友道和家庭社会秩序之间的矛盾。但从另外一方面看，梁山好汉一旦上了梁山，他们之间的关系的等级性又变得很严格，这就是所谓的排座次。而这种等级制度是以五伦中的兄弟和君臣关系作为模仿对象的。朋友关系对传统社会秩序的潜在挑战必须要由五伦中的其他关系——君臣或兄弟——模式来约束。

研究男性友道一个不可避免的议题就是它与男风或男同性恋的关系。一位研究英国性别史的学者 Eve Sedgwick 借用社会学的术语提出了"同性交际"(homosocial) 这一个比同性恋（homosexual）含义要广得多的概念。[6]因为每一个男性或女性在日常生活中都要或有可能与同性交往并发生感情维系或友谊，不管这种感情联系和友谊是否称得上是同性恋。她认为从"同性交际"到"同性恋"是一个逐渐过渡的过程，两者之间没有截然的分界线。但在探讨明清时期男风现象的过程中，就我自己所能读到的有限的材料而言，如果我们把同性恋简单地定为两个相互发生性行为男人之间的关系的话，"同性交际"和"同性恋"两者之间的界限常常是很明显的。[7]首先绝大部分的男同性恋都是发生在社会地位相差悬殊的两个男人之间。主动方或施与方(active partner; penetrator)一般都是有钱有势或年长的，而被动方或接受方(passive partner ; penetrated)则是社会地位低下或年少的一方。主动方或施与方总是享受着几乎所有男权社会所赋予的男性特权，而接受方则须按女子道德行为准则行事。就是说，在这些同性恋关系中所有异性恋关系中的性别不平等现象都会重演。那些在同性恋关系中扮演被动或受与者角色的男性现在同样承受平时女性所受到的歧视，从而使这些性别歧视显得更加不平等。因为这些发生在男性同性恋被动方身上的性别歧视使我们对性别不平等重新陌生化（defamiliarized）——平时总是女性受到性别歧视的而现在则是一部分男性受到了同样的歧视。这至少是我作为一个男性读者在阅读描写同性恋小说笔记时常有的感受。在李渔小说集《无声戏》中有个题为"男孟母教合三迁"的故事，讲福建秀才许秀芳看上了商人的儿子瑞郎。当时许秀芳妻子已去世，生有一个儿子。与许秀芳生活在一起之后，瑞郎开始涂脂抹粉，束起小脚，俨然以女子自许。为了不让许秀芳因他自己随着年龄增长姣好面貌有所损害而伤心，瑞郎竟然将自己阉割了。瑞郎成了名副其实的"瑞娘"。许秀芳死后，瑞娘当起了孟母式的模范寡妇，历经千辛万苦，将许秀芳的儿子抚养成人，最后做了大官，而他（她）自己却以模范母亲而受到朝廷的封诰。同性恋中被动方以寡妇身份替主动方抚养儿子的情节是一个不太陌生的母题，譬如晚明小说集《卞而钗》中的《情烈记》也是类似的故事，尽管在那个故事中主动方本人只是暂时被抓起来而并没死。

男同性恋主动方和被动方之间的不平等关系还可以通过与朋友关系放在一起来考察。李渔的《十二楼》有《萃雅楼》一篇，描述的是一对读书人金仲雨和刘敏叔与一个名为权汝修的小官的故事。金和刘是一对极好的朋友，他们合开了一个古董铺。后来来了权汝修。金刘二人都有家小，独有权汝修未娶，常宿店中，成了两人的家小，各人轮伴一夜，名为守店。奸臣严嵩之子严世蕃看上汝修，但如修却拒绝说"烈女不更二夫，贞男岂易三主。除了你二人之外，决不再去滥交一人。"严世蕃恼羞成怒，让一个宫中太监将汝修抢去阉割了做了他自己的侍从。特别有意思的是在故事中，金、刘两人社会地位相等，是合伙店主，也是朋友，但权汝修却是他们的小官。有读者也许会奇怪既然金仲雨和刘敏叔是一对好朋友，而他们俩又有同性恋的倾向，为什么他们俩之间没发生同性关系？其中的原因之一可能是他们是地位相等的朋友，真正的朋友之间是不能发生这样的事的（这一点在下面探讨小说《品花宝鉴》时还会谈到）。因为一旦发生性关系，其中那位扮演被动方角色的就会象征性地失去做男人的资格。所以他们俩之间的朋友关系与他们与权汝修的关系是非常不同的。在这里权汝修的被阉割是颇具象征意义的，鉴于他在同性恋关系中扮演的是授予者的角色，他已丧失了做男人的资格。与前面《男孟母》故事中的瑞郎比起来，不同的是前者是自宫，而汝修的阉割却是被迫的。在《萃雅楼》中有这样一段话很说明问题："两个朋友合着一个龙阳，不但醋念不生，反借他为联络形骸之具。"金、刘两人是朋友，是或多或少平等的关系，但汝修只是一个龙阳而已。非但如此，汝修反倒成了加深他们之间友谊的形骸之具了。小说这里似乎在告诉我们，男性友谊与男风有着很大的不同。前者有平等的可能性，因为是两个男人之间的关系，而后者平等的可能性却非常小，因为这是一个男人与一个已经变成女人的男人的关系。所以男女有别的不平等原则于后者仍然适用。

在我所读到的非常有限的文献中，就是在那些为数极少的同性恋发生在两个社会地位相似的人之间的例子中，一旦两人发生性行为关系，被动方也常常会为自己在这一关系中扮演的角色而感到羞愧万分。而主动方却很少有类似的反应。《弁而钗》中的《情贞纪》讲的是两位同学间的风流韵事。在经过多种磨难以后，赵王孙的防线终于被扮成学生的翰林风翔攻破，作为被动方的赵王孙为自己失身而倍感羞耻："感兄情痴，至弟失身……弟丈夫也……甘为妇人女子之事，耻孰甚矣？"而风翔更有下面一篇慷慨陈词："今日之事，论理自是不该；论情则男可女，女亦可男。"尽管主动方风翔有关情的宏论大有爱情能消除性别不平等的意思，赵王孙对自己以妇人事人的羞愧是十分明显的。在另一篇《情侠纪》中，文武双全的张机，驰骋疆场，屡建战功，是一个响当当的大丈夫。他在一次酒醉之后，失身于其朋友钟图南手中。怒极之余，张机本要将钟图南杀死雪耻。但在钟的一番真情表白之后，他也深受感动："兄言及此，真情人也，弟虽男子，亦敛衽甘为妾妇矣。"《情侠纪》大概是我在传统小说中所读到的有关同性恋小说中双方关系最为平等的同性恋故事。[8]但被动方所感到的羞耻还是显而易见的。更有趣的是作为一个男子，张机的性爱表达因为社会对女性的普遍歧视而更多了一种更有效的修辞方式。也就是说，为钟图南的情所

[8] 另外一个双方关系比较平等的男风例子则是十七世纪小说集《石点头》中的《潘文子契合鸳鸯冢》，它讲的是潘文子与他的学长王仲先陷入情网的故事。

深深感动,他愿意做出这么大的牺牲以至于放弃了做男人的权力,而甘为妾妇。而一个女人却没有这种表达爱情的修辞可能,因为作为女人她已经是在社会最底层了。在这些同性恋的故事里,通过男性被动方的遭遇,性别不平等显得更为突出。

讲到这个问题,我们又怎样来解读《红楼梦》中的类似现象呢?我们大概可以把《红楼梦》中男同性恋分成两大类:第一类以薛蟠为代表,这类关系比较简单,主动方和被动方很容易区分,关系完全是不平等,如套用小说里警幻仙子的话,是"皮肤滥淫"式的男风;第二类以贾宝玉为最典型,是意淫式的男风。因为小说中没有明确谈到贾宝玉与任何男子发生过性行为,所以主动方被动方比较难区分。张在舟在他的《暧昧的历程:中国古代同性恋史》一书中将贾宝玉与秦钟等人的关系形容为"准同性恋"或"精神同性恋"。在贾宝玉与秦钟等人的关系中不平等因素确实比较少。但贾宝玉与他的男性朋友的社会地位上的差距还是会有间接的影响。不管宝玉主观上如何想,他与小旦蒋玉菡不可能是完全平等的。至于贾宝玉与秦钟和蒋玉菡等人的关系是否称得上是同性恋,那要看我们对同性恋的具体定义了。使问题更为复杂的是在小说中,宝玉的年龄忽大忽小,很不一致。宝玉的某些行为是否是由于他年龄太小造成的不是一个容易讲得清楚的问题。

不过清代的许多《红楼梦》评点家在这一点上却没有太多的犹豫,他们一般都认为宝玉是有男风倾向的。当然他们有他们自己的标准。这里需要指出的是,在传统文化中,同性恋与异性恋的区别不是那么的严格,因为不少人与同性与异性都发生关系,两者也不是那么地水火不相容。这里我想起了红楼梦中的一段:宝玉因丫鬟金钏自杀和蒋玉菡的事被他父亲贾政大打一顿之后,林黛玉来看望他,并劝他道:"你从此可都改了罢。"宝玉的回答颇令人费解:"你放心,别说这样的话,就便为了这些人死了,也是情愿的。"这里的"这些人"想来一定指的是金钏和蒋玉菡。而宝玉在他们之间并没有做同性异性的区分。但为什么他又要林黛玉放心呢?难道他不担心林黛玉会吃醋?宝玉显然很自信林妹妹在这个问题上是和他完全站在一起的。我猜想林黛玉之所以不介意宝玉的这种泛爱,是因为当时像宝玉那样身份的人与丫环和戏子发生关系是司空见惯的,同时这些关系对她做宝二奶奶的计划并不构成威胁。也就是说，一个女人对自己的丈夫或未婚夫与另外一个男子发生关系产生妒忌的可能性比较小，因为在中国传统男权社会中，一个有家室的男子与其他男人发生关系就像他与丫鬟发生关系一样，并不是大惊小怪的事情。在当时所谓的同性恋与异性恋的界限不像在现代社会中那么严格。

晚明的袁中道在忏悔自己年轻时行为放荡时曾这样说："若夫分桃断袖，极难排遣。自恨与沈约同癖，皆由远游，偶染此习。吴越、江南，以为配偶，恬不知耻。"（《珂雪斋集·心律》，卷二十二）这里"分桃断袖"是因为他远游，家室不在身边，偶染此习，是作为异性性关系的缺乏的一种补偿而已，尽管袁中道觉得有些人对此过于认真而以夫妇行事是太过分了。清初的陈维崧与歌童徐紫云有分桃之好，他的朋友董以宁劝他为了"生子事大"而"不宜更有此无益之好"，尽管董自己又说"此固吾辈失意之人，支离潦倒，伺之所托也，仆也常久溺于此"（《正谊堂文集·答陈其年书》）。在承认自己也有此癖的同时，董劝陈维崧的主要原因是断袖之癖会妨碍他延续陈家香火的大事。也就是说，分桃断袖偶尔为之是难免的。但一个男人不能长此以往以致妨碍履行他作为男子对祖宗的义务。而在一部分人看来，与男佣人或戏子有性关系是一个有权有势男人的特权（当然在这种关系中，他一直是扮演主动方角色的），如在《金瓶梅》中，西门庆就是一例。在启蒙运动以前的西方这方面的情况也非常相似。也许我们现在有关同性恋的概念已经受了西方现代理念的影响。有些西方性别史学者指出，homosexual 作为一种性别概念（把与同性发生性关系的人单独归为另一种性别而与异性恋者区别开来加以歧视）大概是十八世纪以后的事情。的确，在中国传统文献中，也找不到和同性恋完全相吻合的概念。严格地说，男风与现代意义上的男同性恋并不完全是一回事。

从另外一个角度来观察，在中国传统社会里，一个男人同时与女人和其他男人发生性关系也是被许多人看成男权的自然延伸。就是在女同性恋关系中这种男权还能保持其权威性：《红楼梦》五十八回中，大观园戏班的女伶藕官因烧纸祭已死去的菂官而被看园子的老婆子抓住要惩罚，幸亏宝玉救了她。后来芳官告诉宝玉，藕官与菂官，一个演小生一个演小旦，时间长了就像夫妻一样有了感情。后来菂官死了，藕官哭得死去活来，每逢节日烧纸祭她。后来又来了蕊官演小旦。藕官又和蕊官好上了。别人说她是喜新厌旧，但她却辩解道：比如男子丧了妻，是可以或者应当续弦的。只是不要把死了的丢过不提，便是情深义重了。而这篇呆话独合了宝玉的呆性。这告诉我们，就是在女同性恋关系中，那个承担主动一方角色的可以享受男子的种种特权，至少在象征意义上说是如此。这反过来又说明，异性恋关系中的不平等往往会在同性恋关系中显得更突出。这在李渔写的戏曲《怜香伴》中也有不同程度上的体现。当然这些都是男性作者的作品，古代女性自己对这一问题的态度，因为资料的匮乏，是一个难度很大的议题。

　　说到女同性恋，清代小说《林兰香》对男主人翁耿郎的几位妻妾之间关系的描写也往往使读者有这方面的联想。为了能与她最好的两个女性朋友三个人永远在一起，爱娘毅然嫁给了这两个朋友的丈夫。小说特别强调三个妻妾之间的"深情"，语言有时也非常缠绵，但从未提到他们之间有任何的肉体关系。与他们之间的女性的同性"情"相对比，小说还描写了女同性"欲"的故事。虽然在小说中，丈夫耿郎并不是一个正面人物，但他的妻妾之间的恩恩爱爱维护了一夫多妻的男权这一点却是无法否认的。有些学者怀疑李渔的《怜香伴》就是他因为自己苦于妻妾间的妒忌纷争而写出的黄粱美梦。在这里，他的妻妾们都是相互恩恩爱爱的。在某种程度上，《林兰香》似乎也有这种嫌疑。不过我们也可以从相反的角度来解读，通过耿郎这一昏庸的形象来揭露男性之无能的同时，《林兰香》仿佛在告诉读者，对那些深受一夫多妻夫权之害的妻妾们来说，这种柏拉图式的同性恋也许是她们寻求精神安慰的唯一方法。

　　现在让我再回到男同性恋上来。十九世纪小说《品花宝鉴》是一部深受《红楼梦》影响的小说。小说中年轻公子梅子玉爱上了梨园小旦杜琴言，但他们俩只是有"情"而已，一点淫念也没有。小说最后，梅子玉博学鸿词考试中魁，又娶了一位与杜琴言长得非常像的太太。而杜琴言本人也脱身梨园。继续与梅子玉来往。梅子玉真是"内有韵妻，外有俊友，名成身立"。而梅子玉的太太也从来没有妒忌过。尽管所谓的"真情"使得梅与杜两人的关系似乎很平等，无主动被动方可言。但阶级的差异还是制约着他们的关系。大家公子的梅子玉享受着男子的特权，可以"内有韵妻，外有俊友"，而戏子出身的杜琴言却还是要作为"俊友"而守身。

　　小说刚开始的时候，梅子玉的一位朋友问他："世间能使人娱耳悦目，动心荡魄的，以何物为最？"梅回答说是朋友。引得他朋友大笑道"岂有此理，朋友岂可云娱耳悦目的？"可见，照这个人看来，那些可以悦目的戏子和朋友有着根本的区别。梅子玉的另一个朋友还有下面一段关于男色与女色区别的宏论："只有相公如时花，而非草木，如美玉，不假铅华，如皎月纤云，却又可接可玩，如奇书名画，却又能语而能言；如极精极美的玩好，却又有千娇百媚的变态出来。我最不解今人好女色则为常，好男色则为异，究竟色就是了，又何必分出男女来？好女而不好男，终是好淫，而非好色。彼即好淫，便不论色。"这里的好色不淫强调的是色是一种艺术鉴赏。好女色是淫欲，而好男色是情。和《红楼梦》一样，在同性恋关系中，也有皮肤滥淫和意淫的区别。但这里戏子相公还是被物化了，他们充其量只是一件可以被欣赏收藏的艺术作品而已。

　　明清社会男风之所以没有遭到严厉禁止反而受到了相对宽松的容忍也许与它内含的等级性有关，因为它没有对建筑在森严等级基础上的社会秩序产生任何直接的威胁。阶级和性别的压迫有时反而在同性恋关系中得到了进一步的加强。

　　在研究明清男性同性交际与男性同性关系过程中碰到的一个令人困惑的问题是这两种关系的区别似乎非常明显；两种关系之间的过渡也显得特别突然，很少有所谓的灰色地带（这里《红楼梦》可能算得上是一个有限的例外）。是不是我们对同性恋的定义太绝对？是不是一定要有肉体关系的发生才可以算作同性恋？更有甚者，何为肉体关系或性行为？[9] 西方学者在研究女同性恋时已经将这些问题提了出来。因为在涉及女同性恋的文献中很少有直接提到肉体关系或性行为的。一旦一种朋友关系变成了同性恋关系，为什么性别歧视就变得如此突出？为什么在那个时期的同性恋经常是不平等的？或许我们可以说那时几乎所有的关系（甚至包括许多朋友关系）都是不平等的，尤其是性别关系。我们对同性恋不平等的关系的焦虑是不是因为我们是在以现

[9] 这一问题在美国前总统克林顿与白宫实习生的丑闻被披露之后就变得更有意义了。

代西方的标准来衡量一个中国的历史现象？由于原始资料发掘的限制，我们对那个时期的同性恋与同性友谊之间的关系了解一定还十分有限。有许多深入的研究还有待于我们去做。

死得好!
清初一个烈妇父亲的荣耀与悲伤

凡是读过清代作家吴敬梓（1701—1754）的小说《儒林外史》的读者，一定不会忘记王玉辉这一人物。他女儿在夫婿病逝之后决心以死殉夫。这位做父亲的不但自己不去劝阻，还阻止他夫人去劝。并鼓励女儿说："这是青史留名的事，我难道反拦阻你？你竟是这样做罢。"过几天后女儿死了：

> 老孺人听见，哭死了过去，灌醒回来，大哭不止。王玉辉走到床前说道："你这老人家真正是个呆子！三女儿他而今已是成了仙了，你哭他怎的？他这死的好，只怕我将来不能象他这一个好题目死哩！"因仰天大笑道："死的好！死的好！"[1]

二十世纪初五四运动风起云涌，在打倒孔家店的一片讨伐之中，近两百年前的《儒林外史》关于王玉辉的故事更是常被当时新文化运动中的知识分子引用来揭露封建社会礼教的"吃人"本质。在他为上海亚东图书馆出版的《儒林外史》写的《新叙》中，钱玄同就指出小说有关王玉辉的描写揭露了"礼教是杀人不眨眼的恶魔"。[2]

《儒林外史》是一部讽刺小说是文学史家们的共识，而关于王玉辉这一人物是被吴敬梓作为讽刺对象来描写的这一看法，在《儒林外史》现代读者中，也很少有人会提出异议。然而在小说早期的读者当中，并不是人人都是这样看的。我们现在能读到的《儒林外史》最早的评语是嘉庆八年（1803）卧闲草堂本的回评。这位批书人在四十八回的评语中关于王玉辉这一人物却这样写道："王玉辉真古之所谓呆子也，其呆处正使人所不能及处。观此人，知其临大节而不可夺，人之能与五伦中慷慨决断，做出一番事业者，必非天下之乖人也。"[3] 这也就是说，与后来《儒林外史》的更近代的几位评点者（如张文虎等）不同，[4] 这位离吴敬梓时代最近的评点者拒绝接受小说对王玉辉在我们现代读者看来是显而易见的讽刺。对他来说，王玉辉是个应受褒扬的人物。在小说塑造的这个人物的身上究竟有多少反讽的成分，对这一问题的回答会因读者以及读者所处时代的不同而不一样。在吴敬梓所

[1] 吴敬梓著，李汉秋辑，《儒林外史会校会评本》（上海：上海古籍出版社，1984），页650。
[2] 朱一玄编，《〈儒林外史〉资料汇编》（天津：南开大学出版社，2003），页464。
[3] 《儒林外史会校会评本》，页656。
[4] 请参张文虎托名天目山樵所写的相关评语，《儒林外史会校会评本》，页649—659。

处的乾嘉时代显然还有不少人觉得做烈妇是一件很让人崇敬的事，所以他们在王玉辉这位怂恿自己女儿就义的父亲身上看不出有什么太多值得讽刺的地方。他们对何为不近人情与后来的读者显然有着颇为不相同的看法。

我们知道吴敬梓塑造的王玉辉这一人物形象是有原型的。据说他是借鉴了他的朋友金兆燕的《古诗为新安烈妇汪氏作》中所讲的汪洽闻女儿殉夫事。但金在诗中没有提到汪有过直接鼓励女儿殉死的举措，强调的反倒是这位父亲对女儿绝食殉死感到的痛苦："所悲秃龄叟，顿使肝肠裂。"而在诗的最后，金还盛赞汪女的"慷慨殉所天"的义举是汪洽闻庭训身教的结果，作为父亲的他应该感到骄傲。[5]整篇古诗着重点在烈妇而不在父亲。但在吴敬梓的改写中，重点移到了烈妇的父亲王玉辉身上，并添加了他怂恿女儿殉夫的细节。虽然小说也写了王玉辉在女儿死后流露出了悲伤，但吴敬梓在塑造这一人物时的讽刺意图似乎很明显。不过如我们上面所指出的，卧闲草堂评点者却不这么读。据说《儒林外史》的初刻本还是金兆燕"官扬州教授时梓以行世"[6]的。那么金兆燕本人对他朋友吴敬梓将他自己原诗中的汪洽闻改写成王玉辉这样一个人物又会作何感想呢？要回答这一问题，我们目前尚无直接的文字记载可循。但根据他在其原诗《古诗为新安烈妇汪氏作》中的态度，我们或许有理由猜测他可能会像卧闲草堂评点者那样，拒绝将王玉辉读成一个为小说作者讽刺的人物，而是把他当成一个像汪洽闻那样庭训身教可嘉的儒者。

本文要探讨的是明清时期一个文人对自己女儿殉夫做烈妇这样一个我们现代人颇以为匪夷所思的举动会作如何感想。探索这一问题能有助于我们了解为什么当时这么多文人士大夫如此热衷宣扬烈女事迹，[7]同时也能对他们

[5]《儒林外史》资料汇编，页104—105。

[6] 金和，《儒林外史跋》，《儒林外史》资料汇编，页279。

[7] 西方学界已有不少论著论及这一问题，譬如 Ju-k'ang Tien, *Male Anxiety and Female Chastity: A Comparative Study of Ethical Values In Ming Ch'ing Times*（《男性焦虑与女性贞洁：明清道德价值观的比较研究》）(Leiden: Brill, 1988)。作者认为明清烈妇妇女现象与士子科举失利有关。他在分析现存明清科考的资料数据后得出的结论是：那些科举竞争越是激烈的地方，烈妇妇女现象也就越普遍。而有些学者则认为明清文人提倡妇女贞洁与这些文人企图保持和提高他们自己的社会精英地位有关。譬如 Katherine Carlitz, "Shrines, Governing-Class Identities and the Cult of Widow Fidelity in mid-Ming China"（《明代中期的士大夫与贞节牌坊》），*Journal of Asian Studies*《亚洲研究学刊》56. 1 (1999): 612-640。关于二十世纪九十年代末以前美国学界对这一问题的讨论，可参见 Paul Ropp 为荷兰汉学学术刊物 *Nan Nü*（《男女》）2001年的专辑 *Passionate Women: Female Suicide in Late Imperial China*（《烈情女子：中华帝国晚期的女性自杀》）所写的长篇引言［3.1 (2001): 3-21］。Weijing Lu, *True to Her word: The Faithful Maiden Cult in Late Imperial China*［《矢志不渝：明清时期的贞女现象》(斯坦福：斯坦福大学出版社，2008)］则是一部专门探讨明清未嫁女节烈现象的专著。

[8] 与烈妇的父亲情况不一样,烈妇的丈夫一般是很少有机会为做了烈妇的妻子写碑传文的。因为妻子殉夫是要以丈夫先死为先决条件的。当然也有例外,有关详细探讨,请参拙作 Intimate Memory: Gender and Mourning in Late Imperial China〔《私密的记忆:中华帝国晚期的性别与悼亡》〕(奥尔巴尼:纽约州立大学出版社,2018),页55—71。

[9] 参见合山究著,肖燕婉译,《明清时代的女性与文学》(台北:联经出版事业股份有限公司,2016),页178。合山究在这里所列的仅仅是当时文人有关毛烈女的诗文的一小部分。

[10]《亡女节烈述》,《安序堂文钞》(《四库全书存目丛书》影印康熙刻本),卷一四,页24b。

[11]《亡女节烈述》,页23b。

平时较少流露的为人父的情感内心世界有一个更深入的认识。要谈论自己亲生骨肉怎样殉夫与替别人撰写烈女传之类比较官样的文章一定会有所不同,因为到底是自家女儿,写作的视角不一样了,距离拉近了,个人感情更成了一个不可回避的问题,其字里行间更可能会有意外的含义可以发掘。可惜的是,虽然明清时期留下来的大量碑传文中有关烈妇贞女的文章比比皆是,但其中鲜有文人为自己妻女所写的烈妇传之类的文章留下来。[8] 在这方面资料非常匮乏的情况下,下面要讨论的这个个案就弥足珍贵了:一个父亲在女儿殉夫后,对死去的她始终不能忘怀,为此写下了不少有关她的回忆悼念文字,使我们有了一个难得的机会得以去窥探作为一个道学先生的父亲在其烈妇女儿就义前前后后所走过的心路历程。

毛际可(1633—1708),浙江遂安人,字会侯,号鹤舫。清顺治十五年(1658)进士,康熙十七年(1678)举博学鸿词科不第。历任河南彰德府推官,城固(今属陕西省)知县,祥符(今河南开封)知县。与同时代的毛奇龄(1623—1716)和毛先舒(1620—1688)一起以"浙中三毛,文中三豪"而著称。毛际可有个女儿名叫毛孟,成婚不久夫婿就因病去世。她不顾家人劝说,坚意殉夫,先是坠楼,后又吞金,皆未死成,十年后终于绝食十九天而死。殉夫成了她生命中最后十年的最重要的信念和目的。她的事迹在清初文人士大夫当中广为流传,极为轰动。从她坠楼不死开始就有不少文人为她作诗撰文,直至她绝食而死后的许多年中不断有人写诗文称颂她的烈行。[9] 为此毛际可是颇感骄傲的。他在《亡女节烈述》一文中不无得意地提道:"海内贤士大夫为坠楼诗,装成卷轴,陈其年一序尤流布艺林。"[10] 这又与《儒林外史》中的王玉辉有关"青史留名"之类的说法是一致的。据毛际可自己说,女儿担心她死后父亲可能要大肆宣扬她殉夫节烈,临终之前还特地关照别人要劝他:"老父归,谨慎勿听人过诩,消我冥福。"[11] 毛际可这样写是要强调她女儿作为烈女对名利的淡泊,但这无意之中却显出了他自己的好名虚荣。

实际上毛际可在给一个朋友的一封信中就曾自称自己是"嗜慕显荣"[12]。在信中这虽可能是谦辞，但毛际可对本人的形容还是比较符合实际的。

[12]《复同寅柯茹兰书》《安序堂文钞》，卷二，页1b。
[13]《余烈妇传》，《会侯先生文钞》，《四库全书存目丛书》影印康熙刻本，卷九，页4b—5a。

翻开毛际可的文集，其中有关烈妇贞女的文章可谓多矣。粗劣估算一下，竟有近二十篇之多。虽然明清文人中热衷弘扬节烈者不在少数，这个数字还是很是高出一般的，突显了他热衷的程度。这也许与他自己的女儿是个烈女有一定的关系，但其本身严厉的节烈观可能是更主要的原因。在为一位因不愿受辱于盗匪而与她自己两个孩子一起投水而死的徐烈妇的小传里，毛际可竟然有下面的一段议论：

> 或曰：烈妇之死善矣，且其女亦烈女也，但襁褓之子可以无死，当预为之地。余曰："此烈女之所以能死也。方其含辛赴义时，惟知洁身不污为重，又何暇为其子计耶！夫人之能死与不能死，所争只在一时耳。士君子不幸遭家国之变，所以不即引决者，非尽爱其身也，妻子百日之虑辗转于中，遂至蒙耻以苟免。闻明季某缙绅者，少壮时以忤魏珰故，受刑折指不为屈，后闻寇起陕右，絷其爱子招之，遂有俛首乞降。呜呼，宁不为烈妇所笑哉！[13]

毛际可认为倘若余烈妇顾及了自己襁褓里的婴儿，那她就成不了烈妇了。明末有些义士在抗争宦官魏忠贤时，能在备受酷刑情况下而不屈不饶，但后来李自成农民军将其家属扣作人质，他们则都乖乖投降了。这都是妻子家室之念所造成的。在他看来，凡是烈举都是当机立断才能做出的，容不得半点多虑。所以无辜婴儿的死亡在当时的情况下是不可避免的。烈妇让她的襁褓婴儿与自己同归于尽，是无可非议的。毛际可节烈观之严厉可见一斑！在为另一位烈妇写的墓表中，毛际可更是称赞其家人没有去阻止烈妇为殉夫自经：

> 烈妇独明言于众人之前，而人不敢救，非其平素见信于人，而节烈之气知其必不可夺欤？明季士大夫有自尽者，为其家人所救，遂隐忍苟活。其事固烈妇所必不为，而烈妇之姑与母亦知大义而断姑息之爱，有

[14]《胡烈妇墓表》,《安序堂文钞》,卷一五,页18a—b。

[15] 有关明清文人在这方面的争论,参见 Wejing Lu, *True to Her Word: The Cult of Faithful Maiden in Late Imperial China* (Stanford:Stanford University Press), pp. 213-426。

[16]《王烈女墓志铭》,《安序堂文钞》,卷一五,页2a—b。

并可嘉叹也夫![14]

毛际可先是把烈妇的家人没有阻止她自杀说成是他们被烈妇的节烈之气给震慑住了,然后又进一步称赞他们这样做是"知大义而断姑息之爱"。这里不仅使我们想起了《儒林外史》中的王玉辉非但不去阻止反倒鼓励自己女儿殉夫的不近人情的举措以及他让他夫人不要为女儿绝食身亡而悲伤的话来了:"三女儿他而今已是成了仙了,你哭他怎的。"

毛际可的保守观点也可以从他在明清文人关于未嫁女为死去的未婚夫守节乃至殉死是否合乎圣人之道的争论中所采取的立场上看得很清楚。[15]不少文人如明代古文大家归有光等认为未嫁女为未婚夫守节甚至殉死是不符合儒家礼仪的,因为婚礼之前那位女子还不能算是其夫家的人,所以她没有作为一个妻子的义务。但许多更为保守的文人却觉得如一位女子要更严格要求自己,即使未婚,还是要以节妇烈妇的高标准来要求自己,那其义举还是应该得到褒扬。毛际可赞同后面这种更为保守的观点:

> 近代归震川先生有曰:"女未嫁守贞,非圣人之道。"余谓此固圣人所敬美,而不敢概以天下之中人。故为已嫁者律,曰:"一与之醮,终身不改。"而未嫁者则不著为令,听人之自行其意。余尝尚论往事,使泰伯而嗣父封,伯彝而食周粟,皆不背于圣人之道,乃二人者必创古今未有之奇,以求其心之无憾而后止,孔子极称述焉,倘律以震川之论,将并议其为贤智之过欤?[16]

在毛际可看来,若一位女子要行圣人之道并要像泰伯、伯彝两位先贤那样"创古今未有之奇",也就是做得超过一般贞洁的衡量标准,人们怎能责备她太过分呢?这里这个"奇"非常重要,我们在下面讨论毛际可在褒扬他自己女儿过人的烈行时,他好几次都特别强调了她事迹不寻常之处,即所谓"奇"。

毛际可在宣导妇女节烈时"尚奇"可能与清初《明史》列女部编者稍有诟病的当时文人风气有关:

盖挽近之情，忽庸行而尚奇激，国制所
褒，志乘所录，与夫里巷所称道，流俗所震骇，
胥以至奇至苦为难能。而文人墨客往往借傲
倪非常之行，以发其伟丽激越跌宕可喜之思，
故其传尤远，而其事尤著。

或许因为当时文人太热衷于撰写有关妇女节烈的
文章了，人们读得多了，难免会有疲怠之感或甚
至习以为常。若写得一般或节烈行为不够激烈，
则很有可能让读者有"庸行"之感而无法留有深
刻印象。要吸引读者的眼球，文人作者必须"尚奇"
或渲染"至奇至苦"。清初的毛际可显然免不了受
了这一风气的影响，他在《祭亡女文》一文中对
自己女儿的"非常之行"作了如是的感叹：

[17]《会侯先生文钞》，卷十五，页22b。
[18] 毛奇龄虽也为毛际可的女儿写过文章表彰她的节烈（不过措辞都比较平淡，如后面要提到的《家贞女坠楼记》），但后来他似乎对未嫁女是否应为未婚夫守节或殉死的看法有所改变，认为不合古人礼法。参见其《禁室女守志殉死文》。也就是在这篇文章中，毛奇龄抱怨许多关于贞女烈妇的文章过于夸张，近"小说家事"，《西河文集》（《国学基本丛书》，台北：台湾商务印书馆，1968），页1591。毛际可自己显然对像毛奇龄这类的指责是有所意识的。但他还是忍不住会说其亡女的"奇烈"为"从来史册所不经见"这样的话（见《郑烈妇双耳重生记》，《安序堂文钞》，卷十页26a）。当然他这样说是要强调女儿的那种节烈至奇是前所未有的，但人们不禁会问，若史册不载的话，那么此类事迹只能由小说家来记录了，那这样被斥为"近小说家事"也会很难避免了。

呜呼！尝读《医乘》，饿死男子以七日为计，女子以十四日为计，
不过为极量之词耳，世岂有绝粒而至十九日者？汝于腊月初三后勺水不
入于口，至廿一振襟而逝。每晨区画家事，所畜产业衣饰分析姒娣子侄辈，
即器具亦散给亲疏有差，沐浴呗诵礼佛，阳阳如平时，无愁怛痛楚之状，
似为古今不经见之奇……[17]

说他女儿烈行有"古今不经见之奇"，是因为他觉得她绝食的过程超乎了医
学常识所能解释的范围，他还口口声声地说女儿临终时，"亦闻鼓乐自远而
近"，但他又"恐事涉异闻，不欲载之行略"。尽管为女儿的殉夫壮举而啧啧
称奇，但自己作为一个士大夫文人不能"事涉异闻"，所以在那些较为正式
的碑传文中不能太宣扬这一点，怕别人目之为小说家言[18]，只能在这篇祭文里
特别写上一笔。这里毛际可虽然强调女儿的奇烈，但同时他又为她绝食十九
天所受的痛苦而感到不舍："生为烈妇，死为神明，为父母者，亦可以无憾，

而念汝十九日中咽断肠枯之苦,又何以为情也。"[19] 毛际可的女儿"死为神明"之说与《儒林外史》中王玉辉称自己女儿殉夫"成仙"有共同之处,而按《儒林外史》的晚清小说评点家张文虎的看法:"成仙非儒者语。"[20] 毛际可心里很矛盾,他一方面要把他的烈妇女儿奉为神明,但又怕有人说他为小说家言而非儒者语;他要宣扬女儿节烈的"至奇至苦",但恰恰正是这种"至奇至苦"又使得做父亲的他"何以为情"。

毛际可的节烈观可谓严厉,甚至还要求其他烈妇的亲人们能"断姑息之爱"而不要去阻止她们的节烈行为。那他在处理自己女儿数次殉夫企图时,有没有按照他所谓"断姑息之爱"的行为准则来付诸实践呢?在他的诸多有关的行文中似乎没有自己劝阻女儿的直接记录,但根据他人的相关文字,再细读他自己的文集,其字里行间还是有迹可循的。

首先毛际可从来没对他的家人曾不断地试图劝阻他女儿殉夫加以讳言。这些劝阻在他的《亡女节烈述》有着详细的描述,虽然他对自己有否劝阻的行为只字不提,相反在文中还暗示他知道女儿立志已坚,劝阻是徒劳的。所以别人劝,但他自己似乎没劝:

予数年家居,亡女割鲜进膳无虚日,尚笑谓之曰:"汝儿能奉日甘旨,无烦复尔,俟汝兄宦游,吾衰年病困时,赖汝维持耳。"辄默而无对,如是者至再,孰知其志意已决,而知其必不能待也,儿辈尚欲以口舌争之,庸有济呼?[21]

但根据毛奇龄的《家贞女坠楼记》一文,毛际可女婿刚死不久,女儿试图绝食殉夫:"女不食,父强之,始食。"[22] 所以至少起初女儿要殉夫自杀,作为父亲的毛际可显然是竭尽全力加以阻止的。那么毛际可在这里是否在说他之后放弃了劝阻她呢?也就是说,因为通过种种侧面的探试,他逐渐认识到了女儿殉夫的念头一直没打消过,劝也是劝不住的,所以放弃了。但有迹象表明事实并非如此。在《祭亡女文》中,毛际可曾抱怨女儿绝食"且不能缓之旬日以待吾之一面而永决也"。此文收在《会

[19]《祭亡女文》,页 22b。
[20]《儒林外史会校会评本》,页 650。
[21]《亡女节烈述》,页 24a。
[22]《家贞女坠楼记》,《西河文集》,页 765。

侯先生文钞》中,这句话旁边的夹批有言:"曾向旁人云:'故俟父兄皆远出,方无人阻我.'"[23]《会侯先生文钞》是毛际可子孙在他辞世后所编辑出版的,夹批作者所言一定是有直接根据的。但是女儿为何要特别精心安排以便乘父兄羁留在外之际才开始绝食呢?显然她是担心其父兄会干涉劝阻使她无法殉夫。这又反过来间接地说明了毛际可一直是在劝的。如果这次毛际可在的话,他很有可能会去劝阻,否则女儿这次就不会如此煞费苦心了。

[23]《祭亡女文》,《会侯先生文钞》,卷一五,页 21a—21b。

另外值得注意的是毛际可赞扬胡烈妇的阿婆与母亲没去劝阻她殉夫等"知大义而断姑息之爱"的话是写在己未年(1679)。那时毛孟还没成婚,所以也还没有以后的一连串殉夫的举动。当然,在尚未经历失去女儿之痛的那时的他来说,用"知大义"等大话来称赞别人是比较容易的,但轮到自己躬身实践时,情况就未必一样了。而《亡女节烈述》却是女儿殉夫后过了一段时间才写成的。在毛际可自己的回忆中,他也许是在试图将他自己重新塑造为一个知大义的父亲的形象,也就是说他知道女儿节烈志坚所以没有去劝阻她。这就是所谓记忆力的事实微妙重构吧。种种迹象表明毛际可并非像他自己所想象的那么知大义,他未必能像他要求别人的那样来要求自己做到"断姑息之爱"。但这里我们倒不必太责备毛际可虚伪。实际上这种言行不一是"理论"与"实践"之间的脱节所必然造成的后果。

尽管在他所留下来的文字里他对女儿殉夫的节烈举动一直是褒扬的,但毛际可对造成其婚姻悲剧的原因还是有所道及,而且他并不是一点也没有有负于女儿的自责,虽然这一点他从来没有直接挑明。我们知道毛际可《亡女节烈述》一文是在毛孟死后回到家乡读到了亲家方象瑛的《仲妇毛氏殉烈述》以后写成的。方象瑛(1632—1702),字渭仁。康熙六年进士。康熙十八年(1679)又举博学鸿词科(而毛际可则试而未中),授编修。他与毛际可既是同乡又是好友,两家结亲似乎也是很自然的事情。

我们将方象瑛的《仲妇毛氏殉烈述》和毛际可的《亡女节烈述》两篇文字中的有关段落对照着读,也许可以看出后者对此次婚姻一丝懊悔的端倪。亲家方象瑛是这样写的:"庚申予官京师,四月遣仲子就婚于汴。儿于春初得脾疾,长途骡车憨顿,疾遂甚。结缡后,即出居外馆。妇年甫十七。奉汤药，亲濯溦，数月不解带。儿以误妇终身为憾。"[24] 而毛际可自己的有关文字却稍有不同："奕昭从京师原来就婚，时患脾疾已遽，勉为结缡，五日即移居外馆。亡女日视汤药，亲浣涤维谨，疾革，奕昭曰：'吾此来，百悔何及！虽然，吾敢以五日误汝终身？'"方说他儿子的病是因为长途劳累而加重的，言下之意，这是决定结婚前所始料未及的。并只用一个"憾"字淡淡地描写了儿子的感情。但毛则强调女婿来就婚时已经病入膏肓了，但还是勉强结婚了。这里"勉为结缡"一句尤其引人注目。而且在他看来，女婿不只是"憾"而是"百悔何及"。这里的"悔"也可能反映他自己的感情：悔不该让他们成婚。如果说毛际可在这里还是有点措辞含糊，那他在为另一位徐姓节妇所撰的《徐贤媛传》一文中一段颇为蹊跷的文字却是要直截了当得多了。在讲述徐氏在其未婚夫"惊痫成疾，寒暑饥饱不能自觉"之后仍然坚持嫁过去，照顾他二十年如一日之后，毛际可突然笔锋一转，来了下面这一段颇耐人寻味的话：

> 嗟呼！忆余女婿方子远来就婚汴仪，疾劳已不可为。而女婿谓："如不成婚，即辞去。"余恐其毙命道途，遂勉为吾女结缡。甫三日，移居外馆，吾女日往调视，腥秽狼藉。未几婿殁，为之坠楼，绝而复苏。《通志》亦幸得附列焉。阅徐贤媛事，颇相类。把笔传此，不觉流涕。[25]

此处他说他女婿尽管病得根本不能成婚，却威胁说，若不能成婚，他就立刻踏上千里归途。这简直是以死相逼了。毛际可就是在这样的威逼之下才勉强同意他们成婚的，以至酿成了以后一连串的悲剧。

人们不禁会问那么方家之子为什么要这般急匆匆千里赶来结婚呢？关于这一点方象瑛在悼念其子的《亡仲子行述》一文提供了一些线索：方象瑛一共有三个儿子，老大和老三都在读书考科举，唯独这个老二从小善病，身体一直都非常不好，似乎没有积极准备科考。但他非常孝顺。庚申上元日他在京城游玩过于劳累，再加在外边吃了不干净的食物，得了脾疾。三月，方象瑛的夫人病重。儿子为了买到"美木"做好

---

[24]《仲妇毛氏殉烈述》，《建松斋续集》，《四库全书存目丛书》影印康熙刻本），卷七，页14a。
[25]《安序堂文钞》，卷一一，页18a—b。

的棺材替母亲准备厚殓,建议向妇翁(毛际可)借贷。四月病中的母亲"谋为娶妇代家政"。在母亲的怂恿下,他踏上千里就婚的路途。[26] 这里方象瑛对于为什么要让身体本已不好的儿子就婚千里之外而不是将毛孟迎娶到家中,以及若要"娶妇代家政"为何不选择让大儿子结婚等问题都语焉不详,或有其他隐情不可知。当时毛际可携女在河南的祥符做知县。一朝长途劳顿再加忧病母心切,所以到毛际可那里,他人已病得很重了。而之所以愿意千里迢迢去就婚,可能与他想要向妇翁借贷有一定的关系。当毛际可看到他的情况有点犹豫时,这位未来的女婿竟然对毛际可说出了"如不成婚,即辞去"这样以死相逼的话来。也许这是因为孝子担心在家里病重的母亲。但毛际可当时的不满之意是可以想见的。

[26]《亡仲子行述》,《建松斋集》,卷一四,页34a—35b。
[27]《会侯先生文钞》,卷九,页10a。
[28]《儒林外史会校会评本》,页632。

有意思的是毛际可在那些直接有关女儿的文字中都比较小心,而偏偏在为一位与女儿完全没有直接关系的节妇所写的小传里发泄这种不满。这种看似不经意的做法可能更反映出了毛际可的心结。《徐贤媛传》一文初收于毛际可生前出版的《安序堂文钞》中。但颇耐人寻味的是在他去世后由他子孙编辑出版的《会侯先生文钞》选入这篇文章时,这段对女婿不满的话却被悄悄删去了。[27] 显然编者认为此段文字不太合适。可是这段话恰恰透露了毛际可的耿耿于怀,但他又不想让女儿的夫家太难堪,所以只能在一篇看似没有直接关系的文章中忍不住提上一笔。另外,毛际可与方象瑛是相互间很熟悉的同乡好友,方二儿子从小身体不好的情况他一定会有所知晓,但还是将女儿许配给了他。所以女婿后来病死乃至女儿结婚没多久就成了寡妇,他恐怕不会没有一点自责吧。更有甚者,毛际可那时若没同意他们成婚,也许以后女儿就没有十九日绝食殉夫的惨剧,他也就不会有失女之痛了。他大概不会为女儿为此做不了烈妇而感到遗憾吧。当然也会有人反过来说,毛际可应该感激女婿,因为他的病逝造就毛孟做上了烈妇的机会并使他这位父亲有了如此的荣耀。不过毛际可此处的"不觉流涕"也使我们想起了《儒林外史》中有关王玉辉在女儿殉夫后因伤心而外出散心的一段描写:"见船上有个少年穿白的妇人,他又想起女儿,心里哽咽,那热泪直滚出来。"[28]

从女儿坠楼未死一直到最后绝食殉夫以后的许多年里,毛际可每次为其他烈女节妇撰写碑传时,很少会不谈起自己女儿悲壮的节烈行为。书写这些烈女节妇的传记也成了他回忆亡女的时刻。这也是他抒发痛失女儿之情的机会。仿佛书写其他的烈女事迹能让他失女之痛得到一分纾解。虽然此时他一定会讲他是如何为女儿而感到自豪,但"不觉流涕"也是免不了的。甚至于偶尔会情不自禁地流露出一丝的懊悔,尽管这种流露还往往是犹犹豫豫的。

不论是吴敬梓的《儒林外史》还是金兆燕的原诗,有关父亲对女儿的殉夫就义既悲伤又赞赏的心情都有描写,实际上这两种感情并不相互矛盾,就像现在若有谁为国捐躯了,其父母可能会同时感到又荣耀又悲伤。当时许多人也可能不会去苛责一个烈妇父亲在这两种感情之间的游离。关键是现在我们很少有人会赞成女子殉夫这种举动了,尽管对于殉国这类的义举则还是比较能接受的。毛际可作为一个烈妇的父亲写下的文字仿佛让我们听到了《儒林外史》中的王玉辉在向我们直接述说着他自己的节烈观以及他对女儿殉夫的复杂心境,而毛际可这种节烈观和作为烈妇父亲感情纠结的叙述没像王玉辉那样被框在一部讽刺小说的语境之中,这却让我们有了一个机会对明清节烈现象的另外一个到目前为止还不太为人注意但却是很重要的侧面有了进一步的了解。

附录

难以逃遁的困境：
《阿Q正传》的叙述者及其话语*

> * 该论文最初发表在 1990 年第 4 期的《现代中国》(*Modern China*) 上，是笔者根据当时在华盛顿大学攻读比较文学博士时的一门课程的期末报告改写而成。此文的中文译文于 1991 年 6 月在《上海文论》(总第 30 期) 上刊出。译者为上海戏剧学院的孙绍谊教授。当时孙教授还是硕士研究生。因为与作者不认识，孙绍谊教授当时将作者的中文名字音译为"黄维宗"。遗憾的是孙绍谊教授于 2019 年故去。此文在本集中重印寄托了作者对孙教授的深切怀念。

随着文学研究的日渐精致化，学者们，特别是西方的学者，开始对鲁迅小说中叙述者的精妙处理表现出越来越大的兴趣。这一敏锐的叙事意识正是鲁迅区别于传统小说作家的所在。[1]当我们将鲁迅作为现代中国知识分子的一员，考察他持续一生的困境时，鲁迅小说中的叙述者角色就显得愈发重要了。过去这方面的研究仅仅局限于鲁迅小说中的第一人称叙述者，而其他种类则尚未论列。本文的目的在于揭示鲁迅的困境是怎样反映在《阿Q正传》叙述者——通常认为是第三人称叙述——的话语之中的。这篇小说比我们通常所认为的更加复杂含混。

鲁迅的困境

　　托马斯·麦兹杰（Thomas Metzger）发展了由唐君毅（Tang Junyi，音）提出的论点，他认为中国知识分子一直具有一种强烈的"困境感"（sense of predicament）：一方面，他们遵奉"儒家的信条，认为个体能够并且应该在精神深处集聚上帝似的道德伟力"，达到圣贤境界，从而在社会上促成普遍的道德秩序；而另一方面，这一信条"又与他们无法达到该境界的恐惧矛盾地结合在一起"。[2]中国知识分子倾向于用"普遍的道德衰微"来形容周围

---

[1] 李欧梵称"鲁迅在中国文学史上第一次鼓动并有意识地发展了小说叙述者的复杂艺术"。见李著《铁屋中的呐喊：鲁迅研究》[*Voices from the Iron House: A Study of Lu Xun* (Bloomington: Indiana University Press, 1987), p. 62]。

[2] 李欧梵将中国现代文学浪漫主义的起源追溯到传统中国知识分子的思维方式，如范仲淹的思想（所谓的"忧患意识"，见李著《中国现代作家的浪漫一代》[*The Romantic Generation of Modern Chinese Writer* (Cambridge:Harvard University Press)，页250。"困境"之词借麦兹杰的用法，氏著《逃脱困境：新儒家与中国政治文化的演化》[*Escape from Predicament: Neo-Confucianism and China's Evolving Political Culture* (New York: Columbia University Press, 1977)]，它当然与李欧梵所称的部分中国知识分子思想中因"忧患意识"而起的困境有联系。但是，有重要的一点需澄清。正如麦兹杰所著《逃脱困境》书目所揭示的，他认为西方文化、科技和经济思想的影响为中国人摆脱困境、达到既定目标提供了新的手段。（在麦兹杰看来，新儒家的目标与帝制后中国知识分子的目标基本相似：即如何通过个体的求圣贤和以道德改造世界来达到超验的宇宙善的同一。）但是，据我的研究，麦兹杰所描绘的对逃脱可能性的乐观主义从未在鲁迅的作品中出现过。本论文的目的正是为了展示"难以逃逸"意识是如何反映在《阿Q正传》中的。林毓生曾写道："鲁迅的绝望是出自对中国问题的现实主义理解……"见林著《心灵的道德性和政治的非道德性：关于作为知识分子的鲁迅的一些想法》("The Morality of Mind and Immorality of Politics: Reflections on Lu Xun, the Intellectual"），载李欧梵编《鲁迅与他的遗产》[*Lu Xun and His Legacy* (Berkeley: University of California Press, 1985), p. 108]。在一篇论述鲁迅的文章中，胡志德一方面同意麦兹杰关于帝制后中国社会弥漫乐观主义的总的观点，另一方面也认为鲁迅是一个特例："鲁迅深刻的悲剧性的孤独感使他与现代中国潘格罗式的乐观主义绝缘。"见胡著《雪中之花：鲁迅与现代中国文学的困境》("Blossoms in the Snow: Lu Xun and the Dilemma of Modern Chinese Literature"），载《现代中国》（*Modern China*）1984年第1期，页49—77。关于其他学者对麦兹杰著作和其反应的保留态度，见阿里托编，《书评讨论会：托马斯·A. 麦兹杰的〈逃脱困境〉》("Review symposium: Thomas A. Metzger's *Escape from Predicament*"），载《亚洲研究学刊》（*JAS*）1980年第39期，页237—290。

的环境世界，他们生活在永不停歇的焦虑与疑惧中，"既不能中止又不能取得成效地"尝试用道德的努力来改变现存的状况。[3] 作为一个生逢激变时代的作家，鲁迅是中国知识分子这种基本困境的鲜明例证。

鲁迅对其作品的自我评述常常泄漏他对这种困境的焦虑。一方面，他是"文以载道"这一传统思想的信徒，认为自己写作的主要目的在于启蒙和改造同胞的精神："所以我们的第一要著，是在改变他们的精神，而善于改变精神的是，我那时以为当然要推文艺，于是想提倡文艺运动了。"（《呐喊·自序》）在早期论文《摩罗诗力说》中，鲁迅对作家具有改造这伟大的信仰得到了最明确的体现。他对作家在社会变革中能扮演反抗斗士的特殊角色的思想，不仅仅受到西方浪漫英雄如拜伦的影响，而且与"先觉"观念密切相连。具有矛盾意味的是，"先觉"观念却深深植根于鲁迅所要起而反抗的文化传统之中。[4] 另一方面，鲁迅也似乎意识到，通过启蒙手段将国民从陈旧的价值观念负担中解放出来的文学尝试，在其开端就注定要遭厄运。鲁迅著名的"绝无窗户的铁屋子"的隐喻显露了这方面的隐忧：

[3] 阿里托，《书评讨论会：托马斯·A. 麦兹杰的〈逃脱困境〉》，《亚洲研究学刊》，1980 年第 39 期，页 240。
[4] 关于"先觉"概念与中西历史中相应概念的简短比较，见余英时，《士与中国文化》（上海：上海人民出版社，1987），页 501—503。
[5] 李欧梵，《铁屋中的呐喊：鲁迅研究》，页 86—87；林毓生，《心灵的道德性和政治的非道德性：关于作为知识分子的鲁迅的一些想法》，页 109。

> 假如一间铁屋子，是绝无窗户而万难破毁的，里面有许多熟睡的人们，不久都要闷死了，然而是从昏睡入死灭，并不感到就死的悲哀。现在你大嚷起来，惊动了较为清醒的几个人，使这不幸的少数都来受无可挽救的临终的苦楚，你倒以为对得起他们么？
>
> 然而几个人既然起来，你不能说决没有毁坏这铁屋的希望。
>
> 是的，我虽然自有我的确信，然而说到希望，却是不能抹杀的，因为希望是在于将来，……（《呐喊·自序》）

尽管该段末尾表达了毁坏铁屋的希望，但整个段落潜在的悲观主义却是清晰可感的。[5] 有时，作为一个饱受教养的知识分子，鲁迅甚至怀疑自己能否从他猛烈抨击的"古老"传统的束缚中彻底解放出来。或许是在《写在〈坟〉

[6] 似乎是为了证明这种不可逃脱性，鲁迅以引用古典诗歌结束了这篇后记，而实际上它恰恰是一篇关于"古书"会给人们带来何等坏影响的文章。最具悖论意味的是：鲁迅深信不疑的对传统的攻击却恰恰依赖着他所欲消灭的传统。亦见林毓生的论述，《心灵的道德性和政治的非道德性：对作为知识分子的鲁迅的一些想法》，页109。

[7] 里埃尔，《鲁迅的现实观》[Lu Hsün's Vision of Reality (Berkeley: University of California Press, 1976), pp. 286-287]。

后面》一文中，鲁迅这种明显的对难以逃遁的困境的失望达到了最低点："但自己却正苦于背了这些古老的鬼魂，摆脱不开，时常感到一种使人气闷的沉重。"痛苦地意识到"古老的鬼魂"的负担，鲁迅似乎觉得束手无策，他"不明白是在筑台呢还在掘坑"，并最终得出了令人绝望的结论："我只确切地知道一个终点，就是：坟。"这样，鲁迅实质上承认自己无法逃脱困境。[6] 对鲁迅作品中这种无可逃遁的困境感的理解是至关重要的，因为它有助于我们剖析《阿Q正传》中叙述者的话语和对整篇小说的把握。

《阿Q正传·序》的修辞

《阿Q正传》的一个显著结构特征是它在故事中包含了一个散漫的序言。某些批评家一直对这段序言迷惑不解，而另一些批评家则干脆忽视它的重要性。威廉姆·里埃尔（William Lyell）认为《阿Q正传》的序言与中国传统短篇小说的程式化开场可能存在某种关系，他将序言与小说是以连载形式出现这一事实联系在一起：

在开始正式故事前，他在序言中费了很多节外生枝的笔墨来任意抨击他眼中的敌手。如果鲁迅真的是在茶馆里讲故事，那么这种方法无疑可作为等待茶客陆续进入的好填料。即使当某人在故事叙述到第二部分时才进入茶馆，那他的钱也花得不冤枉，因为几乎不会错过任何正式的故事内容。或许，鲁迅原先在同意写这样一个连载故事时，就被能有机会实验中国传统小说的技巧所吸引。……当然，因为小说以连载的形式出版，我们也就不必在逻辑上期望它处处写得那么简洁了。[7]

里埃尔似乎在暗示，《阿Q正传》的序言是一种与中国传统小说程式的不经意的调情，它可以从全文中删除而不影响整篇故事的意蕴。（"几乎不会错过任何正式的故事内容"）但是，我却觉得序言是整个故事意蕴不可或缺的部分，从逻辑上讲，它构成了读者得以理解故事的框架。

在序言中，鲁迅有意识地以传统中国白话小说的规则来嘲弄传统史传程式。这种滑稽模仿的"姿态"（gesticulations）立刻提醒读者：故事中有"影响焦虑"（the anxiety of influence）因素的存在。[8]序言一开始，叙述者就声称他无法在史传传统中为自己的故事找到适当的属名（事实上，整篇序言是对下面故事的"属性"的演述）。叙述者还细致地解释为什么传统史传分类中没有一项符合他自己为阿Q作的"传"。通过以上途径，他不仅嘲弄了传统的史传，更加微妙的是，这还泄露了他自己（也包括鲁迅本人）的"影响焦虑"。他找到了某种"新"的史传种类，试图通过它来确立并证实自己的叙述。因为在这以后，叙述者确实给自己的故事取了一个适当的名字，从而与序言中引用的儒家名言"名不正则言不顺"相吻合。这又一次证明，不存在任何逃脱传统的可能性，因为叙述者无论以怎样的讥嘲态度对待传统，他仍然接受传记作者的传统角色：为了超越传统，他必须先依靠传统。叙述者明显为自己选择阿Q这样一个"俗凡的"人物作传记主角感到"勇敢革新"的骄傲，但是，这一选择同样也引起了他——从书生气十足的引经据典看，此人是受古老传统教育的知识分子——的不安。[9]

序言中规定其既具有传统传记又具有白话小说风貌的特征之一是非个人化叙述的运用。叙述者通过对其自身故事和上述两种传统类型相似性的涉及，明显企图强调他叙述调子的非个人性。但是，具有反讽意味的是，他的创新并不在于这种自觉的"间离"（distancing），而恰恰在于他不时地"卷入"

[8] 布卢姆认为，自弥尔顿以来，诗人们均有一种"迟到"意识：即觉得自己在诗坛上是一个迟到者，担心他们诗学上的"父亲们"已经用尽了所有的灵感。这使他们患了恋母情结症，即一种拼命想否认父系的冲动。较晚地从事写作，他们不得不"误读"前辈的著作，以创造空子证明其作品的独创性。如何对付迟到的焦虑是许多作家面临的问题。见布卢姆，《影响焦虑：诗学理论》[*The Anxiety of Influence: A Theory of Poetry* (Berkeley: University of California Press, 1973)]。以布卢姆的观点考察鲁迅与其前辈的复杂关系必须留待另文讨论。关于对此问题的不同理解，见谢曼诺夫，《鲁迅与其先辈》[*Lu Hsün and His Predecessors* (New York: Routledge, 1980)]；李欧梵，《鲁迅作品中的传统性和现代性》（"Tradition and modernity in the writings of Lu Xun"），载李编，《鲁迅与其遗产》。
[9] 安德森似乎意识到了鲁迅小说某些第三人称叙述者的"不安"，他认为"即使在那些拥有全知全能叙述者的小说中，我们也能找到这种不自在的印证"，见安著《形式的道德性：鲁迅与现代中国短篇小说》（"The Morality of Form: Lu Xun and the Modern Chinese Short Story"），载李欧梵编，《鲁迅与其遗产》，页40。

[10] 具有反讽意味的是，在其他作品中，鲁迅曾提到《阿Q正传》使某些读者（都是受过良好教育的知识分子）如何感到不安，因为他们怀疑鲁迅以他们为原型塑造了阿Q这个人物，目的是为了嘲弄他们（鲁迅《〈阿Q正传〉的成因》）。在这里，阿Q的"普遍意义"似乎也使叙述者感到不安，他渴望与阿Q保持间离。

[11] 鲁迅文学生涯的一个最终目标是为沉默的民众说话，但他常常更多地以自己的"声音"而非哑口的普通民众的声音结束故事。

（involvement）主人公的状态之中。比如序言里作为一个"戏剧化的叙述者"（dramatized narrator）的短暂出现，又比如故事结尾时所泄露的对阿Q的情感移入。在这一点上，叙述者偶一为之的"自卫"（self-defensive）性陈述带有特殊的反讽意味："'自传'么，我又并非就是阿Q。……其次是'家传'，则我既不知与阿Q是否同宗，……"人们通常认为，《阿Q正传》的特殊力量在于它能够迫使读者与主人公认同。[10] 叙述者如此热衷于讽刺性的修辞，似乎旨在在他自己和阿Q之间营造某种安全的距离。以这种眼光看，叙述者话语可被部分视为同阿Q保持某种距离的绝望的努力；他的嘲弄语调是实现"间离"的一种方式。

　　滑稽地模仿传统史传中的传记性作品规范，叙述者声称：由于主人公只是一个农民，所以他很难搜集关于阿Q的某些重要资料，如他的籍贯乃至真实姓名等。尽管他曾经听到别人提及过阿Q的名字，但他却不知道阿Q的名字是怎么写的。像阿Q这样的目不识丁的农民大概也不知道怎样写自己的名字（故事发展到后面，当阿Q被勒令签名时，他只是用画圆圈来代替）。叙述者不无得意地称阿Q的名字"那里还会有'著之竹帛'的事，若论'著之竹帛'，这篇文章要算第一次"。在这里，叙述者掌握书写文字的特权受到强调；同样，读者也能注意到横亘在"口头"和"书面"语言之间的障碍，它同时更象征着横亘在目不识丁的农民（阿Q）与知识分子（叙述者）之间的障碍。尽管叙述者话语存在的理由在于他试图将阿Q的生活告诉读者，[11] 但附着于此的语言障碍却削弱了叙述者的权威。作为一个受过高等教育的知识分子，叙述者可能克服语言、文化上的障碍去深入地理解一个农民，并"典借嗓音"（lend voice）给他吗？于是，人们对叙述者关于他能够理解并描绘主人公阿Q的过度自信这一点产生了严重的怀疑，尽管叙述者自己并未清醒地意识到这个问题。众所周知，这个问题也时常困扰着鲁迅本人：

　　　　我们的古人又造出了一种难到可怕的一块一块的文字；但我还并不

十分怨恨，因为我觉得他们倒并不是故意的。然而，许多人却不能借此说话了，……至于百姓，却就默默的生长，萎黄，枯死了，……

要画出这样沉默的国民的灵魂来，在中国实在算一件难事，……我虽然竭力想摸索人们的灵魂，但时时总自憾有些隔膜。……[12]（鲁迅《集外集》俄文译本《〈阿 Q 正传〉序》，着重号为引者所加）

[12] 译引自里埃尔，《鲁迅的现实观》，页 238—239。有趣的是，里埃尔有意贬低鲁迅对这个问题关注的意义："这些疑问可能是有迹可循的，但它们或许不像鲁迅想让我们相信的那样重要。"同上，页 239。

[13] 里埃尔把鲁迅小说的叙述者区分为五类：①小说叙述者；②作为叙述者的鲁迅——论战语调；③作为叙述者的鲁迅——伤感语调；④以个人为中心的——心理型；⑤以团体为中心的——社会型。但是，他认为《阿 Q 正传》的叙述者"属于自己特有的类型"。暂不论他这种分类恰当与否，里埃尔似乎已感觉到《阿 Q 正传》叙述者的疑难性。见《鲁迅的现实观》，页 267—281。

从这方面看，《阿 Q 正传》叙述者所流露的过度的"语言自得"（linguistic complacency）和通篇小说的"语言的过分讲究"（linguistic fastidiousness）或许间接地泄漏了鲁迅自己对超越"隔膜"、表现阿 Q 式社会地位人物的真正声音的可能性的疑虑。

阿 Q 名字问题只能借罗马字母来解决这一事实增添了隐含于故事中的飘忽不定的反讽意味：只有像叙述者这样一个受过教育的人才能如此做。实际上，阿 Q 也本可以称叙述者为"假洋鬼子"，他曾用这个称呼形容出过洋、喜欢在话语里夹些英语单词的钱太爷的儿子。因此，尽管叙述者可以取笑阿 Q 明显的滑稽言行，但他自己也难以完全逃脱成为阿 Q 讥嘲对象的境遇。

叙述者的话语

在鲁迅的小说中，《阿 Q 正传》的叙述者是一个特例。[13] 这个叙述者通常被归为第三人称叙述者。但是，在《阿 Q 正传》的序言中，叙述者常以第一人称的姿态呈现（"我"出现数次），直到进入故事正文，代词"我"才消失，被权威性的第三人称叙述者所替代。以辩解似的第一人称的声音开篇，自然就削弱了惯常由第三人称叙述者展露的"上帝似的"权威，而在小说的正文中，叙述者却似乎拥有这种权威。[14]

意识到故事叙述调子的这种前后矛盾，我们可以继续进一步审视叙述者话语的其他特性。正如许多学者所指出的，《阿Q正传》的反讽是作者运用嘲弄性史传（或更正确地说，是嘲弄性传记）技巧的结果。[15]换句话说，在某种意义上，《阿Q正传》的反讽效果出自叙述形式和故事内容之间的不协调，这种不协调源自序言对叙述常规的挑战。[16]需要强调的是这种反讽具有双重性。一方面，根据公认的传记常规，阿Q的生活不值得作为"优雅"叙述的主题，另一方面，优雅的叙述确实运用于阿Q生活的讲述时，它本身也变成了滑稽尴尬的东西。这样，人们对常规本身也会产生严重的疑问。

在《小说的话语》一文中，俄国理论家米哈依尔·巴赫金（Milkhail Bakhtin）认为喜剧小说的共同特征之一就是所谓"异调"（或译"复调"，heteroglossia）：

当异调进入小说时，它带来了艺术的再次操作。那些所有赋予语言以特殊而实在的概念化的字词与形式，那些蕴居于语言中的社会和历史的噪音被组织到小说中，成为一种结构性的文体系统。它表述了作者在其异调时期变异了的社会意识立场。[17]

异调的特殊形式之一是"伪客观动机"（pseudo-objective motivation）。例证之一是《阿Q正传》的叙述经常或显或隐地用那些代表官方和流行的社会意识形态乃至被确证的准则的噪音说话。根据巴赫金的观念，"这种动机特别具有喜剧文体的特性，在这当中，其他人的话语占有支配地位（某些实在的人的话语，或更经常地是一个集体的嗓音），从语言学上讲，它具有"多变地游戏于话语类型的界限之间"的性质"。[18]在《恋

---

[14] 比如，在序言中，鉴于第一人称叙述者的特点，他声称自己不知道怎样写阿Q的名字，因为阿Q是一个如此默默无闻的人物。除了其他功能外，这自然给他以后叙述上的自由涂抹了反讽色彩，因为小说以后的叙述提供了对阿Q生活的各种各样的权威解释，这只有第三人称叙述者才能做到。

[15] 韩南，《鲁迅小说的技巧》（"The Technique of Lu Xun's Fiction"），《哈佛亚洲学刊》（HJAS）1974年第34期，页81—82。

[16] 关于区别故事与话语的必要性，参见查特曼《故事与话语：小说和电影中心叙述结构》[Story and Discourse: Narrative Structure in Fiction and Film（Ithaca: Cornel University Press, 1978）]；库勒《符号的追求》[The Pursuit of Signs（Ithaca: Cornel University Press, 1981）]。

[17] 巴赫金，《对话的想象》[The Dialogic Imagination（Austin and London: University of TEXAS Press, 1981），p. 300]。

[18] 巴赫金，《对话的想象》，页305。

爱的悲剧》一章中,关于阿Q的罗曼史有这么一段叙述:

"断子绝孙的阿Q!"
　　阿Q的耳朵里又听到这句话。他想:不错,应该有一个女人,断子绝孙便没有人供一碗饭,……应该有一个女人。夫"不孝有三无后为大",而"若敖之鬼馁而",也是一件人生的大哀,所以他那思想,其实是样样合于圣经贤传的,只可惜后来有些"不能收其放心"了。

　　在这里,叙述者的话语与其他人的不同话语交织在一起,其中最具"权威性"的是"圣贤"的话语。它们极端文言的语体具有反讽意味地与阿Q本人粗俗的语体形成对照(可惜的是,其中很多语体上的特性在英语译文中丧失了)。最后,叙述者以自己的嗓音装着为阿Q辩护,声称阿Q之所以不能合乎圣贤的标准,是因为他时时不能收其心(原文"不能收其放心"出自孟子)。[19] 这里的异调游戏提醒读者注意意义更加微妙的反讽运用:被讽刺的绝不仅仅是阿Q本人,而且也包括文言语体及其意识形态。阿Q对女人的兴趣不是罗曼蒂克(正如章节的题目反讽性地暗示的那样),甚至也不是性,而是抽象和社会习俗。尽管这些业已得到确认的思想是经由阿Q无法接近的语言所转达的,但他还是间接地被它"污染"了。
　　上述例子中,"他人"的话语以直接的形式出现(在印刷上以引号标出)。叙述者话语的另一重要特征是巴赫金所称的"滑稽的模仿"(parodic stylization)。叙述者不加确证(如印刷上的标出等)地引入他人的话语。这些"异己的"(alien)话语很不易与叙述者自己的话语区分开,但正因为它缺乏直接性,因而其讽刺效果常常更加深刻:

　　阿Q又很自尊,所有未庄的居民,全不在他眼睛里,甚至于对两位"文童"也有以为不值一笑的神情。夫文童者,将来恐怕要变秀才者也;赵太爷钱太爷大受居民的尊敬,除有钱之外,就因为都是文童的爹爹……(着重号为引者所加)

[19] 孟子的原文如下:"学文之道无它,求其放心而已。"《中国古典文粹》[*The Chinese Classics*](香港:香港大学出版社,1960)],卷二,页414。

难以逃遁的困境:《阿Q正传》的叙述者及其话语　208

[20] 关于"聚焦""焦距"的一般性论述，见热奈特，《叙述话语：关于方法的论文》[Narrative Discourse: An Essay in Method (Ithach: Cornell University Press, 1980), pp. 189—252]；雷蒙-苛南，《叙述小说：当代诗学》[Narrative Fiction: Contemporary Poetics (London and New York: Routledge, 1980)]；巴尔，《关于叙述嵌入的论》("Notes on narrative embedding")，《今日诗学》(Poetics Today) 1982年第2期，页31—59。

总体上说，这段叙述的"聚焦"[20]是叙述者。但是，对该段加着重号的部分和单词"爹爹"来说，聚焦是村里的百姓。换句话说，句子是叙述者通过村民们的视点"叙述"出来的，因而与巴赫金所称的"集体的噪音"（a collective voice）相类似。这句话标志着叙述者讽刺的对象已从其愚昧无知的主人公转移到虚伪的村民身上。增添讽刺之辛辣性的是成功地运用"滑稽的模仿"。这句简单句是文言（文人学士使用）和白话（没受过教育的村民使用）的笨拙的"混合建构"（hybrid construction，巴赫金用语）。在中文原文中，句子的开头，"夫文童者"，采用典型的文言体式，而除了不协调的古典风格的字眼"者"和"也"外，句子的其余部分则是白话的语式。段落的最后一句显然是叙述者对村民态度的解释。但是，非常口语化的字眼"爹爹"则告诉我们叙述者再一次与"他人"的话语结合了。这种"混合建构"完美地抓住了村民势利与忌妒的典型特性：他们笨拙地试图模仿或重复富人和"智识者"所说的话，这是村民们无意识的滑稽模仿，而这种模仿本身又被叙述者滑稽地模仿了，是一种实实在在的双重滑稽模仿。正是通过此类滑稽模仿，讽刺的锋芒从阿Q转向了村民。叙述者似乎暗示我们，同这些村民相比，阿Q敢于蔑视赵太爷钱太爷的勇气倒是值得我们同情的。当然，叙述者困境的某一方面是他不可避免地依靠古典语言来演进他的讽刺话语。

上述例子给叙述者话语带来了一个更加鲜明而重要的特性：即一种几乎过分依赖他人的话语来进行叙述的特征。一方面这种依赖可能是讽刺意图的需要，另一方面它也昭示叙述者不愿（或许也包括作者本人）直接面对阿Q"故事"的重要性。这是一种蓄谋的"逃避"，即从他和他的主人公最终共享的"困境"中逃脱出来，从每个人被指定而又无法挣脱的社会角色中逃脱出来。这又导致了叙述者的另一重要方面——即他与可怜的主人公阿Q的血缘关系。

共同的困境

叙述者和阿Q都不能逃脱习俗的束缚：他们都关注"完成角色"（role-fulfilling）。在这方面，阿Q当然更加明显。小说全篇，阿Q都试图按照他对习俗的自我理解扮演不同的角色，在某种程度上，这正是他的悲剧。有某些角色阿Q是没资格扮演的：他越界企图扮演一个情人（或父亲）和一个革命者的角色使他付出了生命的代价。阿Q对传统剧目唱词的偏好，戏剧化了他这种角色完成的企图：

> 阿Q忽然很羞愧自己没志气：竟没有唱几句戏。他的思想仿佛风似的在脑里一回旋：《小孤孀上坟》欠堂皇，《龙虎斗》里的"悔不该……"也太乏，还是"手执钢鞭将你打"罢。他同时想将手一扬，才记得这两手原来都捆着，于是"手执钢鞭"也不唱了。

甚至阿Q临死前最后想完成某种角色的象征性举动也被残忍地阻挠，他的生命结束了，使那些特意赶来看杀头、希望听他最后唱几句戏的人们颇感失望。在故事的其余部分，角色的完成具有特殊的普遍重要性：

> 《阿Q正传》中的所有人物都十分关注扮演各自适当的角色。假洋鬼子的老婆感到与没了辫子的男人在一起是种屈辱，所以企图自杀；而当吴妈自觉受了阿Q的羞辱后，也企图采取相同的举动。[21]

[21] 里埃尔，《鲁迅的现实观》，页234。

阿Q与其他人的主要区别或许在于：他不能聪明地按照社会习俗来扮演那些仅仅适合于他的角色。

与阿Q相比，叙述者的角色完成显得更为复杂。首先，他与阿Q的区别在于自我意识的程度。当他嘲弄著名的儒家格言"名不正则言不顺"时，叙述者显露了对角色完成的清醒意识。这句格言代表了儒家观念的某一重要方面，即"正名"。它强调在一种谐和的社会秩序的基础上，通过人人都在规定好了的角色系统中扮演被分配的角色,来建立名与实的适当关系。在《阿Q正传》中,叙述者——受过良好教育的"我",扮演的是传记作家的角色(或称"讽刺性传记作家"),正如鲁迅意图扮演一个具有社会意识的传统作家角色、为沉默的民众说话一样。他对自己选择小说作家角色来拯救民众灵魂的怀疑以及他最终放弃这种角色表明:他的角色选择也是在不断变更的。

古代传统的担子重压在阿Q和叙述者两人身上。尽管叙述者对阿Q"迷恋""忌讳"(taboo)传统的习俗极尽挖苦嘲讽,但他对这一点也不像自己所想的那样清楚。关于阿Q,他这样写道:

> 最恼人的是在他头皮上,颇有几处不知起于何时的癞疮疤。这虽然也在他身上,而看阿Q的意思,倒也似乎以为不足贵的,因为他讳说"癞"以及一切近于"赖"的音,后来推而广之,"光"也讳,"亮"也讳,再后来,连"灯""烛"都讳了。

阿Q的忌讳运用与叙述者在序言中特别使用(尽管似无意识的)"茂才"来指称"秀才"相似:"我也曾问过赵太爷的儿子茂才先生,谁料博雅如此公,竟也茫然。"在故事的其他部分,叙述者总是用更加流行的"秀才"二字来指称"茂才"。据称,"茂才"用法的起源与古代忌讳有关。[22] 作为"受忌讳污浊的"语言的说话人,叙述者自己也被"污染"了。因此,在这里,叙述者的措辞具有反讽意味地泄露了这样一个事实:尽管他不无优越感地讥嘲阿Q对忌讳传统的着迷,但他本人也难于完全从这种传统中脱逃出来。虽然他和阿Q在社会地位、文化水准上存在着差异,但他们却明显浸淫于共同的文化传统中。

或许,故事中没有一处像结尾时描绘阿Q的死那样更加清晰地展现了阿Q与叙述者之间既爱又恨的矛盾状态:

> "好!!!"从人丛里,便发出豺狼的嗥叫一般的声音来。……

---

[22] 根据一种涉及权力的忌讳,使用任何在声音上类似帝皇名字发音的文字都受到禁止。因此,当刘秀成为东汉光武帝时,"秀才"用语的"秀"字就不能使用。结果,人们只能用"茂"来代替"秀"。以后,像"秀才"一样,"茂才"也用来指称"秀才",见《辞海》(上海:上海人民出版社,1977),页545。

阿Q于是再看那些喝彩的人们。

这刹那中，他的思想又仿佛旋风似的在脑里回旋了。四年之前，他曾在山脚下遇见一只饿狼，永是不近不远的跟定他，要吃他的肉。他那时吓得几乎要死，幸而手里有一柄斫柴刀，才得仗这壮了胆，支持到未庄；可是永远记得那狼眼睛，又凶又怯，闪闪的像两颗鬼火，似乎远远的来穿透了他的皮肉。而这回他又看见从来没有见过的更可怕的眼睛了，又钝又锋利，不但已经咀嚼了他的话，并且还要咀嚼他皮肉以外的东西，永是不远不近的跟他走。

这些眼睛们似乎连成一气，已经在那里咬他的灵魂。

"救命，……"

然而阿Q没有说。他早就两眼发黑，耳朵嗡的一声，觉得全身仿佛微尘似的迸散了。

这是故事中偶然出现的叙述者的讽刺调子转为同情的一刻。在人丛面前，阿Q变成了一个"孤独者"，这个意象正是鲁迅在其他作品中常常指称自己的；[23] 也是在这里，支配大部分故事的喜剧性因素突然被颠覆了。将看砍阿Q头的观众比成豺狼的嗥叫这个经常出现在鲁迅小说中的象征，叙述者似乎向其先前对阿Q生活的喜剧性叙述发出了诘难（有意或无意地）。叙述者讥嘲阿Q，也就表明他和那人丛站在一边，这些人将他人的悲剧当作公开的展览来欣赏，正如叙述者把阿Q的悲剧写成一篇喜剧性故事一样。这样，叙述的尝试可以被视为企图出阿Q的丑。在这里，读者——他们更是"观众"——被警告他们很可能是这嗥叫的人群的一员，并被迫感到他们与叙述者、人群一起共谋了阿Q的悲剧。以牺牲所描写对象为代价，讽刺效果往往通过在叙述者与读者之间制造共谋关系来达到。[24] 在阿Q

[23] 李欧梵评论道："阿Q从人群中的一张脸微妙地转变为被自己过去的同志包围着的孤独者。他第一次在智力上接近于看清自己的生活——关于人群的真正本性，他的'听众'——但这却已为时过晚。"见李编《鲁迅与其遗产》，页10。关于鲁迅与"人群"的复杂关系，参见孙仁季（Sun Lung-kee，音），《被吃还是不被吃：鲁迅卷入政治的困境》（"To be or not to be 'eaten': Lu Xun's dilemma of Political engagement"），《现代中国》1986年第12期，页459—485；李欧梵，《铁屋中的呐喊》，页69—88。

[24] 这一"共谋"概念在鲁迅以第一人称为叙述者的小说中扮演了更明显的角色。参见胡志德论《孔乙己》叙述者的共谋的文字："从鲁迅第一人称叙述语调的发展观点看，关于《孔乙己》的最重要的一点是叙述者并未意识到自己在给不幸的孔乙己增添痛苦上具有共谋关系。"见胡著，《雪中之花》。

的不幸境遇面前,读者不能感到丝毫的自得。确实,从隐层上讲,没有人能在阿Q的反讽性困境中感到自在。

鲁迅的许多小说均以一种突兀性的抒情调子结尾。最著名的例子是《祝福》。在那篇小说里,第一人称的叙述者在记述了一个关于女人的悲剧生活后,以一段抒情的段落结束故事。这种抒情性经常代表着叙述者——通常是一个处于道德困境的知识分子——试图与其叙述的道德含义拉开距离,以及从让他颇有罪孽感的困境中脱逃出来的最后努力。但是,这种自我安慰和驱除邪恶的姿态常常是虚假的,它们是马斯顿·安德森(Marston Arderson)所称的"反讽的顿悟"。[25]

反讽性顿悟常常出现在鲁迅那些以第一人称为叙述者的小说中,它往往是由叙述者经历的,而非小说中的人物。在《阿Q正传》中,至少在表层意义上,是阿Q自己在其生命的最后一刻太迟地意识到"他变成了民众献祭的牺牲品"。[26] 但是,这种觉悟却不得不经由第三人称的叙述者传达出来(因为"阿Q没有说",叙述者只得"典借嗓音"给他)。叙述者(亦包括读者)参与这种"顿悟性经验"具有重要意义。只有当叙述者和读者意识到变成"嗥叫"的观众的危险时,阿Q的突然性"顿悟"才能形成。这是一种阿Q、叙述者和读者共同拥有的顿悟。一种在某种程度上对通篇小说相对稳定的价值体系具有颠覆性意义的顿悟。阿Q并不仅仅是一个被动的受嘲弄的对象;他同样也嘲弄着他人(叙述者、读者、人群)。在这段叙述后,叙述者重新开始了讽刺话语的实验,但这一次却把锋芒更多地指向人群,好像他已承认自己有与人群认同的危险。

[25] 亦见安德森的论述:"这些'抒情的'段落仅能代表一种舒泄,在这一刻那些失望的梦,顽固萦绕着的回忆,以及异己的生活断片都被驱除了。但是,由于它们是经由一个作者有意保持间离的叙述者有意识地叙述出来的,读者对这些时刻的反应就变得复杂了。"见著《形式的道德性》,载李欧梵编,《鲁迅与其遗产》,页40。
[26] 李欧梵,《铁屋中的呐喊》,页77。

结论

批评家通常认为农民的受害与知识分子的软弱是鲁迅小说关注的中心主

题。[27] 正如他两个短篇集所暗示的，如果说鲁迅在第一部小说集《呐喊》中对知识分子为民众（农民）说话的能力还存在某种信心的话，那么，在第二部小说集《彷徨》中，他对知识分子在社会中扮演一个有效角色的能力变得更加悲观了。鲁迅的小说创作似乎逐渐内倾，从"呐喊"转向"彷徨"。当然，这种对知识分子道德上软弱无力的痛苦意识甚至可以在《彷徨》出现前感受到。《阿Q正传》是《呐喊》集的第九篇小说（据1922年按时间顺序排列故事的集子）。因此，《阿Q正传》代表了这种从呐喊到彷徨的内倾过程的一个特殊阶段。《阿Q正传》叙述者的疑难性——部分反映了有意为之的叙述方式的不协调——似乎预示着鲁迅在以后小说中表现出的对以现代中国知识分子为叙述者的潜力的更大兴趣。在《彷徨》中，鲁迅更自觉地探索了叙述者（总是一个知识分子）所面临的困境，以及在《阿Q正传》中已经微妙暗示的那种难以逃遁的困境感。

[27] 安德森，《形式的道德性》，载李欧梵编《鲁迅与其遗产》，页37。
[28] "毫无疑问，鲁迅小说所生发的自我解剖进程与新儒家思想中的道德努力如此相似并非巧合。"见胡志德《雪中之花》，《现代中国》1984年第10期，页74。

"我的确时时解剖别人，然而更多的是更无情面地解剖我自己。"（鲁迅《写在〈坟〉后面》，鲁迅这段自我评述有助于阐明作者与叙述者、人物之间的关系。自然，我们不应该天真地将鲁迅与其小说中的叙述者混为一谈。但是，我们目睹的鲁迅小说发展中的内倾过程与这种自我解剖密切相关。小说叙述者的塑造可以使鲁迅面对自我解剖过程中的"另一个"。换句话说，小说的叙述者成为鲁迅一生进行自我灵魂探索的一个重要的"另一个"。鲁迅在其作家生涯中如此着迷于自我解剖，可能源自新儒家的困境意识，[28] 一种不仅贯穿其一生背负着的，而且在阿Q砍头之后很长时间里许多中国知识分子仍然背负着的"古老的幽灵"。

通过《阿Q正传》叙述者复杂话语中的微妙的多种叙述策略的游戏，处在用普罗米修斯似的雄心拯救世界和个人无力完成它的痛苦意识之间的鲁迅泄漏了自己的困境感。在很大程度上，使普罗米修斯似的雄心遭厄运的正是传统的陷阱，那个降祸于阿Q、叙述者（也包括鲁迅）竭尽全力要嘲弄的东西。尽管叙述者具有过分的自得，但他与其讽刺的对象阿Q都不可避免地面临着共同的困境——传统的束缚。在叙述者带有优越感的修辞和"楼上的冷眼"(鲁迅《关于小说题材的通信》)后面,潜伏着某种不安,它有时迫使读者反思叙述者与主人公之间关系的含意。这种不安在鲁迅以第一人称为叙述方式的小说中表现得更为明显,比如小说《祝福》。像鲁迅的其他小说一样,作为一篇艺术杰作的《阿Q正传》,其精妙性在于它能够迫使读者在开始在人物面前感到优越前,意识到共同的道德担子的沉重性,并最终迫使读者对自己的道德优越感提出疑问。阿Q的困境也是每个中国人的困境,无人能够幸免脱逃。

将《阿Q正传》摆在鲁迅其他小说的语境中,那些小说更加明显地戏剧化了叙述者与人物之间成问题的道德关系——对该小说这种经常受忽略的方面的考察就更具重要意义。在其他小说中,叙述者与人物更多地纠缠在一起。"难以遁逃的困境"感变得更加强烈,而处于道德无力的困境中的叙述者则经常绝望地试图重新赢得心灵的平静,至多是一种瞬间的逃避。在这方面,《祝福》中的著名段落是一个典范:

然而我的惊惶却又不过暂时的事,随着就觉得要来的事,已经过去,并不必仰仗我自己的"说不清"和他之所谓"穷死的"宽慰,心地已经渐渐轻松;不过偶然之间,还似乎有些负疚。

尽管《阿Q正传》的主人公最后被当众砍头或许也使叙述者的心地感到暂刻的轻松,但他也不得不与《祝福》中的"我"一样只是"偶然之间"从中感到宽慰。因为对《阿Q正传》的叙述者来说,从道德责任中完全逃脱出来的可能性正像生硬的"心地已渐渐轻松"一样遥遥无望。

[本文译自《现代中国》(*Modern China*) 1990年10月号,作者黄维宗(音),英文名 Martin Weizong Huang,圣·路易华盛顿大学博士]

作者英文论著论文目录

(以发表时间先后为序)

Books

Literati and Self-Re/Presentation: Autobiographical Sensibility in the Eighteenth-Century Chinese Novel. Stanford University Press, 1995.

Desire and Fictional Narrative in Late Imperial China. Harvard University Asia Center, 2001.

Snakes' legs: Sequels, Continuations, Rewritings and Chinese Fiction (editor and contributor). University of Hawaii Press, 2004.

Negotiating Masculinities in Late Imperial China. University of Hawaii Press, 2006.

Male Friendship in Ming China (editor and contributor). Brill, 2007.

Intimate Memory: Gender and Mourning in Late Imperial China. State University of New York Press, 2018.

Special Journal Issues edited

Male Friendship in Ming China. A special theme issue of *Nan Nü: Men, Women, Gender in China* 9.1 (2007).

Remembering Female Relatives: Gender and Mourning in Late Imperial China. A special theme issue, *Nan Nü: Men and Women and Gender in China,* 13.1 (2013).

Early Modern China in a Global Context: Some Comparative Approaches. A special theme issue of *Journal of Early Modern Cultural Studies* 17.2 (2017) (co-edited with David Porter).

Articles

"The Inescapable Predicament: The Narrator and His Discourse in 'The True Story of Ah Q'," *Modern China* 16.4 (1990), 430-449.

"Dehistoricization and Intertextualization: The Anxiety of Precedents in the Evolution of the Traditional Chinese Novel," *Chinese Literature: Essays, Articles, Reviews* 12 (1990), 46-68.

"Notes towards a Poetics of Characterization in the Traditional Chinese Novel: *Honglou meng* as Paradigm," *Tamkang Review* 21.1 (1990), 1-27.

"Author(ity) and Reader in Traditional Chinese *Xiaoshuo* Commentary," *Chinese Literature: Essays, Articles, Reviews*, 16 (1994), 41-67.

"Karmic Retribution and the Didactic Dilemma in the Seventeenth-Century Chinese Novel *Xingshi yinyuan zhuan*," *Hanxue yanjiu* (Chinese Studies) 15.1 (1997), 397-440.

"Stylization and Invention: The Burden of Self-Expression in *The Scholars*," In Roger Ames et al., ed. *Self as Image in Asian Theory and Practice*, 89-112. State University of New York Press, 1998.

"Sentiments of Desire: Thoughts on the Cult of *Qing* in Ming-Qing

Literature," *Chinese Literature: Essays, Articles, Reviews*, vol.20 (1998), 153-184.

"*Xiaoshuo* as Family Instructions (jiaxun): the Didactic Rhetoric in the Eighteenth-Century Chinese Novel *Qilu deng*," *The Tsing-hua Journal of Chinese Studies*, New Series, 30.1 (2000), 67-91.

"From *Caizi* to *Yingxiong*: Imagining Masculinities in Two Eighteenth-Century Chinese Novels *Yesou puyan* and *Sanfen meng quanzhuan*," *Chinese Literature: Essays, Articles, Reviews*, vol. 25 (2003), 59-98.

"Introduction," In Martin W. Huang, ed. *Snakes' Legs: Sequels, Continuations, Rewritings and Chinese Fiction*, 1-18. University of Hawaii Press, 2004.

"Boundaries and Interpretations: Some Preliminary Thoughts on *Xushu*," In Martin W. Huang, ed. *Snakes' Legs: Sequels, Continuations, Rewritings and Chinese Fiction*, 19-45. University of Hawaii Press, 2004.

"From Self-Vindication to Self-Celebration: *The Autobiographical Journey in The Travels of Lao Can and Its Sequels*," In Martin W. Huang, ed. *Snakes' Legs: Sequels, Continuations, Rewritings and Chinese Fiction*, 2337-262. University of Hawaii Press. 2004.

"Sage, Hero and Bandit: Zhu Yuanzhang's Image in the Sixteenth-Century Novel *Yinglie zhuan*," *Ming Studies* 50 (Fall, 2004), 77-90.

"Male Friendship in Ming China: An Introduction," *Nan nü: Men, Women and Gender in China* (A special issue on male friendship in Ming China,

2007), 2-33.

"Male Friendship and *Jiangxue* (philosophical debate) in Sixteenth-Century China," *Nan nü: Men, Women and Gender in China* (A special issue on male friendship in Ming China, 2007), 146-178.

"Readership and Reading Practice of *The Story of the Stone* in Premodern China," Andrew Schonebaum and Tina Lu, ed., *Approaches to Teaching The Story of the Stone*, 95-102. MLA's series: "Approaches to Teaching World Literature," New York, Modern Language Association of America, 2012.

"Male-Male Sexual Bonding and Male Friendship in Late Imperial China," *The Journal of the History of Sexuality* 22.2 (2013), 312-337.

"Remembering Female Relatives: An Introduction," *Nan Nü: Men, Women and Gender in China* (a special theme issue on "Remembering Female Relatives: Mourning and Gender in Late Imperial China") 15.1 (2013), 4-29.

"Negotiating Wifely Exemplariness: Guilt, Memory and Gender in Seventeenth-Century China," *Nan Nü: Men, Women and Gender in China*, 15.1 (2013), 109-136.

"The Manhood of a *Pinshi* (Poor Scholar): The Gendered Spaces in the *Six Records of A Floating Life*," In Kam Louie, ed., *Changing Chinese Masculinities from Imperial Pillars of State to Global Real Men*), 34-50. Hong Kong University Press, 2016.

"The Perils of Friendship: Li Zhi's Predicament," Rivi Handler-Spitz,

Pauline C. Lee, and Haun Saussy, ed. *The Objectionable Li Zhi: Fiction, Criticism and Dissent in Late Imperial China*, 55-74. University of Washington Press, 2020.

"Fiction Commentaries," in Jack W. Chan et al. eds. *Literary Information in China: A History*, 169-177. New York: Columbia University Press, 2021.

后记

我对文学的兴趣是由中学时偷读"禁书"开始的。正因为是"禁果"所以更具吸引力。记得当时好不容易借到了托尔斯泰的《复活》，但第二天就要还，无奈只能通宵达旦读，书里有关像《圣经》福音的那些章节当然就跳过了不少。自己读《红与黑》的事还有同学打小报告给了当时的班主任，为此她找我谈了好几次。那时正巧《学习与批判》上刊载了刘大杰的一篇有关《红与黑》的文章，我就像得了救命稻草似地把那篇"官方"文章引为护身符来为自己辩解。谈到最后，班主任说如果我个人觉得自己对"封资修"的书有"抵抗力"，那我只能自己一个人读，但不能与班里的其他同学乱说，因为他们还没抵抗力。我起初主要是对西方文学感兴趣，虽然喜欢读《红楼梦》，唐诗宋词平时也会熟记几首。兴趣真正转到明清文学主要是因为到美国读博士，导师是专治明清小说的，修了不少有关这方面的课，并逐渐认识到文学欣赏与做学问是很不一样的。

从 1985 年负笈来美求学到今天一眨眼三十六年过去了。刚到华盛顿大学时第一次碰到 William Matheson 教授的场景至今还历历在目。那天正好在下雨，在学校的餐厅里，他打着一把破旧的雨伞，穿着 T 恤衫、短裤、拖鞋，没想到站在面前竟是我读比较文学的导师。这也是乍到美国的许多 culture shocks 之一吧。 当时我们就读比较文学与中国文学联合专业的博士生一般同时都有两位导师，一位负责比较文学的指导老师，另一位负责中国文学的指导老师。Matheson 教授的专长是法国文学，但他对东亚文化非常有兴趣 ，他的房子和庭院就是按日本风格精心设计的。尽管他不懂中文，但在与我们一起读 David

Hawkes 的《红楼梦》英译本时，他往往会有许多独特而精辟的见解。他对文学文本所特有的敏锐直感一直是学生非常佩服的。我们在文本细读方面的基本功都得归功于他对我们的严格训练。我最后一次见到 Matheson 教授是 1995 年 10 月，当时我回华盛顿大学参加学术会议。他于 1997 年因病去世，享年 68 岁。另一位导师何谷理（Robert Hegel）教授是明清文学的专家。他是已故哥伦比亚大学夏志清教授的第一位博士生。尽管夏志清对自己的学生非常严厉，何谷理教授对他的学生却非常宽厚，提携后学不遗余力，在美国汉学界素有 gentleman 之美誉。能有机会做他的博士生实属幸运。上他的一门课，期中和期末报告等加起来作业要写上一百页是很平常的。他为人师的一个特点是善于先发掘一个学生的优点然后再循循善诱，而这正是在我开始了自己教学生涯后一直想尽力模仿而又不可及的。何谷理教授是美国明清小说出版印刷史、插图和读者群方面研究的权威。他是我几乎每一本学术专著初稿的第一个读者，仔细阅读后总会提出许多非常好的修改建议。何谷理教授治学严谨，对人包容，不仅是我学术上的老师，也是我做人的楷模。我们中国来的同门之间都经常亲切地称呼他"老黑"（因为他的英文姓氏 Hegel 中文译成"黑格尔"）。据说后来中国来的学生都称他"何老师"。这大概也间接反映出中国大陆几十年来社会文化微妙的变化吧。

在自己三十年的学术生涯中，许多前辈和同行都给予许多指导和帮助：浦安迪（Andrew Plaks）教授曾认真看过我第一部专著《文人与自我的再呈现：中国十八世纪小说中的自传倾向》的初稿，并提出了不少的修改意见。现已荣退的罗溥洛（Paul Ropp）教授是出版此书的斯坦福大学出版社的审稿人，他的修改建议为拙著增色不少。陆大伟（David Rolston）教授是美国研究明清小说评点的权威，现又致力于京剧发展史的研究。他在我编辑《蛇足：中国小说传统中的续书和改写》一书时提供了极大的帮助，他对书稿的细心审读使我和论文集中的其他作者避免了许多错误。

在过去的七八年中，美国明清小说研究界蒙受了很大的损失：韩南（Patrick Hanan）教授、余国藩（Anthony Yu）教授和芮效卫（David Roy）教授三位大家分别于 2014、2015 和 2016 年这几年中相继去世。韩南教授和余国藩教授曾为哈佛大学亚洲研究中心审过拙著《中华帝国晚期的欲望与小说叙述》的书稿，因为当时编辑 John Ziemer 说他要对拙稿做一个 acid test 而特地找了学界两位重量级权威审稿。尤其令人感动的是余国藩教授在评审报告中强调：若万一哈佛决定不出版我的书稿，他一定会把它推荐给其他出版社的。正当我在拟写此篇后记时，又传来了上海师范大学孙逊教授因病逝世的噩耗。二十世纪九十年代初我曾到上海师范大学去拜访过孙教授，至今还珍藏着他的赠书，而现在竟物是人非了。当年韩南教授在哈佛请我吃饭、在波士顿参加美国亚洲研究学会年会时在中餐馆与余国藩教授的不期而遇、在芮效卫教授芝加哥寓所和孙逊教授上海寓所做客等场景至今还记忆犹新，现在惟能在本集的后记中聊表哀思。

三十六年求学治学过程中，许多朋友和同门同窗给予过不少帮助。尤其是现执教于加大圣塔芭芭拉分校的关道雄教授，每当在学术上有问题向他请教时，他总是有求必应，本集整理编辑时，他也给予了许多指导。刚从 Bates College 荣退的同门杨曙辉教授，我和他从 1985 年初到华盛顿大学读博士一直到现在，不论生活上还是学术上的问题，经常切磋交流，获益良多。杨教授是研究冯梦龙《三言》方面的专家。他与夫人杨韵琴女士都是翻译大家，在海外弘扬中华文化不遗余力。他们俩合作，将大量的中国文学作品翻译成英文出版（包括冯梦龙的《三言》和凌濛初的《初刻拍案惊奇》的全译本）。

另一位同门同窗是现已从新加坡国立大学荣退的萧驰教授。他在中国古典诗歌以及《红楼梦》研究上著作等身、建树颇多。记得我们当时在华大一聊起学问就是好几个小时，一旦饥肠辘辘，他就会打肉卤面请我吃，对当时吃腻了西餐的我来说，这绝对是一种难得的享受。因为当时两人交流频繁，在各自博士论文的选题和撰写上都还可以看出对方影响的痕迹。

在这里还要向我在加大尔湾分校东亚系的同事胡缨教授和傅君劢（Michael Fuller）教授致谢，近三十年共事期间，受到他们诸多的关照和帮助。

谢谢丛书的主编张宏生教授对本文集出版的鼓励关心以及种种指导帮助。陈璇教授在整理编辑书稿上花费了很多时间和精力，在此仅表由衷的感谢！加大尔湾分校人文学院为本书的编辑出版提供了资助，仅向学院的人文研究中心表示谢意。

最后要感谢内子杨易，我们结为伉俪之际也正是我刚踏上学术生涯旅途之时，自己在学术上的每一成果都是与她平素在精神上的勉励和生活上的悉心照顾分不开的。

黄卫总

2021年1月初稿，时值新冠病毒肆虐南加；

7月下旬定稿，其时疫苗接种虽已好几个月，

新冠变种Delta毒株却又开始猖獗。

追记

7月定稿寄给出版社之后两个月，突然接到了老友萧驰教授因病逝世的消息。记得我最后见到他还是1999年春天在波士顿开美国亚洲研究学会年会的时候。几次他想安排我去新加坡大学开会和讲学，都因种种原因没有成行，以至以后竟无缘再会了。萧驰教授的才华、他对学问的执着和奉献精神都是我极其钦佩的。他的逝世无疑是中国古典文学研究界的一大损失。这里匆匆补上几句聊表追思之情。

2021年9月24日

图书在版编目（CIP）数据

明清文人的世界：黄卫总自选集/（美）黄卫总著．
— 南京：南京大学出版社，2022.4
（海外汉学研究新视野丛书/张宏生主编）
ISBN 978-7-305-25051-4

Ⅰ.①明… Ⅱ.①黄… Ⅲ.①中国文学-古典文学研究-明清时代-文集 Ⅳ.① I206.4-53

中国版本图书馆CIP数据核字（2021）第227777号

出版发行	南京大学出版社	
社　　址	南京市汉口路22号　邮　编210093	
出 版 人	金鑫荣	

丛 书 名	海外汉学研究新视野丛书	
主　　编	张宏生	
书　　名	**明清文人的世界：黄卫总自选集**	
著　　者	［美］黄卫总	
责任编辑	刘　丹	
责任校对	李晨远	
书籍设计	瀚清堂/朱　涛	

照　　排	南京紫藤制版印务中心	
印　　刷	南京爱德印刷有限公司	
开　　本	635×965　1/16　印张14.25　字数247千	
版　　次	2022年4月第1版　2022年4月第1次印刷	
ISBN	978-7-305-25051-4	
定　　价	80.00元	

网　　址：http://njupco.com
官方微博：http://weibo.com/njupco
官方微信号：njupress
销售咨询热线：（025）83594756

* 版权所有，侵权必究
* 凡购买南大版图书，如有印装质量问题，请与所购图书销售部门联系调换